Julian Schmidli · Zeit der Mauersegler

Julian Schmidli

ZEIT DER MAUERSEGLER

ROMAN

KEIN & ABER

Coverdesign: Maurice Ettlin
Satz: Leingärtner, Nabburg
Druck und Bindung: GGP Media GmbH, Pößneck
ISBN 978-3-0369-5024-2
Auch als eBook erhältlich

www.keinundaber.ch

EINS

1

Irgendwann konnten wir zwar davonrennen, oh ja, wie die Gämsen vor dem Wolf, aber dann warfen sie eben nach uns. Steine. Schneebälle. Säckchen voller Hundescheiße. Es gab nichts, was nicht plötzlich vom Himmel sausen konnte. Papà schimpfte manchmal, wir hätten die Köpfe in den Wolken statt die Füße am Boden. Aber er wusste auch nicht, warum wir stets nach oben schauten, wenn wir durchs Dorf liefen. Und eher wäre ich gestorben, als ihm davon zu erzählen.

Irgendwie konnte ich verstehen, warum sie uns herausgepickt hatten. Wir waren ein ungleiches Duo. Ich war schmächtig, klein und wahnsinnig verträumt. Der Junge mit dem Knautschgesicht und der wilden Frisur, der nicht ins Dorfbild passte. Tschüge war das Gegenteil. Er war riesig und rund, mit bestimmtem Schritt und kullernden Hundeaugen – und einem Berner Oberländer Stammbaum, der zurückreichte bis zur Schlacht bei Murten. Von außen betrachtet waren wir nicht gerade Heldenmaterial. Aber das waren Bud Spencer und Terence Hill auch nicht. Und hatte sie das davon abgehalten, die coolsten Typen des Universums zu werden?

Wir wohnten am Ende der Straße, am Rande des Dorfs, in einem Ausläufer der Oberländer Alpen. Ich mit Papà, Mammà und Nonno in einem kleinen Einfamilienhaus, das viele nur »Tschinggenhaus« nannten. Die einen nannten uns »Tschinggen«, weil sie es nicht besser wussten und die beleidigenden Zwischentöne nicht hörten. Die anderen nannten uns so, weil sie es genau so meinten.

Tschüge wohnte direkt gegenüber mit seinen Eltern über der Dorfmetzgerei, die sein Vater betrieb. Wir hatten beide keine Geschwister, nur einander, und so taten wir, was man als Kind in den Neunzigern in einem verschlafenen Kaff im Herzen der Schweiz so tat: Wir träumten. Von Abenteuern und großen Reisen und Heldentaten. Unsere Bibel war das *Guinness-Buch der Rekorde*, ein Lexikon voller kühner Wagnisse und verrückter Ideen. Wir saßen auf der Treppe zur Metzgerei, blätterten durch die Seiten und stellten uns vor, wie wir künftig Rekorde brachen. Wir würden die verrücktesten Gefährte erfinden und schneller fahren und höher fliegen als je ein Mensch vor uns. Wir würden die kühnsten Männer sein, die die Welt kannte, immer bereit, die größten Probleme der Zeit zu lösen. Man würde uns mit Ehrfurcht begrüßen, wohin wir auch kamen.

Dann kamen wir in die erste Klasse.

Wir bemerkten, dass sich eine Veränderung anbahnte, als uns unsere Eltern am Tag vor Schulbeginn in einer Ernsthaftigkeit zu sich zitierten, als hätten wir angekündigt, zu einer Expedition auf den Himalaja aufzubrechen. Wir saßen im Wohnzimmer von Tschüges Eltern, wippten aufgeregt auf dem grünen Samtsofa, und Tschüges Vater malte mit groben Strichen den Schulweg auf rosarotes wachsbeschichtetes Einschlagpapier, in das er sonst die Schnitzel wickelte. »Der Weg ist eigentlich narrensicher«, erklärte er. Wir müssten nur dem Fluss folgen, bei der alten Mühle über die Holzbrücke und von dort geradeaus über den Dorfplatz bis zur Schule. »Alles in allem ein Weg von zehn, höchstens fünfzehn Minuten.« Papa Helmiger hielt seinen enormen

Metzgerzeigefinger in die Höhe, als hätte er es mit der Stoppuhr gemessen. »Und keine Umwege! Man weiß nie, wann der Wolf aus dem Wallis wieder rüberkommt.« Seine Finger zeigten durchs Fenster auf die Bergspitzen im Süden. Wir sahen uns an und nickten eifrig.

So weit der Plan. Machbar, geradezu einfach. Was wir da noch nicht wussten: Dass Pläne es so an sich hatten, etwas Wesentliches auszuklammern – das Unplanbare.

Es war an einem Nachmittag nach dem Unterricht, wir gingen erst wenige Wochen zur Schule und trippelten gut gelaunt über die Holzbrücke, als Tschüge ruckartig stehen blieb und auf das riesige Mühlrad zeigte, das am Ufer des Flusses aus einer Hauswand ragte. In der alten Mühle war früher Weizen gemahlen worden, doch nun war sie seit Jahren nicht mehr in Betrieb. Von der Straße her sah sie mit ihren verwitterten Holzplanken und dem löchrigen Giebeldach aus wie eine hohe Scheune, aber von der Brücke aus dominierte das riesige hölzerne Mühlrad mit seinen stufenartigen Fächern.

Tschüge zeigte auf einen großen Stapel von Ziegelsteinen, der an der Wand der Mühle stand, und sagte: »La Grande Dixence«, als sei damit alles klar.

Ich sah ihn fragend an.

»La Grande Dixence. Aus dem *Guinness-Buch*! Das ist der größte Staudamm von Europa. Zweihundertfünfundachtzig Meter hoch, zweihundert Meter breit, siebenhundert Meter lang. Wir könnten den nachbauen.« Er schnipste mit dem Finger, als würde er damit die Ziegelsteine versenken.

Ich sah ihn verblüfft an. Das war genial. »Wir bauen den größten Staudamm Europas!«, rief ich.

Tschüge lachte. »Ach was, der Welt!«

Ich streckte die Arme in die Luft wie ein Hundert-Meter-Läufer im Ziel. »Weltrekord!« Wir streiften unsere Schulranzen ab und machten uns ans Werk.

Die Steine waren rötlich-braun und hatten eingestanzte Löcher. Wenn man mit drei Fingern hineingriff und die Beine in den Boden stemmte, konnte man einen Stein heben und mit Schwung ins Wasser befördern, wo er dann mit einem befriedigenden *Flumptsch* versank. Nach ein paar Steinen merkten wir, dass wir mit unserer Wurfkraft nur die eine Seite des Flusses abdeckten.

»Wir müssen aufs Dach klettern«, sagte ich zu Tschüge. »Von da kommen wir bis hinüber.«

Tschüge kletterte an den Fächern des Mühlrads bis nach oben. Dann setzte ich einen Stein in eine hölzerne Rille, und wir drehten am Rad, bis der Stein, wie in einem Riesenrad, oben angekommen war. Dort nahm ihn Tschüge in Empfang, um ihn mit Anlauf ins Wasser zu schleudern.

Wir hatten vielleicht zwei Dutzend Steine im Fluss versenkt und waren in unsere selbst auferlegte Knochenarbeit vertieft, als uns plötzlich ein stechender Geruch umgab. Ein Kiesel traf mich an den Schultern.

»Ey, Dick und Doof, was tut ihr da?«

Fünf Jungs hatten sich hinter meinem Rücken aufgestellt. Sie waren ein paar Jahre älter und ein paar Köpfe größer, saßen noch auf ihren BMX oder hatten sie am Boden liegen lassen und standen nun mit verschränkten Armen vor uns. Einzelne hatten qualmende Stängel in den Mundwinkeln. Auf ihren Gesichtern lag ein Grinsen, als hätten sie beim Uno-Spiel gerade eine Plus-vier-Karte gezogen.

»Himmelherrgott«, fluchte Tschüge und ließ seinen Stein fallen. »Dävu und seine Gang.«

Ich schluckte leer. Immer mal wieder hatten wir von ihnen gehört. Dass sie das Nachbardorf unsicher machten und Schüler terrorisierten. Aber es war ein wenig wie mit dem Walliser Wolf: Nur weil man wusste, dass etwas existierte, rechnete man nicht damit, ihm irgendwann tatsächlich zu begegnen. Ich sah mich um. Hinter mir war der Fluss, neben mir das Mühlrad, vor mir die Gang. Ich war eingekesselt.

»Ich hab euch was gefragt. Was tut ihr da?«, sagte der, von dem ich annahm, dass es Dävu war, weil er sich wie ein Anführer benahm.

»Wir bauen die Grande Dixence«, stammelte ich.

Die Jungs lachten laut.

Ich zeigte südwärts, in Richtung Wallis. »Das ist der Stau–«

»Wir wissen, was die Grande Dixence ist«, sagte Dävu laut und gab ein gepresstes Lachen von sich, das klang wie Mammàs Entsafter. »Wir waren letzten Sommer da oben und haben runtergepisst. Aber was macht ihr hier, ihr Grande Wichser?« Seine Jungs lachten wieder, wie auf Kommando. »Warum werft ihr unsere Steine ins Wasser? Die Mühle gehört uns.«

»Die Mühle gehört niemandem«, rief Tschüge von oben.

Dävu zauberte ein silbernes Zippo aus der Jackentasche und ließ die Flamme züngeln. »Sagt wer? Dein Papa, der Metzgermeister?«, fragte er.

Tschüge nickte.

Dävu grinste. »Vielleicht solltest du weniger Wurst essen, Dickerchen, dann könntest du jetzt runterklettern und deinem Freund helfen.« Dann sah er mich an. »Und du bist der Tschingg, oder? Wie heißt du noch gleich?«

Ich zuckte zusammen. »Nino«, sagte ich und fügte reflexartig meinen Nachnamen hinzu. »Nino Malatesta.«

»Zu kompliziert«, fiel mir Dävu ins Wort. »Mala-Dingsda. Das kann sich niemand merken.« Dävu sah zu seinen Kumpels. »Wer hat einen besseren Vorschlag?«

»Er sieht aus wie ein Alfonso!«, rief einer auf einem BMX. Mit seinen langen aufgegelten Haaren sah er aus wie ein menschgewordenes Stacheltier.

Dävu nickte zufrieden. »Fonsi. Passt. Und was hast du hier, Fonsi? Ist uns jemand zuvorgekommen?« Er zeigte auf meine Nase.

Ich zuckte zusammen und schwieg. Meine Narbe ging niemanden was an.

Tschüge sah mich an. Er war inzwischen dunkelrot angelaufen und kaute auf seiner Unterlippe herum, wie immer, wenn er angestrengt nachdachte. »Nennt ihn nicht Fonsi, ihr Pajasse!«, rief er und balancierte auf dem Wasserrad. Mit vorsichtigen Gesten versuchte ich, ihn davon zu überzeugen, übers Dach abzuhauen und sich in Sicherheit zu bringen. Doch Tschüge machte keine Anstalten, zu flüchten.

Das Stacheltier quiekte. »Schau mal an, der Dicke will auch einen Spitznamen.«

Dävu winkte ab. »Seht ihr das?«, fragte er und zog ein paar lange dünne Stängel aus der Jackentasche. »Das sind Nielen.«

Ich sah zu Tschüge. Wir wussten nicht, was Nielen waren.

Dävu ließ das Zippo aufschnappen und zündete einen Stängel an. Dann sog er daran wie Nonno an seiner Pfeife und rief zu Tschüge: »Wenn du runterkommst und mit mir eine Friedensniele rauchst, lassen wir deinen Fonsi gehen.«

Zwei der Jungs gingen auf das Mühlrad zu und begannen, daran zu drehen.

Ich schüttelte den Kopf und rief: »Renn, Tschüge!«

Doch Tschüge blieb stehen. Für einen Moment war sein großer runder Körper angespannt, unverrückbar wie eine Statue. Dann verlor er das Gleichgewicht, ruderte mit den Armen in der Luft und fiel vom Mühlrad mitten in den Fluss. *Flumptsch.*

Tschüge tauchte ab, die Jungs johlten, und mir sackte das Herz in die Hose. Warum waren wir nicht auf direktem Weg nach Hause gegangen, wie es uns unsere Eltern geraten hatten? Ich sah schon den wütenden Zeigefinger des Metzgermeisters vor meinem Gesicht herumfuchteln.

Tschüges Kopf ploppte aus dem Wasser wie eine Ente nach dem Tauchgang, aber statt ans andere Ufer zu schwimmen und sich in Sicherheit zu bringen, watete er in schnellen Bewegungen auf uns zu. Eine Entschlossenheit stand in seinem Gesicht, wie ich es von ihm nicht kannte. Er sah mutig aus und verwegen, wie Bud Spencer, der Terence Hill zu Hilfe kam. Vier Fäuste für ein Halleluja. Ich lächelte Tschüge an, und für eine Millisekunde lächelte er zurück, die Fäuste zum Angriff erhoben.

Als er das Ufer erreichte, ging alles schnell. Ehe ich mich wehren konnte, hatten sie mich an den Armen gepackt und auf den Boden gepresst. Sekunden später landete Tschüge neben mir. Auf meiner Brust kniete Dävu und steckte mir eine Niele zwischen die Lippen. Er ließ das Zippo schnappen und entflammte es vor meiner Nase. Die Niele fing Feuer, und sofort verbreitete sich ein scharfer, leicht ätherischer Geschmack in meinem Mund, eine Mischung aus Salbei und Nonnos Pfeifenrauch. Dann riss er den Stängel raus und drückte den glühenden Halm an meiner Backe aus. Es zischte kurz. Ein blitzender Schmerz durchfuhr mich, und ich schrie auf.

»Wer hätte das gedacht«, triumphierte Dävu, »dass der saubere Fonsi ein Raucher ist. Aber jetzt ist er ja gebrandmarkt.«

Dann kniete er auf Tschüges Brust und steckte ihm eine Niele an. Tschüge versuchte sich zu wehren, hatte aber keine Chance. Dävu schien ihm die Niele extra lang in den Mund zu halten. Dann ließ er von Tschüge ab.

»Auch der Metzgerssohn pafft heimlich mit … Und ihm scheint der Tschingg so wichtig zu sein, dass er sein eigenes Leben riskiert. Wenn das mal nicht echte Liebe ist«, sagte er grinsend und warf die glimmende Niele in den Fluss.

Tschüge stand langsam auf, sein Gesicht war kreidebleich, der Kopf und das Shirt tropften, die Hosenbeine und der Hintern waren staubig vom Boden. Er taumelte.

»Schaut euch den an!«, rief Stachelschwein. »Sein Kopf ist so eckig und weiß. Wie Würfelzucker!«

Seine Kumpels lachten gehässig.

Dävu stieg auf sein BMX, zog Rotz hoch und spuckte vor uns auf den Boden. »Die alte Mühle gehört uns, merkt euch das. Und dass wir euch schmusend beim Rauchen erwischt haben, das werden wir in der ganzen Schule erzählen. Fonsi und Zückerchen, haha.«

Dävu trat in die Pedale, und seine Kumpels folgten mit Gelächter, nicht ohne vorher selbst noch in unsere Richtung gespuckt zu haben.

Ich sah zu Tschüge. Er taumelte, und für einen Moment grinste er mich an und sagte: »Wir haben geraucht.« Dann sackte er auf die Knie und übergab sich.

Von da an überlegten wir uns jeden Tag, wie wir unversehrt an der alten Mühle vorbeikämen. Oft sahen wir schon von Weitem, wenn Dävu und seine Gang dort abhingen. Sie saßen in der Sonne und schraubten an ihren BMX und, ein paar Jahre später, an ihren Pony-GTX-Mofas. Manchmal aber versteckten sie ihre Gefährte und lauerten uns auf. Wenn wir dann mit unseren Kuhfellrucksäcken und baumelnden Leuchtdreiecken über die Brücke tapsten, bewarfen sie uns. Manchmal verfolgten sie uns auf ihren BMX oder Ponys und versuchten, uns in die Hintern zu treten. »Tschinggenpolo« nannten sie es. An der Schule wusste bald jeder ein Gerücht über uns, und immer mal wieder riefen uns ältere Mädchen oder Mitschüler »Fonsi und Zückerchen« zu und machten dazu Grimassen.

Doch so schräg es vielleicht klingt – für mich ist der Tag unserer ersten Begegnung mit Dävu vor allem eine Bestärkung gewesen. In Tschüge hatte ich den perfekten Sidekick gefunden, einen Partner an meiner Seite, auf den ich mich immer verlassen konnte. Gemeinsam standen wir diese Jahre durch, und mehr: Wir hatten eine gute Zeit zu zweit. Wir erkundeten die Gegend, versteckten uns im Dachstock, bauten Hütten im Wald und verkrochen uns in den Welten, die wir selbst erschufen.

Inspiration fanden wir – wie fast alle Kinder in den Neunzigern – im Fernseher. Wir verbrachten Nachmittage, Wochenenden und ganze Ferien mit den genialen Basteleien von MacGyver, den Sprüchen von B. A. Baracus aus dem A-Team und den Taten von Winnetou und Old Shatterhand. Wir überschrieben zahllose VHS-Kassetten mit ihren Legenden und sahen sie uns so lange an, bis wir sie auswendig mitsprechen konnten. Die endlosen Möglichkeiten zum Träumen und das Versprechen, dass auch Außenseiter wie wir zu Helden werden konnten, füllten uns immer wieder von Neuem mit Abenteuerlust.

Vor allem aber träumten wir davon, achtzehn zu werden. Das magische Tor zur Freiheit. Wir würden zusammen losziehen, endlich das Dorf hinter uns lassen und die Welt entdecken. Zwei Landstreicher, zwei Freunde. Double Trouble. Wir würden in Baumhäusern übernachten, in leeren Zugwaggons, unter Brücken und Plantagen, wir würden andere Reisende treffen, doch am Ende würde es immer nur uns beide geben. In unseren Köpfen hatte die Welt keine Grenzen.

Wir waren Außenseiter, klar, aber wir waren glücklich. Wir hatten einander, und ich war überzeugt, niemand würde uns das je wegnehmen können. Bis die Sache mit Salvi passierte.

2

Die Tage waren heiß, und der Wind drückte unerträglich feuchte Luft ins Tal, als die Nachricht umging, dass sich Salvi erhängt hatte.

Es war mitten in den Sommerferien, und wir erfuhren es, als wir beim Drachen vom Dorfkiosk Eis und Panini-Bilder kauften. Wir standen im Schatten zwischen den Zeitungsständern, ich lutschte an meiner Rakete, und Tschüge riss eine silberne Panini-Tüte nach der anderen auf und blätterte hastig durch die Bilder.

»Himmelherrgott«, sagte er, »schon wieder Alain Sutter. Diesen Lackaffen hab ich doch schon doppelt.«

Irgendwo im Kiosk klingelte das Telefon.

»Warum brauchst du denn noch Bilder? Die WM ist gelaufen.« Ich ließ ein Stück abgebissenes Eis im Mund kreisen, um die Kälte zu verteilen. Alain Sutter war mir egal. Mein achtjähriges Herz blutete, denn am Abend zuvor hatte Italien im Elfmeterschießen das WM-Finale gegen Brasilien vergeigt.

Hinter der Zeitungswand raschelte es. Ein Feuerzeug ratschte, dann waberte eine süßliche Wolke aus der Kombüse. »Halloo?«, hörten wir die Kioskfrau genervt krächzen. Es waren die raue Stimme und der sich nie verziehende Rauch, denen sie den Spitznamen Drache zu verdanken hatte. Und ihre berüchtigten Launen, die alle und jeden treffen konnten.

»Ich brauche nur noch zwei, dann ist das Album komplett.« Tschüge streckte Daumen und Zeigefinger in die Höhe. »Dunga und Romario.« Dann bekreuzte er sich, wie es manche Fußballer beim Betreten des Rasens taten, und riss die nächste Tüte auf.

»Was sagst du? Ist nicht wahr!«, hustete der Drache, nun plötzlich alarmiert. Ich ging schon mal in Habachtstellung.

»Ich hasse Brasilianer«, sagte ich. »Die hatten ein Scheißglück, sonst nichts.«

»Romario hat bei der WM fünf Tore geschossen. Ist das nur Glück?«, sagte Tschüge und wedelte mit einem Bildchen. »Oh Mann. Alain Sutter. Schon wieder.«

»Furchtbar. Ganz furchtbar«, krächzte der Drache jetzt in den Hörer. »Dabei war er noch hier. Ja! Gestern Nachmittag! Hat sich den *SonntagsBlick* geholt und Zigaretten.«

Ich zuckte mit den Schultern. »Roberto Baggio hat auch fünf Tore geschossen.«

»Tja, gestern wollte er aber ein wenig hoch hinaus.« Tschüge grinste. Es war Baggio gewesen, der den entscheidenden Elfmeter übers Tor in den Nachthimmel spediert und eine Nation ins Unglück gestürzt hatte. Ich hatte Papà noch nie so fluchen gehört.

»Glaubst du, er hat sich … Weil sie verloren haben …?«, flüsterte die Kioskfrau in den Hörer. Dann seufzte sie. »Dabei war der immer so gut gelaunt.«

Ich winkte ab. »Nonno sagt, das hätte jedem passieren können.«

»Jawoll!«, rief Tschüge und streckte triumphierend ein Bild in die Höhe. »Romario!«

»Hey. Ihr!« Der Drache hatte den Hörer aufgelegt und schnaubte aus riesigen Nasenlöchern Zigarettenrauch in unsere Richtung.

Tschüge zuckte zusammen. »Ist ja gut, ist ja gut. Wir gehen gleich.«

Sie räusperte sich. »Ihr kennt doch Salvi von der Werkstatt?«

Wir nickten.

»Er ist tot.«

Salvi war tot. Der Satz fuhr mir durch alle Glieder. Bislang hatte ich kaum Erfahrung mit dem Tod gemacht. Und jetzt gleich Salvi. Wie wir erfuhren, war Salvi nachts nach dem Finale in seine Autowerkstatt gegangen und mit einer Schlinge um den Kopf von der Hebebühne gesprungen. Sein Lehrling hatte ihn am Morgen von der Decke baumelnd gefunden. Salvis Kopf soll ganz blau angelaufen gewesen sein und seine Hosenbeine nass.

Salvi war mein *padrino*, mein Pate, mein Götti. Er war der beste Freund meines Vaters und neben Papà und Nonno der einzige Italiener im Dorf. Mein Vater und er waren Einwanderer, die es in dieses kleine Kaff im Berner Oberland verschlagen hatte, doch sie hatten ihr Italienischsein weitergelebt wie eine Berufung. Immer wenn ich mit Papà in Salvis Werkstatt zu Besuch gewesen war, schepperten alte italienische Klassiker aus den Boxen, immer lag irgendwo eine lachsfarbene *Gazzetta dello Sport* voller Kaffeeflecken, immer war eine alte Vespa aufgebockt, die einen neuen Auspuff benötigte. Kaum ein Spiel des SSC Napoli, bei dem Salvi nicht mit Papà auf unserem Sofa gesessen, gestanden oder gekniet hatte und dabei fluchte wie ein Rohrspatz. Salvi war ein herzlicher Mensch gewesen und hatte immer einen lustigen Spruch auf den Lippen gehabt. Es war noch die Zeit, als wir Italiener die Sündenböcke für alles Mögliche waren, und wenn sich Papà und Salvi auf der

Straße lautstark auf Italienisch unterhielten, wurden sie missmutig beäugt. Aber dass sich einer wie Salvi wegen eines Fußballspiels umbringen würde – damit hatte niemand gerechnet.

Die Beerdigung war drei Tage später. Papà tigerte durchs Haus und hatte mächtig schlechte Laune. Er hatte sich dazu bereit erklärt, »ein paar schöne Worte« zu sagen, aber wenn es etwas gab, das Papà hasste bis aufs Blut, dann waren das gefühlige Reden. Und so schritt er, mit einem Block und Bleistift bewaffnet, durch unser kleines Wohnzimmer und murmelte zusammenhanglose Silben vor sich hin. Derweil stocherte meine Mutter auf dem Dachboden in Kartons herum, um ein anständiges Outfit für mich zu finden.

»Probier mal das hier«, rief sie mir von oben zu und warf mir nacheinander ein weißes Hemd, eine dunkle Stoffhose und ein schwarzes Frauenjackett zu. Das Hemd war mir zu weit und hatte gelbe Flecken unter den Achseln, den Bund der Stoffhose musste ich mit der Hand zusammenhalten, damit sie nicht herunterrutschte, und das Jackett war so lang, dass es als Frack durchgehen könnte.

Mammà lachte, als sie die Leiter runterkam. »Du siehst aus wie ein Clown.«

Ich zog alles aus und schmiss es auf den Boden. »Ich will kein Clown sein. Ich will cool sein, wie Salvi.«

»Salvi ist tot«, zischte Papà. »Und jetzt zieht euch endlich um. Nonno wartet sicher schon in seiner Klapperkiste.« Er wischte sich mit einem Taschentuch Schweiß von der Stirn. Sein Anzug hatte Knitterfalten, die gestreifte Krawatte einzelne Fettflecken, und die dunklen Lederschuhe hatte er sich ausleihen müssen, weil sich bei seinen eigenen bereits die Sohle ablöste.

Für mich fanden wir schließlich ein verwaschenes schwarzes Hemd meines Vaters, das mir zwar deutlich zu groß war, das Mammà aber mit Sicherheitsnadeln zusammengesteckt hatte. Dazu trug ich dunkle Jeans und dunkelblaue Turnschuhe.

Das eleganteste Exemplar unserer Familie stand jedoch vor dem Haus: Nonno. Die schimmernd weißen Haare akkurat nach hinten gekämmt, lehnte er in schwarzem Anzug und dunklem Hemd an seinen geliebten ferrariroten Fiat Cinquecento wie ein alternder Filmstar und rauchte.

»Da seid ihr ja endlich, *carissimi*«, sagte er und zauberte hinter seinem Rücken einen kleinen improvisierten Blumenstrauß hervor, den er meiner Mutter überreichte. »Für dich, *bellezza*. Wunderschön siehst du heute aus, auch wenn der Anlass ein trauriger ist.«

Sie lächelte verlegen. »Giuliano, du Charmeur. Ich wünschte, dein Sohn hätte nur ein Fitzelchen Romantik von dir geerbt.«

Nonno hatte recht. Mammà war wunderschön. Sie strahlte eine merkwürdige Mischung aus Ruhe und Entrücktheit aus und hatte eine so wachsame und sanftmütige Präsenz, wie ich es sonst nur aus der Tierwelt kannte, von einem wilden Pferd vielleicht oder einer Gazelle. Sie hatte glatte schwarze Haare, die Haut makellos wie Alabaster. Sie schminkte sich selten, trug nie Schmuck oder extravagante Kleider, und doch sah sie immer elegant aus. Als würden ihre Bewegungen keine Falten verursachen. Und irgendwie traf das auch auf ihre Rolle in meiner Kindheit zu. Sie war immer da, umgab mich wie ein warmer, schützender Mantel, ohne dass es mir groß auffiel. Nie gab es einen Moment, mich an ihrer Liebe zweifeln zu lassen, ganz im Gegensatz zu meinem Vater, der mir manchmal wie ein Außerirdischer vorkam, der sich in meine Welt drängte, um mich zu beherrschen. Mammà war immer da, und doch schien sie im Kopf oft woanders zu sein. Sie las ständig, las auch mir viel vor, hatte überall ein Buch dabei, während Papà nie las, und manchmal fragte ich mich, was die beiden – neben mir – sonst noch teilten. Doch dann gab es wieder Abende, in denen sie zusammen ausgingen und Mammà mit einem Lächeln nach Hause kam, einem Leuchten und Glühen, dass es mir warm wurde in der Brust.

Ich sprang auf den engen Rücksitz des Cinquecentos und hüpfte auf der federnden Rückbank, während wir ins Nachbardorf zur Kirche tuckerten. Ich liebte dieses Auto. Nonno hatte es mitgebracht, als er kurz nach Nonnas Tod das Zimmer neben unserer Garage bezogen hatte. Das Leder roch nach Karamell, und der Motor klang mehr wie ein kleines Boot. Das schönste aber war Nonno selbst am Steuer, wie er, Lieder von Adriano Celentano pfeifend, mit Eleganz und einem Lächeln auf den Lippen jede Verkehrsregel missachtete – sehr zum Ärger von meinem Vater, der die Bußen jeweils bezahlte.

Auch wenn Nonno der Vater meines Vaters war, konnte ich mir kaum zwei unterschiedlichere Menschen vorstellen. Ihr Verhältnis war mir schleierhaft, oft gingen sie einander aus dem Weg, aber was sie wortlos zusammenschweißte, war das Leben in der Fremde. Unser Leben.

Vor der Kirche hatten sich bereits ein paar Trauernde eingefunden und standen geduckt unter den ausladenden Eichen, um der Hitze und unangenehmen Gesprächen auszuweichen. Der Turnverein hatte einen großen Blumenkranz aufgestellt, und auch die Musiker der Blaskapelle mit ihren farbigen Uniformen und glitzernden Instrumenten hatten sich bereits versammelt. Auch Salvis Frau stand vor dem Eingang der Kirche und nahm Beileidsbekundungen entgegen.

In der Kirche war es erfrischend kühl, und es roch nach frischen Blumen. Das Licht fiel farbig durch die Mosaikfenster, in denen ein pixeliger Jesus mit Kreuz durch ein Szenario hopste, das mich an das letzte Level von Super Mario Bros. erinnerte. Das Spiel hatte mir Salvi zu meinem letzten Geburtstag geschenkt, mitsamt dem zugehörigen Gameboy, und die Erinnerung an sein schallendes Lachen, als wir es zum ersten Mal spielten, verursachte mir Gänsehaut. Jetzt war für Salvi also Game over. Doch nur ein Leben für jeden von uns.

Ich hatte noch nie einen Toten gesehen. Nonna war gestorben, als ich noch sehr klein war. Es gab mal einen Hamster, Pipistrello, den wir vergraben mussten und dessen Körper ich in beiden Händen hielt, aber irgendwie hatte er sich nicht viel anders angefühlt, bloß ruhig und irgendwie entspannter.

Während der Zeremonie saß ich zwischen Nonno und Tschüge. Tschüge flüsterte mir aufgeregt zu: »Hast du Mättu gesehen? Er hat meinen Dunga!«

»Deinen was?«

»Carlos Dunga. Das letzte Bild für mein Panini-Album.«

Ich schüttelte den Kopf.

Vor uns saß Salvis Frau und neben ihr die verschiedenen Delegationen der Vereine, in denen Salvi aktiv war. »Erst, wenn du in drei Vereinen bist, darfst du dich hier heimisch nennen«, hatte er mir einmal gesagt und dabei so sehr gegrinst, dass ich seinen goldenen Backenzahn sehen konnte. Was wohl damit passierte nach dem Begräbnis? Aßen den auch die Würmer und Maulwürfe?

Das Ganze schien ewig zu dauern, und die Holzbank war mörderisch hart. Um mich abzulenken, musterte ich die Anwesenden und zählte die Leute, die ich kannte. In den hinteren Reihen erkannte ich Italiener aus den umliegenden Dörfern. Sie waren oft bei Salvi vorbeigefahren, um ihre Autos und Vespas reparieren zu lassen und die neusten Skandale in der italienischen Politik zu besprechen. In der vordersten Reihe erspähte ich die lange Nase von Ruedi, der im Dorf die Post austrug und die Blaskapelle leitete. Neben ihm saßen der kleine Kurt und der große Kurt, die beide in der freiwilligen Feuerwehr waren. Weiter hinten erspähte ich den Zurbriggen-Ferdi, der das Rössli führte und immer nach Bier roch.

Alle sahen ernst aus, aber keiner traurig, was mich erstaunte, weil sie Salvis beste Freunde waren. Es hatte in den letzten Jahren kaum eine Woche gegeben, in der sie nicht zusammen im Rössli saßen und jassten oder zum Fußball nach Bern fuhren oder zum Hockey nach Langnau oder zu irgendeinem trostlosen Fest im Tal. Sie sahen vielmehr ratlos aus, unentschlossen, als wüssten sie noch nicht, was sie von dem Ganzen halten sollten, als sei alles ein riesengroßes Theater und sie wollten erst wissen, wie es ausging, bevor sie sich eine Meinung bildeten.

Dann sprach der Pfarrer. Es ging um Gott, der Salvi jetzt zu sich gerufen habe, und um die Seele, die unsterblich sei, und irgendwie kriegte er wie jedes Mal den Bogen hin zu Jesus, der sein Fleisch und Blut für die Leute gegeben hatte. Ich fand es ein wenig unfair, weil es ja Salvis Beerdigung war und es jetzt um ihn gehen sollte und nicht um Jesus, der jedes verdammte Mal drankam, und an Weihnachten und Ostern sowieso. Wenn der schon so selbstlos war, wie alle sagten, sollte er auch mal Platz machen für die Neuen im Himmel.

Ich fragte mich, wie das wohl vor sich ging, wenn Gott jemanden zu sich rief. Hatte Salvi eine Stimme gehört, als er abends den Fernseher ausschaltete, und hatte die gesagt, er solle jetzt eine komplizierte Konstruktion aus Spannseil und Hebebühne basteln, um sich mal eben aus dem Spiel zu nehmen, damit er sich auf den Weg zu Gott machen könne? Unrealistisch. Für so 'ne dreiste Lüge hätte ich den Hosenboden versohlt gekriegt, man hätte es bis Kandersteg gehört.

Als der Pfarrer fertig gesprochen hatte, bemerkte ich aus dem Augenwinkel eine geduckte Gestalt, die auf das Podest zuschritt wie Roberto Baggio auf den Elfmeterpunkt. Ich hielt den Atem an. Es war Papà.

»Hrmpf …«, räusperte er sich ins Mikrofon, als er das Podest bestiegen hatte. »Liebe … äh … Angehörige, liebe Freunde, *cari amici*«, sagte er, dann sah er sich im Saal um, als würde er etwas suchen. Er sah nach oben, sah zur Seite, die eine Hand verschwand hinter dem Podest, und mir wurde klar, dass er sich gerade vor dem ganzen Dorf im Schritt kratzte. Langsam wurde sein Schweigen peinlich. Irgendwann schüttelte er den Kopf und kramte mit der Hand einen Zettel aus der Jacketttasche.

»Entschuldigung, so geht es besser.« Er räusperte sich, dann las er ab: »Liebe Familie, Freunde, liebe Anwesende. Salvatore Salvini war ein guter Mann. Er war ein treuer Kumpel, sei es bei der Feuerwehr, auf dem Rasen, in der Fankurve oder abends am Stammtisch. Auf ihn konnte man immer zählen.«

Er hob die Hand und winkte nach oben.

»Machs gut, Salvi, die nächste Runde trinken wir auf dich!«

Die Reihe vor uns klatschte, und einer schrie *»Viva!«*, dann riefen alle seine Kumpels *»Viva, viva!«*, und Papà begann zu singen. Er sang selten, und wenn, dann meistens betrunken, aber heute war er nüchtern und stimmte in seinem Bass ein Lied an, das sie ständig gesungen hatten und das wohl auch das letzte Lied war, das Salvi je gesungen hatte: die Hymne Italiens.

Fratelli d'Italia
L'Italia s'è desta
Dell'elmo di Scipio
S'è cinta la testa.

Spätestens beim Refrain stimmten Papàs Kumpels ein, als wäre es das WM-Finale. Und die, die den Text nicht kannten, sangen einfach laut »Italia«. Ich sah zu Papà – und erschrak. Papà stand da, singend, die Hand auf der Brust, und weinte. Ich musste zwei Mal hinschauen, bis ich mir sicher war, dass es Tränen waren, die über seine frisch rasierten Wangen perlten, und auch ihm wurde es wohl erst mit der Zeit bewusst, denn während dem Singen drehte er sich abrupt um und verschwand, die Hände vor dem Kopf, hinter dem Altar.

Salvis Frau stand auf und ging zum Podest. »Danke, Guido«, sagte sie schniefend. »Vielen Dank, dass ihr hier seid. Ich weiß, das hätte Salvi viel bedeutet.« Sie war den Tränen nahe, und die Worte kamen nur stückweise aus ihrem Mund. Dann versiegten sie ganz, und sie schüttelte den Kopf, winkte ab. Der Pfarrer übernahm, und nach einem kirchlichen Lied, das nur halb so emotional mitgesungen wurde, kam bereits die Beisetzung.

Papà und ein paar weitere Männer schulterten den Sarg und folgten dem Pfarrer nach draußen. Ihnen folgte die Familie, dann die Blaskapelle, die dabei einen unpassenden

Marsch spielte, dann kamen die restlichen Anwesenden, um zu sehen, wie der Sarg versenkt wurde und unter einem murmelnden Rosenregen verschwand.

~

Am gleichen Abend hatte Papà die engsten Freunde von Salvi und ihm zu sich geladen. »Salvi würde wollen, dass wir ein Fest machen!«, hatte er Mammà gesagt, die das keine gute Idee fand.

Papà hatte den Grill angeworfen und stand mit blutverschmierter Kochschürze davor, und es war an mir und Tschüge, die Männer reinzulassen und nach hinten in den Garten zu führen. Wir kannten die meisten, und fast jeder hatte ein Sechserpack Bier oder eine Flasche Schnaps dabei, sagte »Na, Jungs« oder »Hey, Kleiner« und klopfte mir tröstend auf die Schulter. Aber so komisch das klingen mag: Ich war nicht nur traurig. Ich war auch stolz. Normalerweise wurde ich nicht zugelassen für solche Männerabende, aber heute schon.

In unserem Garten versammelten sich nach und nach rund fünfzehn Männer, alle wieder in Shorts und T-Shirts oder kurzärmeligen Hemden, als wären die schwarzen Anzüge reine Verkleidung gewesen. Sie standen um den Grill herum oder saßen auf Plastikstühlen um unseren Gartentisch und redeten wild durcheinander. Tschüge und ich streunten unbeachtet zwischen ihnen umher und lauschten ihren Gesprächen.

Drei hochgewachsene Männer, die an der Beerdigung das Wappen der freiwilligen Feuerwehr getragen hatten, standen bei der Hecke und sprachen über den Vorteil von Grillkohle gegenüber gasbetriebenen Grills. Zwei Typen, die ich noch nie gesehen hatte, saßen auf der Holzbank, und der eine hielt einen langen Monolog über die Qualität des Schweizer Handwerks und warum alles den Bach runterging, sobald Gastarbeiter hinzukamen, und ich fragte mich, ob sie Papà und Salvi dazuzählten.

Am Tisch wurde über Fußball und die Weltmeisterschaft diskutiert. Sie besprachen Sinn und Unsinn der Liberoposition und warum Paolo Maldini der bessere Verteidiger war als Lothar Matthäus, sie verglichen Roberto Baggios Freistöße mit jenen von Branco und Thomas Häßler und rätselten, ob es je zwei so gute Vereinsmannschaften gegeben hatte wie der AC Mailand und der FC Barcelona in diesem Jahr.

Ich war beeindruckt von dem Wissen, das viele zutage förderten. Namen, Statistiken, Ergebnisse bis zurück in die Sechzigerjahre. Selbst die wortkargsten Typen brillierten plötzlich mit Begriffen wie Chancenverwertung, Transferfenster, Rabona-Pass und Elfmeterkiller.

»Ey, Guido«, rief der kleine Kurt in Richtung Grill, »hast du wirklich zwei Kisten auf Italien gesetzt?«

»Höchstens zwei Kisten Bier«, rief Papà zurück und zwinkerte.

»Daran konnten ja auch nur Tifosi glauben!«, warf der große Kurt ein.

»Hinten mauern und dann blitzkontern? Catenaccio hat vielleicht in den Siebzigern funktioniert, aber heute …«, meinte der kleine Kurt.

Papà ließ theatralisch die Grillzange fallen. »Gut, dann gibt es jetzt keine Bratwürste mehr. Ihr kriegt nur noch brasilianisches Poulet.«

»Du hast ja eh nur Chipolata zu bieten. Da kann deine Frau ein Liedchen von singen«, rief Zurbriggen-Ferdi.

Alle grölten.

»Meine Frau mag lieber Blutwurst, weißt du«, sagte Papà und grinste dabei.

Tschüge sah mich fragend an und flüsterte: »Was soll das mit den Würsten?«

Ich zuckte mit den Schultern. Ich verstand genauso wenig, und doch gefiel mir, wie sie miteinander sprachen. So frech und laut und erwachsen. Es war ein verbales Ringen: Einer sagte etwas, und die anderen versuchten, ihm ein Bein zu stellen oder seine Worte zu verdrehen, dass sie den gegenteiligen Sinn ergaben. Sie fanden lustige Wortspiele, nannten Frauen »flotte Bienen« oder »heiße Eisen«, nutzten Begriffe, die uns Kindern nicht erlaubt waren, und das alles auf eine temporeiche, verspielte Art, dass es aufregend war, zuzuhören. Es war das erste Mal, das ich einer Gruppe angehörte, die ausschließlich aus erwachsenen Männern bestand. Ich stellte mir vor, ich würde einen Witz erzählen, und alle würden grölen und mir auf die Schulter klopfen, und mein Vater würde am Grill stehen und stolz sein auf seinen witzigen Sohn.

Der Abend schritt voran, und der Biervorrat ging schnell dem Ende zu, aber dann öffnete jemand eine Flasche Kirschwasser und begann, kleine Plastikbecher damit zu füllen.

»Dann wollen wir mal«, sagte Ruedi. »Trinken wir auf Salvi.«

Alle hoben ihre Becher.

»Auf Salvi«, sagte Ruedi.

»Auf Salvi«, wiederholten alle.

»Möge es ihm da besser gefallen, wo er jetzt ist«, sagte einer der Feuerwehrleute.

»Möge er an uns denken, der Sauhund«, lallte mein Vater, der inzwischen am Kopf des Tischs Platz genommen hatte.

Er machte ein Gesicht, als hätte er gerade in eine Zitrone gebissen. »Möge er es bereuen, dass er uns im Stich gelassen hat.«

Seine Kumpels sahen sich an, ein paar murmelten zustimmend.

»Was für ein Mann lässt seine Freunde im Stich?«, setzte er nach. Den Ton kannte ich nur zu gut. Jetzt war Papà aufgebracht. »Wahrscheinlich war er irgendwie krank im Kopf. Wahrscheinlich war er schwul oder so. Warum sonst hatte er keine Kinder? Seine arme Frau …«

Es war so still, plötzlich konnte ich das Rauschen des nahen Flusses hören.

»Irgendetwas war«, sagte einer.

»Niemand weiß es«, sagte ein anderer.

»Als ob«, knurrte Ruedi, so leise, dass es nur wenige hörten. »Als ob ihr es nicht wüsstet, was ihn umgebracht hat. Ihr seid die Feiglinge. Und so was nennt sich Freunde.« Ruedi starrte auf den Becher in seiner Hand, als wäre die Wahrheit da draufgeschrieben worden. Dann stand er wortlos auf und ging.

Als sich kurz darauf Tschüge verabschiedete, stand ihm der Schock ins Gesicht geschrieben.

»Glaubst du, dass Salvi schwul war oder krank im Kopf?«, fragte er mich.

Ich schüttelte den Kopf.

Tschüge seufzte. »Würden Bud Spencer und Terence Hill so voneinander reden?«

»Papà ist vielleicht einfach … traurig?«, versuchte ich mich an einer Erklärung.

Tschüge packte mich mit beiden Händen an den Schultern und sah mich eindringlich an. »Versprich mir, dass wir immer füreinander da sein werden. Egal was passiert. Dass wir nie solche Dinge über den anderen sagen.«

Ich nickte und versprach es. »Double Trouble für immer.«

3

Nach Salvis Tod war Papà anders. Es war nicht sofort bemerkbar, aber mit der Zeit, da fiel es mir auf. Die Tage wurden seltener, an denen er singend am Herd stand und seine Tomatensoße kochte. Er grüßte die Leute auf der Straße weniger oft, und wenn, dann weniger freundlich. Eine Zeit lang schaute er kaum Fußball, nicht einmal den Superklassiker zwischen Lazio und Juve. Für einen Moment schien es mir, als sei mit Salvi auch Papàs Stolz auf sein Italienischsein gestorben.

Es wurde kaum mehr über ihn gesprochen und auch die Fotos mit ihm verschwanden irgendwann vom Kühlschrank. Es war, als hätte es ihn nie gegeben.

Etwa zur gleichen Zeit begann mein Vater, sich mit kleinen Vorträgen oder Merksätzen an mich zu wenden.

»Es ist nämlich so«, sagte Papà eines Abends, als ich am Küchentisch saß und mit dem Malen eines Saloons beschäftigt war. »Ein Mann hat Pflichten: Stärke zeigen, Schwächere beschützen, sich von dieser verdammten Welt nicht kleinkriegen lassen. Und ein Mann hat Freiheiten: Er kann in die Weite ziehen, sich mit anderen messen, kann fluchen und schreien und sich in der Fankurve wie ein Affe benehmen. Vor allem aber hat ein Mann eine Aufgabe: Ein Mann muss tun, was ein Mann tun muss.«

»Aber was *muss* ein Mann tun?«, fragte ich.

Papà sah mich genervt an. Offenbar war das nicht die Reaktion, die er sich erhofft hatte.

»Muss er mutig sein und die Welt retten, wie Spiderman?«

»Du stellst zu viele Fragen.«

»Muss er gut reiten und schießen können, wie Winnetou?«

»Du schaust zu viel Fernsehen.«

»Muss er –«

Papà hob den Finger. »Ein Mann muss schweigen können.«

»Aber –«

Papà spreizte die Hand und holte aus.

Ich zog den Kopf ein und schwieg.

Meine Kindheit war durchzogen von solchen Momenten. Papà stellte sich etwas vor – und ich verhielt mich dann ganz anders. Schon meine Geburt war ein einziges Ärgernis gewesen, und es war, als schien sich Papà in dieser Zeit wieder daran zu erinnern. Die Fruchtwasserblase war geplatzt, als Papà gerade dabei gewesen war, meine Zimmerwände in Zuckerwattenrosa zu streichen. Bei der letzten Kontrolle hatte der junge Assistenzarzt auf das flackernde Ultraschallbild gezeigt und, obwohl niemand das Geschlecht wissen wollte, etwas von einem Mädchen gestammelt. Mammàs Augen glänzten, Papà arrangierte sich.

Dann platzte ich in ihr Leben.

Papàs Brust blähte sich, als er von der Hebamme vom ärztlichen Irrtum erfuhr. »*Madonna mia.* Ein Junge! Was für ein Wunder!« Er tänzelte durch den Raum wie Maradona nach einem Tor für Papàs geliebten SSC Napoli.

Doch als sie mich aus dem warmen Frotteetuch wickelten, wich das Blut aus den Gesichtern. In meinem Gesicht klaffte ein Spalt. Eine offene Schneise in Lippe und Oberkiefer, als hätte mir jemand eine Schere in Mund und Nasenloch gesteckt und zugedrückt. Mammà fiel in Ohnmacht. Papà schickte ein Geschwader italienischer Flüche in Richtung

Vatikan. Die Hebamme rief die Chirurgen. Die Wände blieben rosa.

In meiner frühesten Erinnerung standen wir im Bad und putzten die Zähne. Ich war vielleicht drei.

»Schau in den Spiegel«, sagte Papà freundlich und hob mich hoch. Ich blickte in ein kleines zerknautschtes Gesicht mit einer fleischigen Nase, die schräg über den genähten Lippen hing.

»So sieht ein Boxer aus«, sagte er. »Ein *Champ.*«

Ich kippte meinen Kopf in den Nacken und sah ihn ungläubig an. Von unten gesehen hatte er ein riesiges Kinn und winzige Augen, seine Nase stand quer in der Landschaft, als hätte jemand sein Foto auseinandergeschnitten und falsch zusammengeklebt. Er sah von unten aus wie ich von vorne.

»Wer dich anschaut, denkt, du hättest schon hundert Kämpfe gewonnen«, sprach er weiter. »Jeder Gegner hat Angst vor dir. Du bist zum Boxen geboren, mein Junge.« Er tätschelte motivierend mein lockiges braunes Haar. Ich schloss die Augen, drückte meinen Kopf an seine Brust und sog den Geruch des Augenblicks ein. Diese Chance auf Zuneigung wollte ich mir nicht entgehen lassen. Papà zuckte zusammen und ließ mich fallen. Seither klafft auch an meinem Kinn eine Narbe.

Es gibt Eltern, die begreifen Erziehung als die Installation eines inneren Kompasses: Wenn man ihm folgt, wird man schon irgendwie am Ziel ankommen. Dann gibt es Eltern, die gehen den Weg vor und schlagen gelegentlich Wegweiser ein, damit man ihnen folgen kann, wenn man möchte. Und es gibt Eltern wie Papà, die planieren den Weg, asphaltieren ihn und malen Leuchtfarben an die Leitplanken. Und obwohl Papà sonst kein Mann der großen Worte war, planierte er meinen Lebensweg mit Sätzen vor. Sprichwörter, die er seit Salvis Tod immer öfter ins Gespräch streute und regelmäßig wiederholte. Ein Mann muss tun, was ein Mann tun muss. Ein Indianer kennt keinen Schmerz. Wo ein Wille, da ein Weg. Was dich nicht umbringt, macht dich stärker. Es waren Weisheiten, die sich scheinbar seit Jahrhunderten bewährt hatten, deren Essenz in kurze, griffige Bonmots gepackt worden waren und die von den Vätern an die Söhne weitergegeben wurden wie Familienerbstücke.

»Du kannst alles werden …«, sagte Papà manchmal während eines Abendessens, sah mich an und hob seine dunklen buschigen Augenbrauen zu einem Fragezeichen.

»… was ich will«, antwortete ich mit vollem Mund. Längst kannte ich seine Sätze auswendig.

Er nickte zufrieden. »Wenn du es nur willst, Junge. Du musst es nur wollen.« Dabei sah er mich durchdringend an, ein Lächeln um seinen Mund, ein Fordern in seinen Augen.

Mir war schnell klar, was Papà mir eigentlich sagen wollte: Die Welt war grausam, und man hatte ein Mann zu sein, um darin zu bestehen. Fressen oder gefressen werden, um es in Papàs Worten zu sagen.

Es gab nur leider ein Problem: Ich war klein, schmächtig und verträumt. Mit dem Blick in den Wolken statt auf dem Boden. Ich war Fonsi – prädestiniert dafür, gefressen zu werden. Papà schien das jedoch eher anzuspornen. Er ließ keine Gelegenheit aus, um mich abzuhärten. Was mir an Größe fehlte, sollte ich mit Kraft und Schnelligkeit kompensieren. In den Halbzeitpausen der Fußballspiele, die wir uns auf RAI Uno ansahen, legte er seine Beine auf meinen Rücken und ließ mich Liegestütze machen. Und den Weg zum Freibad musste ich jeweils laufen, während Papà hinter mir auf dem Fahrrad fuhr und mich antrieb. Doch das genügte nicht.

Eines Nachmittags bugsierte mich Papà zum Boxtraining im Nachbardorf. Es brauchte seine ganze Überzeugungskraft und einen beherzten Griff zum Scheckbuch, dass sie einen Neunjährigen mittrainieren ließen. Jeden Mittwochabend brachte er mich hin, packte mich an den Schultern und sagte: »Du bist zum Boxen geboren.«

Für die Jungs beim Training war ich allerdings eher als Boxsack geboren.

Auch wenn es Papàs größter Traum war, dass ich mal kräftig wurde und meine Gegner wie Rocky reihenweise auf die Matte legte, und auch wenn ich immer wieder versuchte, ihm den Traum zu erfüllen und voller Motivation, mit *Eye of the Tiger* im Walkman, zum Training erschien – am Ende war es immer ich, der auf die Fresse kriegte. Irgendwo zwischen der Umkleidekabine und dem ersten Kampf verließ mich der Mut. Bevor der Kampf im Ring beginnen konnte, hatte ich den Kampf in mir bereits verloren: in der einen Ecke mein Vater, der mich anfeuerte und den ich stolz machen wollte. In der anderen Ecke schattenboxende Fragezeichen: Was, wenn ich meinen Gegner mitten aufs Nasenbein treffe und ihn umbringe? Was, wenn es der lahmste Punch aller Zeiten wird und mich alle auslachen? Was, wenn er mich noch fester schlägt, sobald ich mich wehre? Dann schnellte auch schon die erste Gerade auf mich zu.

Als ich die ersten Male nach Hause kam und Papà die blauen Flecken präsentierte, war er sichtlich stolz.

»Mio figlio!«, sagte er und klopfte mir anerkennend auf die Schultern.

»Hast du gesehen, Vero?«, rief er zu meiner Mutter. »Endlich wird ein richtiger Mann aus ihm. Austeilen, einstecken, bäm, bäm, bäm!« Dabei fuchtelte er mit seinen Fäusten, wie er es manchmal tat, wenn wir uns alte Kämpfe von Foreman oder Ali ansahen. »Schweb wie ein Schmetterling«, sagte er dann, »stich wie ’ne Biene.« Und hüpfte dabei so herum, dass wir uns sorgten, er würde gleich vom Herzkasper ausgeknockt.

Er inspizierte die kleinen Flecken, die in hellem Violett schimmerten, während ihre älteren Nachbarn auf Armen, Brust und Bauch in fahleren Blautönen leuchteten wie Tiefdruckgebiete auf der Wetterkarte. Manchmal fand sich auch einer im Gesicht, obwohl das eigentlich verboten war, weil Wachstum und so, aber bei mir hatten die Jungs trotzdem das Gefühl, ab und zu einen Haken platzieren zu können. Beim Fonsi darf man das, der petzt nicht.

Es gab kaum ein Training, vom dem ich nicht mit blauen Flecken wiederkehrte. Papà runzelte die Stirn, holte ein Snickers-Eis und eine Packung Erbsen aus dem Gefrierfach und lächelte mir aufmunternd zu.

»Da muss der andere aber ziemlich übel aussehen, oder?«

»Dem hab ich’s gezeigt.«

»Was hat der Trainer gesagt?«

»Er sagt, mein Punch wird immer härter.«

»Und deine Defense?«

Ich zuckte mit den Schultern. »Manchmal kommt noch einer durch.«

Er nickte und zwinkerte mir zu, aber sein trauriger Blick entging mir nicht. Er schmerzte mehr als alle Schläge.

Mit dem Boxen verhielt es sich genauso wie mit vielen anderen Dingen. Ich wollte die Erwartungen meines Vaters um jeden Preis erfüllen, aber es ging nicht. Ich hungerte nach seinen lobenden Worten und wusste, was zu tun war – der Weg war mit Weisheiten gepflastert –, doch irgendetwas hielt mich fast schwerkraftartig davon ab. Wo der »Indianer« keine Schmerzen kannte, tat es mir höllisch weh. Was mich nicht umbrachte, brachte mich zum Weinen. Zwar war da ein Wille, aber kein Weg. Und so begann sich mit jedem Scheitern ein Gedanke zu kristallisieren, der sich mehr und mehr zu einer Gewissheit formte: Ich war kein Champ, nicht mal ein Mann. Ich war ein schmächtiger, verträumter Waschlappen mit Knautschgesicht, der Liebe unwürdig, und es gab nichts und niemanden, der das jemals würde ändern können.

Und so waren es am Ende genau diese Sätze, die sich in mir verankert hatten, als ich an meinem achtzehnten Geburtstag meine Tasche packte und in die Stadt zog.

ZWEI

1

Ich weiß nicht, warum ich mich überreden ließ. Etwas war da in Nonnos Stimme, das mich beunruhigt hatte. Wie jedes Jahr hatte er mich angerufen, um mich zum Weihnachtsessen einzuladen. *A casa*, zu Hause. Mit ihm und Mammà und Papà. Normalerweise ließ ich mir eine Ausrede einfallen, wie jedes Weihnachten, seit ich vor zwölf Jahren das Dorf verlassen hatte und seitdem nicht ein Mal wieder zurückgekehrt war. Meine Ausreden waren schlecht: Meist schob ich irgendein Filmfestival in Belgrad oder New York oder Warschau vor. Irgendetwas, das zu meinem Lebenslauf als Filmemacher passte. Aber dieses Mal war etwas anders. Wie Nonno mich bat. Eindringlich. Nicht seinetwegen, sagte er – ich traf ihn gelegentlich in der Stadt in einem eleganten Café zu einem Cappuccino –, sondern wegen Papà. Es gehe ihm nicht gut, sagte Nonno. Er bleibe tagelang im Bett, sei noch gereizter als sonst. Niemand wisse, was los sei – aber etwas sei los. Und: Sie alle würden mich vermissen, das sei doch Grund genug.

Und jetzt saß ich im Postauto, das Dorf rückte immer näher, und in mir kamen Dinge hoch, die ich längst vergessen und verdaut glaubte. Salvi. Tschüge. Dävu und die Gang.

Draußen dämmerte es bereits, und in der Fensterscheibe entdeckte ich eine deformierte Gestalt, die müde zurückblickte. Je näher wir dem Ziel kamen, desto jünger wurde sie: der Bart flaumiger, die Poren größer, die Narbe unter der Nase tiefer. Ich spürte wieder die Akne sprießen und griff mir ins Gesicht. Jetzt waren nicht nur die Erinnerungen zurück, sondern auch der Junge, von dem ich dachte, ihn schon lange hinter mir gelassen zu haben.

Das Gespenst der Heimat.

War es wirklich meine Heimat? Für alles gibt es ein Wort, für jeden Scheiß kennt die deutsche Sprache einen exakten Begriff, aber nicht für den Ort, an dem man aufgewachsen war, vor dem man als Jugendlicher floh und in den man nur noch selten zurückkehrte. Die Heimat, das Kaff. Ein paar Tausend Einwohner, eingezwängt in ein Seitental der Berner Alpen, jeder wusste alles über den anderen und noch mehr. Ich hatte nie wieder das Bedürfnis verspürt, herzukommen, erst recht nicht an Weihnachten. Diese Tage zwischen den Jahren schienen mir schon immer eine besondere Zeitrechnung zu haben, sie waren ein Mix aus Erinnerungen, aufgewärmten Emotionen und nostalgischen Momenten. Jeder Gang zum Volg könnte zum Trip in die Vergangenheit werden. Ich würde Gesichtern begegnen, die ich seit Jahren nicht mehr gesehen und bei denen ich lange schon vergessen hatte, dass sie noch existierten und irgendwo in dieser verwinkelten Welt ihr Leben lebten. Jenen, die geblieben waren und für die jeder Rückkehrer ein Zeichen sein würde, wie schlecht da draußen alles wäre. Und jenen, die gegangen waren und nur für die Feiertage zurückkämen und sich dabei fühlten, als wären sie in zu kleine Kleider gezwängt worden.

Ich stieg aus. Die Schneeflocken tanzten über den Dorfplatz und tummelten sich unter den Laternen wie Mücken. Ich sah auf die Uhr. Eine halbe Stunde hatte ich noch, bis Papà sein Verhör beginnen würde. Eine halbe Stunde, bis ich mir anhören musste, warum Filmemacher kein richtiger

Beruf war und mein Leben ein Desaster. Dabei hatte ich alles, was ich je wollte. Eine eigene Wohnung, ein bescheidenes Einkommen, meine Ruhe. Ich hatte einen Ort gefunden, wo ich kein Versager war. In der Stadt war ich so frei, wie ich hier niemals sein konnte.

Ich beschloss, den langen Heimweg am Fluss entlang zu nehmen. Ich stapfte durch den Schnee und zählte die Weihnachtsbeleuchtungen, wie ich es als Kind immer getan hatte. Früher hatte vor jedem Haus ein mit Lichterketten verzierter Christbaum gestanden. Heute waren viele der Häuser dunkel, und ich zählte gerade einmal zwei Christbäume. Das war wohl der Fluch solcher Siedlungen: Solange Kinder da waren, pulsierten sie mit Leben. Danach trockneten sie langsam aus, wie das Umland eines Flusses, der kein Wasser mehr führte, und hinterließen nichts als Steine, Sand und ein paar schrumpelige Flusskrebse. Unsere Eltern.

Ich lief den Weg, der sechs Jahre lang mein Schulweg gewesen war. Ich war verblüfft, wie wenig sich verändert hatte. Ich hatte so viel erlebt in den letzten zwölf Jahren. Und hier schien alles gleich geblieben. Die meisten meiner damaligen Mitschülerinnen und Mitschüler waren noch immer hier und hatten jetzt wohl Haus und Kind, und ich sah sie vor mir, wie sie sich beim Feierabendbier über Lebensversicherungen, die Altersvorsorge oder den erneuten Abstieg des regionalen Fußballvereins unterhielten. Insgeheim beneidete ich sie dafür. Sie hatten es so einfach in ihrem Leben, hatten keinen Anspruch auf Originalität. Sie waren geworden wie ihre Eltern: ein Haufen selbstgenügsamer Spießer mit Bausparverträgen.

Gerade als ich die alte Mühle passierte, die da noch immer unverändert stand, nahm ich einen stechenden Geruch wahr. Im Dunkeln über dem Mühlrad glomm ein roter Punkt.

Dann hörte ich einen Schrei, gefolgt von einem bekannten Geräusch. *Flumptsch.* Ich blieb stehen.

»Aargh!«

Flumptsch.

Da stand jemand auf dem Mühlrad und warf schreiend Steine in den Fluss.

»Hallo? Alles okay da oben?«, rief ich.

»Alles okay«, brummte eine Stimme aus dem Dunkeln. Sie klang tief und schlecht gelaunt.

»Bitte aufpassen, da kann man leicht reinfallen«, rief ich. »Musste ich selbst schon mal mitansehen.«

Der glimmende Punkt bewegte sich, und ich hörte Knarren von Holz. Dann stand er plötzlich vor mir, schwach beleuchtet von der Laterne bei der Brücke. Wie er so da stand, in seiner teddyhaften, drolligen Art, mit seinen treuen Äuglein, eifrig auf den Lippen kauend, da durchschwappte mich ein Tsunami von Gefühlen.

»Himmelherrgott, jetzt schau mal an, du bist es wirklich.« Tschüge lachte laut aus. »Mal wieder zurück im Tal?«

Ich lächelte ihn an. »Ich dachte, ich schau mal nach dem Rechten. Arbeitest du immer noch an unserer kleinen Grande Dixence?«

»Du erinnerst dich«, stellte Tschüge fast erstaunt fest. »Nein, ich geh da manchmal hoch, um den Kopf zu lüften.«

»Und wirfst Steine vom Dach?«

Tschüge lächelte. »Manchmal. Jemand hat da oben welche gelagert, weißt du. Man fühlt sich danach irgendwie leichter.«

Von Nahem fiel mir auf, dass er ziemlich schlechte Haut hatte: Rötungen im Gesicht, Eiterhauben von Pickeln, die aus den Barthaaren rausragten. Auch seine Augenringe waren trotz des schlechten Lichts deutlich sichtbar.

»Du hast schon mal besser ausgesehen«, sagte ich.

Tschüge zuckte mit den Schultern und spuckte auf den Boden. »Gut möglich. War ein langes Jahr.«

Es war viel Zeit vergangen, seit wir uns das letzte Mal gesehen hatten, vier Jahre vielleicht, und auch da nur kurz in der Stadt. Und obwohl ich mich eigentlich freute, Tschüge hier zu sehen, führte er mir gleichzeitig vor Augen, warum ich weggegangen war. Diese passive, konforme, selbstbezogene Haltung des Dorfs hatte sich bereits in ihm festgemacht. Wer hierblieb, versumpfte, wurde bieder und faul.

Tschüge tastete seine Jackentaschen ab. »Hab mein Feuerzeug da oben gelassen. Hast du Feuer?«

»Ich rauche nicht mehr.«

Tschüge stieß verächtlich Luft aus. »Und als Nächstes sagst du mir, du isst kein Fleisch mehr.«

Ich lächelte. »Ich bin doch kein Barbar.«

»Und, was gibts Neues?«, fragte er.

Ich zuckte mit den Schultern. »Nicht viel.«

»Bist du bei deinen Eltern zum Weihnachtsessen?«

Ich nickte. »Hab aber eigentlich keine Lust, mich von Papà runtermachen zu lassen.«

»Dein Vater meint es nur gut.« Tschüges Atem roch nach Bier.

»Dafür findet er aber nicht immer die richtigen Worte.« Ich hasste es, wenn Tschüge meinen Vater verteidigte.

Es entstand eine Pause, und mir fiel nichts weiter ein, worüber wir reden konnten. Ich wusste so gut wie nichts über den Tschüge von heute. Und über den Tschüge von früher wollte ich nicht sprechen. Zu viel war passiert. Ich sah auf die Uhr. »Hör mal, ich muss weiter.«

»Nicht so schnell«, sagte er und packte mich am Arm. »Kommst du hoch und wirfst einen Stein mit mir? Würde dir auch guttun. Zumindest deinen Muckis.«

»Wie habe ich das Dorf vermisst«, sagte ich und folgte ihm eher widerwillig. »So tolle Hobbys wie Steine werfen gibt es in der Stadt einfach nicht.«

Tschüge lächelte. »Was bist du jetzt eigentlich? Filmemacher? Wie dieser Schang-Luc Gotthard? Das wolltest du doch immer.«

»Godard«, sagte ich trocken. »Ja, eigentlich schon. Aber ich arbeite jetzt vor allem als Fotograf. Das ist lukrativer.«

Was nur halb stimmte, denn lukrativer waren meine wenigen Fotoaufträge wirklich nicht, und die meiste Zeit verbrachte ich mit weiteren Nebenjobs und half als Schnittassistent in einer Filmbude aus. Wenn mir Zeit blieb, schrieb ich an einem Drehbuch, das nie fertig wurde.

»Nicht schlecht. Ich könnte mal ein paar schöne Fotos brauchen. Machst du auch mit Blitz und so?«

Ich nickte. »Klar, aber mein Service kostet, weißt du. Firmen bezahlen viel Geld dafür.«

»Umso besser. Dann spar ich ja richtig was.« Er kletterte auf das Wasserrad und zog sich aufs Dach. Ich tat es ihm gleich. Das Holz war kalt und splittrig, und auf dem Dach wehte ein leichter Wind. Von Tschüge sah ich nur noch die Umrisse und das Glimmen seiner Zigarette, die er sich nun angesteckt hatte.

»Was machen die Frauen?«, fragte er.

»Gar nichts. Nerven nur. Und Leila?«

Tschüge murrte Unverständliches.

»Aber ihr seid noch zusammen?«

»Ja, ja. Mehr denn je.«

»Was heißt denn das? Heiratet ihr?«

Tschüge schüttelte den Kopf. »Kriegen deine Kumpels in der Stadt auch schon Kinder? Hier vermehren sie sich gerade wie die Karnickel.«

Ich zuckte mit den Schultern. »Nicht wirklich.«

»Und du? Nie daran gedacht?«

»Geschrei und Kotze rund um die Uhr? Nein, danke.«

»Familie kann auch etwas Schönes sein.«

»Ich habe noch was vor im Leben.«

Tschüge schnaubte Rauch aus den Nasenlöchern. »Ihr Städter habt auch immer das Gefühl, dass nur euer Leben was hergibt.«

Ich zuckte mit den Schultern. »Hier halt ich's jedenfalls nicht aus.«

»Und deine Mutter? Will sie keine Enkel?«

Ich schnaubte. »Ist mir doch egal. Ich bekomme doch keine Kinder, nur weil sie es will.«

»Leila sieht das anders.«

»Sie will Kinder, weil ihre Mutter das will?«

»Ihre Mutter redet zumindest ständig davon. Dass sie bald Enkelkinder haben möchte. Ganz viele. Im Kosovo werden die Frauen früher schwanger, weißt du. Ihre Cousinen haben alle schon mindestens zwei Kinder. Und auf ihren Bruder kann man nicht hoffen. Der ist komplett durchgedreht.«

»Und du? Willst du auch jede Menge?«

»Es klappt ja nicht mal mit einem.«

Ich nickte, weil ich nicht wusste, was ich sagen sollte.

»Hattest du schon mal Sex nach Kalendertermin?« Tschüge wollte anscheinend nicht von dem Thema ablassen. »Das ist ganz schön stressig, kann ich dir sagen. Du musst funktionieren, obwohl du vielleicht gar keinen Bock hast. Das ist schlimmer als Arbeit.«

»Ihr könnt ja sonst immer noch adoptieren.«

Tschüge lachte bitter. »Eher würde Leila mich zur Adoption freigeben und sich einen Neuen suchen. Sie hält mich jetzt schon für einen Versager.«

»Ach komm. Du bist doch eine gute Partie. Ein eigenes Geschäft, ein Haus – was will man mehr?«

Tschüge zog an seiner Zigarette und schaute in die Ferne. »Keine Ahnung.«

»Redet ihr da nicht drüber?«

Er zuckte mit den Schultern. »Du kennst mich ja. Worte sind nicht so meins. Wenn ich zufrieden bin, bin ich still. Und wenn mir etwas nicht passt, ändere ich es eben.« Er sah er mich traurig an. »Bald sind wir dreißig.«

»Wir sind alt.«

»Stimmt schon. Scheiße, waren wir jung damals. Richtige Frischlinge.«

»Jung und naiv.«

»Wir hatten noch Träume. Wir waren glücklich.« Tschüge sah mich an. Seine olivgrünen Augen, die früher treu und leutselig funkelten, flackerten nun rastlos vor sich hin.

»Weißt du noch, die Reise, die wir mal geplant haben?«, fragte er.

Ich lächelte. »Als Abenteurer durch die Welt reisen? So bescheuert.«

Tschüge schüttelte den Kopf. »Gar nicht. Das war eine super Idee. Echt schade, dass wir das nie durchgezogen haben. Ich denke in letzter Zeit oft daran.«

Ich lachte. »Ach komm! Wir hatten kein Auto, kein Geld und auch sonst keinen Plan.«

Tschüge grinste. »Eben! Was wäre das für ein Abenteuer geworden!« Dann nahm er einen Ziegelstein vom Boden auf und wiegte ihn in seinen Händen. »Ich komme manchmal hier hoch, um Wahrheiten zu versenken. Damit ich sie loswerde, weißt du. Ich sage mir zum Beispiel: Scheiß auf den Malatesta, der hat dich vergessen. Dann werfe ich und lasse einen Schrei los, wie Werner Günthör damals.« Tschüge holte aus und schleuderte den Ziegelstein wie eine eckige Bowlingkugel durch das Schneetreiben. Dabei schrie er: »Aargh!« Der Stein versank mit einem *Flumptsch.*

»Ich hab euch nicht vergessen«, sagte ich.

»Dafür hast du dich aber ganz schön wenig gemeldet.«

Ich nahm einen Ziegelstein vom Boden und schüttelte den Schnee ab. Er war leichter, als ich ihn in Erinnerung hatte. »Okay, jetzt ich: Vergiss dieses Kaff, das hält dich nur zurück! Aaargh!«

Flumptsch.

»Fühlt sich gut an, oder?«

Ich nickte. »Du bist nicht der Einzige, der enttäuscht ist, weißt du.«

Tschüge machte ein missmutiges Geräusch.

Ich nahm nochmals einen Stein und warf ihn mit einem »Aargh« ins Wasser. Dann sah ich auf die Uhr. »Jetzt muss ich aber wirklich los. Ich sollte nicht zu spät zu meinen Eltern, wenn ich schon mal komme.«

Tschüge nickte. Auf dem Weg nach unten stütze er mich wortlos, und auch den restlichen Weg bis zu unseren Häusern schwiegen wir.

»Kommst du morgen zur Party?«, fragte Tschüge zum Abschied.

»Welche Party?«

»In Hürlimanns Scheune. Wie jedes Jahr.«

»Zu dieser Provinzfeier?«

»Leila kommt auch.«

Leila. Auch das noch.

»Ich überlegs mir«, sagte ich.

Tschüge wollte mir die Hand geben, doch ich nickte ihm bloß zu, zog die Mütze ab und stapfte zum Eingang meines Elternhauses.

2

»Junge, wie siehst du denn aus?«

Mein Vater stand im Gang, erhobenen Hauptes, den Rücken im hohlen Kreuz, den üppigen Bauch im engen T-Shirt wiegend wie ein schlafendes Baby.

»Ciao, Papà«, sagte ich und streifte meine Jacke ab. »Wie soll ich aussehen?«

»Das Haar um dein Kinn. Soll das Bart sein? Da hat ja jede *capra* mehr.« Er lachte laut auf.

Ein Ziegenvergleich. Das fing ja gut an. Ich trat auf ihn zu und gab ihm einen Kuss auf die Wange. Er war unrasiert und roch auch nicht nach seinem gewohnten Rasierwasser. »Du lässt dich aber auch ziemlich gehen, Papà.«

»Komm doch erst mal in Ruhe nach Hause, mein Sohn«, rief meine Mutter aus der Küche.

Ich ging auf sie zu. »Ciao, Mammà!« Auf sie hatte ich mich gefreut. Es war unfair, dass sie mich so selten zu Gesicht bekam, nur weil ich Papà aus dem Weg ging, und oft hatte ich ein schlechtes Gewissen, wenn ich an sie dachte. Wir telefonierten regelmäßig, und sie versorgte mich über Messenger konstant mit Buchtipps, und viel zu selten sahen wir uns auch, wenn sie für ein Abendessen oder einen Theaterbesuch in die Stadt kam. »Fröhliche Weihnachten!«, rief ich ihr zu.

»Fröhliche Weihnachten!«

»Gut siehst du aus, Mammà.«

Und das tat sie. Schlichtes dunkelblaues Kleid, die schwarzen Haare mit einzelnen silbernen Strähnen in jenem Kurzhaarschnitt, auf den sie in den letzten Jahren gewechselt hatte und der ihr besonders gut stand.

»Du Charmeur. Lass dich in den Arm nehmen.« Sie umschlang mich fest mit ihren Armen, und sofort spürte ich wieder die Weichheit des unsichtbaren Mantels. »Ich wünschte, dein Vater würde mir mal wieder so was sagen. Alles, was ich noch zu hören kriege, sind Jammereien und Befehle«, sagte sie.

»Vero, ich kann dich hören!«, rief Papà aus dem Wohnzimmer.

»Ich weiß!«, rief Mammà zurück und blickte in seine Richtung, um sicherzustellen, dass er nicht zusah. Dann flüsterte sie mir ins Ohr: »Es geht ihm nicht gut. Sei ein wenig nachsichtig.«

Ich sah sie fragend an. Was war mit ihm? Sie schüttelte nur den Kopf.

»Kannst du noch Nonno rufen? Der Schmorbraten ist bald fertig – Guidos Lieblingsgericht.« Sie zögerte einen Moment. »Du isst doch noch Fleisch?«

Ich nickte. Schon kam Papà zurückgeschlurft, jetzt mit einem Bier in der Hand, und löcherte mich mit Fragen.

»Wie läufts mit deinem Filmzeugs? Bist du schon reich und berühmt, und wir habens einfach nicht mitgekriegt?«

Ich zuckte mit den Schultern. Gespräche mit ihm konnten wie Verhöre sein: Je mehr Details ich preisgab, desto mehr würde gegen mich verwendet werden.

»Verstehe«, sagte er, als hätte er diese Reaktion erwartet. »Läuft wohl nicht so … Und die Mädels? Haste wenigstens eine flotte Forelle an der Angel?«

Ich verdrehte die Augen. »Frauen sind keine Fische, Papà.«

»Also kein Mädel, hm? Was treibst du denn die ganze Zeit? Träumen, wie immer? Nino Malatesta, der Zauderkünstler?« Wieder grinste er über seinen eigenen Witz.

»Ich arbeite, wie jeder normale Mensch.«

»Aber verdienst du auch was? Nur dann ist es nämlich Arbeit, mein Junge. Als ich in deinem Alter war, konnte ich mir schon mein eigenes Auto leisten. Und wir hatten *nichts*, Junge. *Niente.*« Papà legte mir eine Hand auf die Schulter und schaute plötzlich ernst. »Brauchst du Geld?«

Ich zuckte zusammen. Seine Geste überraschte und rührte mich. Langsam schüttelte ich den Kopf und lächelte. »Keine Sorge, ich komm gut durch.«

Papà zog schnell die Hand weg und nickte erleichtert. »Gut. Man sollte den anderen nie auf der Tasche liegen. Wenigstens das hast du von mir gelernt.«

Ich sah ihn an und versuchte, den fürsorglichen Papà zu adressieren, der eben aufgeblitzt war. »Wie geht es dir denn?«

»Super. Alles super«, sagte Papà ein wenig zu schnell.

»Sicher?« Ich runzelte die Stirn.

»*Certo!* Hör nicht auf die anderen, die lesen zu viele Bücher. Das benebelt den Verstand. Plötzlich sieht man überall Probleme.«

»Na dann …« Ich drehte mich um und hängte meine Jacke auf, aber Papà ließ sich davon nicht abhalten. Er verfolgte mich durchs Haus und kommentierte weiter.

»Seit du mit dem Boxen aufgehört hast, bist du noch schmächtiger geworden. Habt ihr keine Boxclubs in der Stadt?«

»Papà!«, schnaubte ich. »Ich bin kein Boxer! Versteh das doch.«

»Tja, das ist alles Einstellungssache. Aber wenn du nichts willst, passiert halt auch nichts.«

»Ich habe trainiert. Jahrelang. Alles, was es gebracht hat, waren Gehirnerschütterungen. Wer schickt schon einen Neunjährigen zum Boxen? Und jetzt geh ich Nonno holen.«

»Ich habe es immer gesagt: Boxen macht einen Mann aus dir. Bestimmt hättest du einen richtigen Bart, wenn du weitergemacht hättest. Testosteron und so. Denk an Foreman.« Er fuchtelte in der Luft herum. »Man muss es nur wollen, Junge.«

»Und du? Du treibst ja auch keinen Sport. Das würde dir vielleicht helfen, wenns dir grad nicht so gut geht?«

»Mir gehts blendend, Junge. Und das ganz ohne Sport.«

Ich hob die Augenbrauen. »Hast du mal darüber nachgedacht, mit einem Therapeuten zu sprechen?«

Papà sah mich spöttisch an. »Ich? Das musst du gerade sagen. Hast als Kind geheult wie ein Mädchen. Da hätten wir *dich* mal zum Seelenklempner schicken sollen.«

Ich sah ihn an und wollte etwas erwidern, doch mir versagte die Stimme. Ich war wieder acht und ließ zu, wie mich mein Vater erniedrigte. Tränen schossen mir in die Augen. Alles wurde unscharf. Papà schaute mich genervt an. »Ach komm«, hörte ich ihn stöhnen. »Das war doch ein Scherz. *Uno scherzo!* Was bist du sensibel.«

Ich rannte ins Badezimmer und knallte die Tür hinter mir zu. Im Spiegel sah ich mich, verschwommen hinter einer Träne, als Jungen dastehen, wie ich jahrelang dagestanden hatte und im wenig schmeichelhaften Licht meine Schwächen durchdeklinierte. Ich erinnerte mich, wie neben dem Knautschgesicht und meiner körperlichen Schmächtigkeit eine weitere Eigenschaft hervorstach, die mir auf meinem Weg zum Mannsein ordentlich in die Quere kam. Es war nichts, was man von außen erkennen konnte, aber es spiegelte sich in allem wider, was ich tat: Was auch immer um mich herum geschah, es war, als spielte in meiner Brust unaufhaltsam ein Orchester mit. Inzwischen hatte ich zwar besser gelernt, damit umzugehen, und schaffte es zuweilen ganz, das Orchester zu unterdrücken, doch als Kind hatte es mich regelmäßig von den Füßen gefegt. Das helle Trällern von Flöten, wenn Tschüge aus den Ferien zurückkehrte. Die summende Wärme der Violas beim Streicheln einer Katze. Das Schmettern von Trompeten, wenn mir Papà eine Ansprache hielt. Die bittersüß perlenden Kaskaden des Klaviers, wenn mich ein Mädchen, das ich mochte, nicht grüßte. Die Welt durchströmte mich in Wellen – eine überschwappende Sinfonie der Gefühle, und mein Körper war der Konzertsaal.

Wenn es angenehm war, ließ ich die Musik einfach spielen. Manchmal summte ich mit oder bewegte meine Füße im Takt, ohne dass es jemand bemerkte. Aber oft übertönte das Orchester alle anderen Stimmen und paralysierte mich. Die Musik wurde so laut, dass ich die Außenwelt kaum noch wahrnahm, und ich musste mich durchringen, die Musik innerlich runterzudrehen, um den Faden zur Außenwelt wieder aufnehmen zu können. Oft merkte ich erst an der Reaktion meines Gegenübers, dass mir die Tränen runterliefen. Tschüge zeigte dann jeweils auf seine eigenen Augenwinkel, so, als klebte da eine große Wimper. Dabei waren das nicht nur Tränen der Trauer, sondern Tränen des Glücks, Tränen der Überraschung, Tränen der Rührung. Es war, als wäre in meinem Kopf etwas falsch verdrahtet gewesen.

Mein Vater hatte es gehasst, wenn ich als Kind weinte. Allein die Vorstellung, dass sein Sohn nah am Wasser gebaut war, ließ ihn vor Scham rot anlaufen. »Hör gefälligst auf«, zischte er mich dann an, packte mich mit seinen Arbeiterhänden und schüttelte mich. »Du bist ja schlimmer als ein Mädchen.«

Dann zählte er mir jeweils auf, wie oft er in seinem Leben geweint hatte. Dabei krümmte er den Zeigefinger und den Daumen zu einer zittrigen Null. Das eine Mal bei Salvis Beerdigung schien er vergessen zu haben. Oder er hatte es gar nicht erst bemerkt.

Ich trocknete meine Wangen und ging die Treppe hinunter zur Garage.

3

Nonno lag unter seinem aufgebahrten Fiat Cinquecento, hantierte mit Werkzeug und sang laut zu Paolo Conte, der aus dem Radio schepperte. Seine Füße zuckelten in der Luft, als würde er tanzen. Offenbar hatte er mich nicht gehört.

Eine einzelne Halogenröhre klebte an der Decke und flackerte in den Raum. Ihr bläulicher Farbton und das leichte Flimmern ließen es aussehen wie eine Szene aus den Anfängen des Farbfernsehens. In der rechten Ecke befand sich eine Werkbank, auf groben Pflöcken aufgebockt. Früher hatte ich da oft gestanden und zusammen mit Nonno Modellflugzeuge gebaut. Ich liebte es, ganze Nachmittage hier zu verbringen, zwischen den Geruchsschwaden von gebeiztem Holz und frischem Lack, der auf den Fliegern trocknete, während wir uns bereits über die Bauanleitung für die nächste DC-6 oder den Mitchell-B-25-Bomber beugten. Wenn wir keine Lust mehr auf das Basteln hatten oder eine Pause brauchten, sahen wir uns auf einem kleinen Röhrenfernseher und mit einem VHS-Rekorder alte Filme an: Pasolini, Fellini und alles aus der Nouvelle Vague, Truffaut, Varda, Godard. Die Garage war unser Rückzugsort vor der Welt.

Ich klopfte drei Mal laut an die offene Holztür.

Nonno zog sich unter dem Auto hervor und blinzelte mir entgegen. Belmondo!« rief er, als er mich erkannte. »Hast du mich erschreckt.«

»Frohe Weihnachten, Nonno!«, rief ich ihm zu.

Nonno schien deutlich älter geworden zu sein, seit ich ihn das letzte Mal gesehen hatte. Er zog sich langsam am kleinen Auto hoch und klopfte auf die Haube. »Na, wie findest du *la cara mia*? Sieht aus wie neu, oder?«

Ich musste lächeln. »Sieht aus wie immer. Wie das Nonno-Mobil halt.«

»Sag doch so was nicht! Das hört sich an wie das Auto vom Papst. Aber das hier, das ist ein original Fiat Cinquecento Giardiniera, Baujahr 1969. So einen hat auch schon Belmondo gefahren«, rief er aus und verfiel dann in ein rasselndes Husten.

»Ich weiß, Nonno, ich weiß, das erzählst du jedes Mal.«

»Weil es wichtig ist! Während James Dean und der Brando diese protzigen Schlitten fuhren, war Belmondo mit einem Cinquecento unterwegs. Da stirbt man auch nicht mit. Und man kriegt die schlauen Frauen, weißt du. Die, die nicht hinter dem Geld her sind. Die, die Stil haben.«

Jean-Paul Belmondo. Der französische Schauspieler hatte in Nonnos Universum so etwas wie einen Sonderplatz inne. Ich hatte bereits alle Filme mit ihm gesehen, bevor ich auch nur annähernd verstand, worum es in ihnen ging. Aber es reichte, Nonno zuzuschauen und sich mit ihm zu freuen, wie er sich über Belmondo freute. Und mit der Zeit war Belmondo unser gemeinsames Vorbild geworden. Seine markante, ausdrucksvolle Art und seine Wortkargheit imponierten uns. Belmondo war ein eigenes Kaliber von Mann. Er nahm sich, was er wollte, ohne viel zu reden. Die Frauen liebten ihn dafür. Und wir ihn wiederum dafür. Da war Pierrot, der Verrückte, der in Anzug und mit Gewehr in Paris herumrannte und für die Liebe zum Verbrecher wurde, und da war natürlich Michel in *Außer Atem*, dieser struppige

Gangster mit dem Pokerface, berstend vor Schalk und Coolness. Belmondo beherrschte die Kunst, die Essenz der Welt mit nur einem Blick zu bündeln. Er war wie seine Rollen: ein Straßenköter in edlem Zwirn, immer leicht zerknittert, immer eine Zigarette im Mundwinkel.

»Sei wie Belmondo«, hatte mir Nonno früher stets gesagt, wenn ich mal wieder vom Boxen kam und mich mit blauen Flecken und einer kühlenden Erbsenpackung neben ihn auf den Werkhocker setzte. »Lass die Welt an dir abprallen und pariere sie. Begegne allem mit einem Lächeln – und schlag zurück, wenn es niemand erwartet.«

Als Gegner musste Belmondo furchteinflößend sein: ohne Schwächen, ohne Gefühle, unlesbar. Ohne Vorwarnung schlug er zu. Ein Punch aus heiterem Himmel. Seine Gegner fielen wie vom Blitz getroffen. Und die Mädchen in seine Arme. Ich wollte so sehr sein wie Belmondo. Er hatte die Zügel in der Hand und regelte die Welt. Nach Belmondo-Filmen musste ich nie weinen. Nach Belmondo-Filmen fühlte ich mich stark. Mein inneres Orchester reduzierte sich auf die Pauken, die meinem Herzschlag den Takt vorgaben, *bum, bum, bum*, entschieden und klar, das Herz eines Mannes.

Am Anfang nannte mich nur Nonno so. Statt Nino war ich plötzlich Belmondo. Ich sprach den Namen langsam vor mich hin. Er klang geheimnisvoll. Mit diesem Namen bist du unbesiegbar, sagte Nonno.

Ich nahm mir vor, Belmondo zu werden. Den Träumer in mir zu vertreiben. Das Orchester vor die Tür zu stellen, Instrument für Instrument. Ich wollte stark sein und hart und laut und mutig. Warum also nicht seinen Namen annehmen? Mir leuchtete es ein. Plötzlich stolzierte ich mit gehobener Brust ins Boxtraining und sagte allen, dass sie mich ab sofort nur noch Belmondo nennen sollten. Den Namen sagte ich fast singend. Die meisten lachten, aber ein paar fanden es gut. Ich sah es, wie sie mich ansahen. Mit Respekt.

Heute kann ich sagen: Der Trick gelang. Wenn immer ich mir die Identität von Belmondo überzog, veränderte sich das Licht der Welt. Plötzlich waren die Scheinwerfer auf mich gerichtet. Ich sah mich selbst von außen. Da kommt Belmondo, meldete eine tiefe Ansagerstimme. Ich setzte ein unbeeindrucktes Gesicht auf, und plötzlich ging alles einfacher. Am Anfang unterdrückte ich die Musik in meiner Brust, presste die Rippen zusammen, nahm ihr die Luft und den Raum. Ich schluckte alles runter, verbarg die Tränen hinter versteinerten Grimassen, bis die Stirnhöhlen pulsierten. Mit der Zeit wurde das Orchester leiser, gerade als junger Erwachsener, und was sich nicht auskoppeln ließ, übersteuerte ich mit anderen Dingen. Mit Actionfilmen. Eisbaden. Sarkasmus.

»Ich soll dich zum Abendessen rufen«, sagte ich.

»Ja, ja. Aber erst zeig ich dir noch was«, sagte Nonno und kurbelte den Cinquecento zurück auf Bodenhöhe. Er öffnete die Tür auf der Fahrerseite, und sie klappte nach hinten auf, wie es nur der Cinquecento konnte. Dann winkte er mir zu. Ich bückte mich und stieg durch den winzigen abgerundeten Rahmen auf den Beifahrersitz. Nonno saß am Steuer. Mit zitternden Händen fuhr er über das Lenkrad und das Armaturenbrett entlang und zählte dabei die Funktionen auf. Die Reibung seiner Hände auf den rauen Oberflächen hallte im Auto wider. »Das hier ist der Choke«, erklärte er und zeigte auf einen kleinen Hebel unter dem Armaturenbrett. »Den brauchst du bei Startschwierigkeiten.« Er blickte mich an, prüfte, ob ich ihm folgte. »Das sind Blinker und Licht. Hier ist die Hupe. Hupt wieder wie ein Weltmeister.« Der Druck löste ein kurzes helles Tröten aus, das aus der Motorgegend zu kommen schien.

»Nonno, jetzt wo du alles repariert hast, willst du mir doch nicht etwa sagen, dass du wieder fährst?«, sagte ich in gespielt empörtem Ton.

»Ach, nein!«, sagte Nonno und drehte den Kopf in die andere Richtung, um zu husten. Im Seitenspiegel meinte ich, ein verschmitztes Lächeln um seine Mundwinkel zu bemerken.

»Nein, aber mal ernsthaft, Nonno. Du weißt, dass du das nicht mehr solltest. Der Arzt hat es verboten. Und Papà mag auch keine Bußen mehr bezahlen.«

»Ja, ja, das weiß ich, weiß ich natürlich, *caro mio*.«

Nonno schaute mich an. Blinzelte. Natürlich war er wieder gefahren. Natürlich wusste er, dass ich es wusste.

»Ein Auto ist wie ein guter Freund«, sagte er. »Ich kann ihn einfach nicht *nicht* fahren. Wir haben zu viel zusammen erlebt. Wir sind von Hamburg bis nach Palermo, von Porto bis an den eisernen Vorhang gefahren. Nur in den Osten haben wir es nie geschafft. Wenn ich etwas bereue, dann das. Aber irgendwann schaffen wir das auch noch. Durch den Balkan, bis nach Istanbul.«

»Aber höchstens als Beifahrer«, sagte ich.

»Abgemacht. Du fährst, und ich navigiere. Und rauche dabei. Versprochen?«

»Versprochen.«

Nonno grinste sein Omar-Sharif-Grinsen. Er liebte dieses Auto einfach. Er war es gefahren wie andere einen Bentley: mit einem überlegenen Lächeln im Gesicht und der Gewissheit, im schönsten Auto weit und breit zu sitzen.

»Du, sag mal«, fügte er zögernd hinzu, »hast du eigentlich noch von diesen Menthol-Zigaretten?«

Damit hatte ich gerechnet. Seit ein paar Jahren wollte Nonno ständig kiffen. Ich hatte mir vorgenommen, nicht mehr zu rauchen, auch kein Gras, aber für Nonno machte ich eine Ausnahme. Ich kramte meine Tabakdose hervor, zerkrümelte das restliche Hasch, das ich vor meiner Abreise noch in meiner Wohnung gefunden hatte, und rollte zwei kleine, aber feine Tüten. »Die rauchen wir später. Und nicht Mammà erzählen, gell.«

»Versprochen!«, sagte Nonno und fiel mir in die Arme. Sein Körper fühlte sich an wie Schwemmholz – überraschend leicht und porös.

Wir gingen langsam die Treppe hoch. »Was ist mit Papà?«, fragte ich.

»Wenn ich das wüsste …«

»Ist er krank?«

Nonno schüttelte den Kopf. »Ich glaube nicht. Aber irgendetwas passiert mit ihm. Er ist wahnsinnig launisch, trinkt viel zu viel. Neulich habe ich unter dem Cinquecento gelegen, und er ist in die Garage gekommen und hat mich nicht gesehen, und plötzlich hat er losgeheult – ein richtiger Heulkrampf. Dann hat er sich die Augen getrocknet und danach beim Abendessen so getan, als wäre nichts gewesen.« Nonno sah mich an. »Vero und ich erreichen ihn nicht. Er behandelt uns, als wollten wir ihn zwangseinweisen. Du musst mit ihm sprechen. Vielleicht findest du einen Zugang.«

Ich seufzte. »Ich? Er behandelt mich immer noch wie ein Kind.«

»Er hält viel von dir.« sagte Nonno. »Er zeigt es nur nicht immer.«

Ich bemerkte es während des Essens. Wir waren mitten in einem Gespräch – und plötzlich glitt Papàs Blick ab, und er starrte gedankenverloren ins Kerzenfeuer.

»Vielleicht sollten wir zurück nach Italien ziehen«, sagte er unvermittelt.

Mammà blickte ihn besorgt an. »Und was wollen wir dort?«

»Ein neues Leben beginnen.«

»Wir haben schon ein Leben. Hier. Guck doch mal in die Runde. Drei Generationen voller Leben.«

Papà schüttelte den Kopf. »Was wollen wir überhaupt hier?«

Betretenes Schweigen am Tisch.

»Warum sind wir überhaupt hier gelandet?«, fuhr Papà fort.

Mammà stöhnte genervt. »Weil du hier einen Job bekommen hast. Dein Vater ist wegen dir hergezogen. *Ich* bin wegen dir hergezogen. Dein Sohn ist hier aufgewachsen. Unsere Freunde sind hier.«

Papà schnaubte verächtlich. »Auf die kann ich verzichten.«

»Ist es wegen Salvi …«, sagte Mammà.

»Lass Salvi da raus!«, rief Papà wütend. Dann sah er zu mir: »Und der da ist ja auch nie da. Da könnten wir genauso gut in Genua wohnen.«

»Okay«, sagte ich. »Das liegt vielleicht nicht nur an mir.«

»Guido, das kann der Junge doch selbst entscheiden«, kam mir Mammà schnell zu Hilfe.

»Das hat er ja. Er hat entschieden, nicht herzukommen. Wann war er zum letzten Mal hier? Vor wie vielen Jahren?«

Ich räusperte mich. »Tut nicht so, als wäre ich nicht da.«

»Du *warst* ja auch nicht da. Hast deine Mammà, deinen Nonno und sogar deine Freunde hier alleine gelassen. Was für ein Freund bist du denn? Weißt du, wie oft Tschüge mich nach dir gefragt hat?«

»Was für ein Freund bist *du* denn? Dein bester Freund hat sich erhängt, und jetzt schweigst du ihn tot.«

Papà zuckte. »Warum bist du überhaupt hergekommen?«, fuhr er mich an. »Um mich fertigzumachen?«

»Um zu sehen, wie es dir geht!« Meine Stimme überschlug sich.

»Nach all den Jahren? Du interessierst dich nur für dich!« Papà lachte höhnisch. »Aber, bitte, schreib es dir in dein Drehbuch: Es. Geht. Mir. Gut.« Papà stand auf.

Mammà sah besorgt auf seinen Teller. »Du hast kaum etwas gegessen, Guido.«

»Ich hab keinen Hunger«, sagte Papà und setzte sich vor den Fernseher.

Mammà schloss die Augen, atmete tief ein und wieder aus. Dabei massierte sie sich mit den Fingern die Schläfe. Als sie die Augen wieder öffnete, war das Lächeln zurück in ihrem Gesicht. »Lasst uns essen!«, sagte sie und wandte sich mir zu. »Schön, dass du hier bist, Nino.«

Den Rest des Abends verbrachten wir zu dritt am Tisch.

Später saß ich mit Nonno in der Garage und rauchte einen der beiden Joints.

»Papà ist doch wie immer«, sagte ich. »Er mäkelt an anderen rum und hält sich selbst für unfehlbar.«

Nonno nahm einen tiefen Zug und schwieg.

»Und was will er plötzlich in Italien?«, sagte ich.

»Er will davonlaufen.«

»Wovor hat er denn Angst?«

»Vor sich selbst vielleicht?«

»Vor seinem schnellen, linken Haken?« Ich imitierte Papàs Gefuchtel mit den Fäusten. »Ich. Bin. So. Ein. Guter. Boxer.«

Nonno kicherte. Das Hasch wirkte.

»Warum bist du so anders als er?«, fragte ich.

»Ich war nicht immer so wie jetzt«, sagte Nonno. »Menschen ändern sich.«

»Werde ich dann auch mal so wie Papà?«

Nonno lächelte und schüttelte den Kopf. »Das wird nie passieren, Belmondo. Keine Sorge.«

Als ich zu Bett ging, fand ich auf dem Handy eine Nachricht von Tschüge: *Du kommst morgen an die X-Mas-Party. Ich hab ein Ticket für dich.*

Ach, warum auch nicht. Dann würde ich mir das antun und danach von hier verschwinden. Vor allem aber würde ich nach über zwölf Jahren Leila wiedersehen. Wie sie wohl inzwischen aussah?

Ok. Ich werde da sein, schrieb ich zurück.

Mein Zimmer fühlte sich genauso an wie früher. Ich schlüpfte unter die Decke. Konnte es sein, dass Mammà immer noch das gleiche Waschmittel benutzte? Mit jedem Atemzug kamen Erinnerungen hoch. Die schlaflosen Nächte vor den Französischprüfungen. Mein wohlbehütetes Spice-Girls-Foto aus der *Bravo*, das ich unter dem Bett versteckt hatte und das Mutter irgendwann gefunden und achtlos in den Müll geworfen hatte. Der immer stärker werdende Drang, einfach weg zu wollen. Weg von den Mädchen in der Schule, die für Tschüge und mich nur Hohn und Spott übrighatten. Weg von den Boxjungs, die nichts anderes kannten als Schwanzvergleiche und Obszönitäten. Weg von den unfertigen Identitätsskizzen und alten Rollenmustern, die sich nun alle zwei Größen zu klein anfühlten.

Die Zeit war ein Waschmittel, sie roch nach Lavendel, und ich erinnerte mich, wie es war, als die Freundschaft zwischen mir und Tschüge die ersten Risse bekam.

4

Als wir zwölf waren, zog eine neue Familie in unser Dorf. Die Tochter dieser Familie kam in unsere Klasse. Leila. Als sie vorne an der Tafel stand und die Lehrerin sie allen vorstellte und etwas von Kosovo und Krieg erklärte, schaute sie bloß auf ihre Füße, die in viel zu großen Ledersandalen steckten und ihre zierliche Gestalt noch kleiner und zerbrechlicher erscheinen ließen. Wie gebannt musterte ich ihr Gesicht mit den wachen braunen Knopfaugen, den dichten fingerbreiten Augenbrauen, die fast zu einer zusammengewachsen waren, und den dunklen Locken darüber, die wie schwarze Gravitationswellen in alle Richtungen zu fließen schienen. Überhaupt hatte sie die dunkelsten Haare, die ich je gesehen hatte, und gelegentlich, wenn die Sonne sie von hinten beschien, bekamen sie einen bläulichen Schimmer.

Während der Schule trug Leila oft Kleider, die ihr mehrere Nummern zu groß waren. Einmal ging das Gerücht um, dass sich ihre Familie keine Kleidung leisten könne und auch Katzen essen würde. Als sie eines Morgens in einem neuen, passenden Kleidchen in die Klasse kam und vor Stolz vibrierte, wurde sie nach der Pause ausgelacht, weil Steffi von der Klasse über uns auf dem Pausenplatz behauptet hatte, ihre Mutter hätte genau dieses Kleid an die Kleidersammlung für Afrika gespendet. Ich habe Leila kaum je weinen sehen, aber an diesem Tag konnte sie die Enttäuschung und Wut nicht zurückhalten und rannte mit Tränen in den Augen aus dem Zimmer. Das Kleid sah ich nie wieder an ihr.

Leilas Familie hatte als serbische Minderheit im Kosovo gelebt. Ihr älterer Bruder erzählte später in der Schule, dass sein Vater im Untergrund gewesen war, aber dann von »Scheißmuslimen« verraten, an einer Wand hingerichtet und anschließend im Wald verscharrt worden sei. Ich kann mich noch erinnern, wie befremdet ich war von der Art, wie er das alles erzählte – als hätte es gar nichts mit ihm zu tun. Seine Augen funkelten geheimnisvoll, und die grausamsten Stellen schmückte er mit seltsamen Gesten aus, indem er etwa seine Hände zu einem Maschinengewehr formte und laut »Ratatata!« schrie, sodass sich seine Spucke in den Gesichtern der Zuhörenden verteilte, die verstört zurückwichen. Wie kann man so viel Spaß am Tod seines eigenen Vaters haben, dachte ich. Leilas Bruder zog später immer wieder die Aufmerksamkeit auf sich, mit immer verrückteren Geschichten und irgendwann auch mit merkwürdigen Aktionen, die ihm oft Ärger einbrachten. Es schien, als brauche er das. Als sei das seine Art, mit dem Krieg umzugehen.

Leila war das Gegenteil. Ruhig und friedfertig, mit einem starken Sinn für Gerechtigkeit. Und auch wenn sie am Anfang kaum etwas verstand, was gesprochen wurde, konnte sie mit ihrem ansteckenden Lachen und dem bewundernden Blick schnell einen Zugang zu den anderen Kindern finden. Es dauerte nicht lange, da war die halbe Klasse in sie verschossen – Tschüge und ich eingeschlossen.

Sie war das erste Mädchen, in das ich verknallt war. Ich liebte ihre Unsicherheit, ihren Blick für Details, etwa wie sie ihren Namen schrieb; mit einem verschnörkelten L und einem Sternchen anstelle eines i-Punkts. Wie sie den ganzen Tag kein Wort sagte, die Augen dunkel und traurig, aber dann bei der Schaukel hell und laut jauchzen konnte, und wie ihre Locken dabei im Wind flatterten. Dass ihr kleiner Kopf ganz rot anlief und sie zu schnauben anfing, sobald sie eine Ungerechtigkeit ausmachte oder jemand gehänselt wurde. Wenn sie mich ansah und mir zuhörte, wollte ich nichts anderes tun, als immer weiterzureden.

»Ach Belmondo«, sagte sie dann manchmal und lächelte, und ich hörte augenblicklich auf zu reden und lächelte zurück, auch weil sie meinen Namen so lustig betonte. Bellmoondo, mit langem L und langem O, so wie man auf Italienisch »die schöne Welt« sagen würde. Und mit Leila wurde die Welt auch schön. Manchmal erinnerte sie mich an Nscho-tschi, die Schwester von Winnetou, und ich stellte mir vor, wie das wäre, ich als Häuptling der Apachen und sie als treue Gefährtin an meiner Seite, und zusammen würden wir Abenteuer erleben und uns erwartungsvoll entgegenreiten und umarmen, käme ich einmal von einsamer Jagd nach Hause. Aber was ich für sie empfand, behielt ich für mich, aus Angst davor, dass sie meine Gefühle für Schwachsinn halten könnte.

Tschüge hingegen machte keinen Hehl aus seiner Verliebtheit. Er pflückte am Straßenrand Löwenzahn und steckte ihn ihr auf dem Schulhof zu. Er kratzte die Salamischeiben aus seinen Pausenbroten, rollte sie und teilte sie mit ihr. Ab und zu wartete er nach der Schule vor dem Schulhaus, um sie nach Hause zu begleiten. Ich freute mich, sie dadurch häufiger zu sehen, aber andererseits schien sie vor allem Augen für Tschüge zu haben. Und Tschüge hatte nur noch Augen für sie.

Zu dieser Zeit gab es einen neuen Polizisten im Dorf, zugewandert aus dem französischsprachigen Wallis. Er hieß Jean mit Vornamen, und aus Jean wurde schnell Schang, und kurze Zeit später nannten ihn alle nur Schangli. Das klang wie Bruce Lee, was lustig war, weil er für uns das Gegenteil verkörperte. Bruce Lee war schnell und wendig, Schangli hingegen fiel durch seine Gemütlichkeit und den dicken Bauch auf. Und durch seinen Hass auf freche Jungs. Also machten wir es zum Spiel, Schangli auf die eine oder andere Art zur Weißglut zu bringen. Eine Möglichkeit war, ihn bei seinen Pausen zu stören, die er meistens auf dem Dorfplatz vor dem Rössli bei Nussgipfel und Milchkaffee abhielt. Wenn der Blechhahn auf dem Kirchturm in Richtung Rössli zeigte, konnte man sich hinter dem Dorfbrunnen verstecken und mit seinen Pump-Action-Spritzgewehren in steilem Winkel in die Luft schießen. Der Wind trug das Wasser dann bis zum Rössli, und einen kurzen Moment später konnte man die französischen Flüche von Schangli vernehmen. Ein Trick, den wir von Dävu und seiner Gang abgeschaut hatten.

Eines Mittwochnachmittags schlichen Tschüge und ich zum Dorfplatz, mit Leila im Schlepptau. Ich hatte beiden einen großen Spaß versprochen, aber insgeheim führte ich etwas anderes im Schilde.

Wir spähten über ein Auto hinweg und sahen, wie sich Schangli pünktlich um halb drei an den vordersten Tisch vor dem Rössli setzte, der orange Plastikstuhl bog sich unter seinem Gewicht. Wie er dasaß und sich einen Stumpen anzündete, den Kopf entspannt in den Nacken gelegt, gab er ein ideales Ziel ab. Ich stupste Tschüge an.

»Geh an den Brunnen und füll deinen Blaster nach.«

»Er ist doch noch halb voll«, flüsterte Tschüge.

»Ja eben, geh jetzt, wir brauchen die volle Ladung!«, zischte ich zurück.

Tschüge stand auf und schraubte den Tank ab. Dann ging er in einer Weise, von der er wohl dachte, dass es möglichst unverdächtig aussah, bis zur Mitte des Platzes, um seinen Tank zu füllen.

»Jetzt musst du schauen. Gleich flucht Schangli wie ein Wald voll Affen«, sagte ich zu Leila. Dann riss ich meine Blaster in die Höhe und ließ einen langen Strahl über den Platz segeln. Es dauerte vielleicht zwei Sekunden, da schrie eine tiefe Stimme: *»Merde! Les coquins!«*

Tschüge sah erstaunt zu uns rüber und gestikulierte wild. Dann ließ er den Tank fallen und rannte in die andere Richtung davon. Mit lautem Gezeter stapfte Schangli hinterher. Dabei musste er mit einer Hand seine Mütze halten, damit sie nicht davonflog. Das Schauspiel dauerte keine zehn Sekunden, dann waren sie in einer Gasse abgebogen und damit unserem Blick entschwunden. Ich krümmte mich vor Lachen. So lustig hatte Schangli noch nie reagiert. Erwartungsvoll schaute ich zu Leila. Wenn das mal kein Spektakel war, das ich ihr hier bot!

Doch sie stand bloß da und sagte kein Wort. Das Gesicht regungslos und abwesend, als sei sie tief in Gedanken versunken.

Ich stupste sie an und prustete nochmals laut los. »Das war vielleicht lustig!«

Sie schüttelte ihre Locken und sah mich mit großen Augen an. »Warum hast du das getan?«

»Na, weil es lustig ist, den dicken Schangli so rennen zu sehen!«

»Aber warum Tschüge? Kriegt er jetzt kein Problem mit der Polizei?«

»Ach, der! Mach dir keine Sorgen um ihn«, sagte ich leicht genervt. Ich war enttäuscht von ihrer Reaktion. Warum ging es ihr immer nur um Tschüge? »Schangli ist Stammkunde in der Metzgerei. Tschüges Vater wird das schon richten.«

Leila sah mich prüfend an. »Du bist ein schlechter Freund, Belmondo.« Ihr Ton war nicht anklagend oder wütend, eher nüchtern und leise, als wäre das, was sie gesagt hatte, eine unverrückbare Feststellung. Dann machte sie kehrt und ging weg.

Am nächsten Morgen passte mich Tschüge vor unserem Haus ab. Er zitterte vor Wut. »Warum hast du das getan?«

»Mir ist der Schuss einfach losgegangen. Das war doch alles halb so wild.«

»Das hast du absichtlich gemacht! Ich habs gesehen«, schnaubte er. »Wegen dir musste ich meinen Blaster abgeben. Vater hat ihn auf dem Metzgertresen zerhackt. Und bei Schangli muss ich mich auch entschuldigen.«

Ich wusste nicht, was ich sagen sollte.

»Das war so gemein von dir.« Er war richtig sauer. Dann sagte er etwas, was noch lange in meinem Kopf nachhallte: »Du bist kein echter Freund, dabei hast du es geschworen!«

Mit diesen Worten ließ er mich stehen. Ich ging, zum ersten Mal überhaupt, allein zur Schule.

Etwas in mir rumorte. Was hatte mich bloß dazu getrieben, meinen besten Freund zu verraten? Ich hatte versucht, ihn herabzusetzen, um mich selbst vor Leila besser aussehen zu lassen. Doch was hatte es mir gebracht? Wie konnte es so weit kommen, dass wir uns wegen eines Mädchens stritten? Es tat mir unendlich leid.

Am Mittag ging ich nach Hause und holte meinen Action-Blaster. Während der nächsten Pause legte ich ihn auf seinen Stuhl, zusammen mit einer Notiz:

Hallo, Tschüge,
ich will dein Freund bleiben.
Gute Freunde halten zusammen.
Gegen alle. (Auch Mädchen.)
Dein Freund
Belmondo

Am Morgen darauf stand Tschüge vor seiner Haustür und wartete auf mich, um zur Schule zu gehen. Als wir an Leilas Haus vorbeikamen, stoppte er mich. Dann ging er die Treppe hoch und klingelte. Leila kam raus und grüßte, als wäre nichts gewesen. Von da an gingen wir zu dritt zur Schule, und Leila war Teil unserer Clique.

Plötzlich war sie immer mit dabei. Wenn wir eine Fahrradtour machten, um die neuen Kälbchen auf Simus Hof zu besuchen, wenn wir ins Schwimmbad gingen oder ein Game-Abend bei Flöru machten, sogar bei unseren Expeditionen im Wald kam sie mit. Ich selbst lud sie nie ein, und trotzdem schien sie immer Bescheid zu wissen, wo wir uns trafen und was wir vorhatten. Tschüge ließ sie mit einer Großzügigkeit an unserer Freundschaft teilnehmen, dass ich mich nicht dagegen wehren konnte. In meinem Innern begannen jedoch langsam Wolken aufzuziehen. Leila gefiel mir noch immer, und tief in mir war ich davon überzeugt, dass sie mich Tschüge vorziehen würde, aber ihre bloße Anwesenheit hatte eine Veränderung in der Dynamik unserer Spiele zur Folge, die mich nervte. Warum musste sie überall mitmachen, wo doch Tschüge und ich uns die Spiele ausgedacht hatten und die Rollen schon bestimmt waren? Warum musste sie dann Fragen stellen und den Ablauf stören? Wieso konnte sie sich nicht eigene Freunde oder Freundinnen suchen?

Aber dann gab es wieder Momente, wo wir nebeneinander durchs hohe Gras liefen und die Arme ausstreckten und mit den Händen über die blühenden Gräser fuhren und Leilas Fingerspitzen dann, wie aus Zufall, meine berührten. Das Kitzeln in den Fingern wurde zum Kitzeln in meinem Herzen, und nirgends hätte ich lieber sein wollen als neben ihr, durchs Gras laufend, das in der tief stehenden Augustsonne golden schimmerte, von den Spatzen über uns bepfiffen, das Kitzeln der Pollen in der Nase, und wenn sie dann summte – beschwingte, mir unbekannte Melodien –, begann ich innerlich zu schweben. Schweb wie ein Schmetterling. War es das, was Muhammad Ali gemeint hatte?

Eines unserer liebsten Spiele in dieser Zeit war das Entweder-oder-Spiel. Oft saßen wir irgendwo, zu zweit, zu dritt, und spielten das Spiel.

»Du musst dich entscheiden: Entweder du kannst nur sehen oder nur hören. Was ist dir wichtiger?«, fragte Tschüge.

»Ah, der ist fies! Aber ist klar: Nur hören. Dann muss ich deine Visage nicht mehr sehen.«

»Ha-ha. Sag schon. Sehen oder hören?«

Ich dachte nach. Ein Film brauchte beides, Ton und Bild. Es gab Stummfilme, aber die waren langweilig. Und Hörspiele waren, na ja, farblos. Ich dachte an Leila. Wie ihre Locken im Gegenlicht hüpften. Ihr Lächeln.

»Sehen«, sagte ich. »Ich würde nur sehen wollen.«

Tschüge nickte. »Gute Wahl. Hätte ich auch gesagt.«

Am Anfang waren es einfache Fragen. Entweder Komantschen oder Apachen? (Apachen!) Entweder Margherita oder Wurstel? (Margherita!) Aber dann wurden die Fragen schwieriger, und als Tschüge sich weigerte, sich zwischen Stéphane Chapuisat und Georges Bregy zu entscheiden, musste ein zusätzliches Oder her: Entweder man entschied sich für eine Antwort, oder man musste etwas tun. Entweder-oder-oder. Stéphane Chapuisat oder Georges Bregy oder beim miesepetrigen Z'Graggen durch den Garten rennen. Und plötzlich fand Tschüge Chapuisat doch eine Spur besser.

Eines Nachmittags, als Leila beim Zahnarzt war und wir zu zweit am Fluss standen und mit Steinen an unserer Grande Dixence bauten, sagte ich: »Ich oder Leila oder eine Woche kein Fleisch essen.« Die Frage klang so, als sei sie mir eben erst in den Sinn gekommen, dabei hatte ich schon seit Wochen daran gefeilt.

Tschüge sah mich an. »Eine Woche kein Fleisch essen? Spinnst du?«

Ich lächelte. »Tja, dann: Ich oder Leila?«

Tschüge ließ einen großen Stein ins Wasser plumpsen. »Na dich, du Gigu.«

Ich lächelte erleichtert.

Es war ein Septemberabend, als ich mit meinem BMX die Straße entlangfuhr und dabei vom Gehweg auf die Straße und zurück hüpfte. Die Sonne war schon untergegangen, und nur die Bergspitzen leuchteten in warmen Orangetönen. In meinem T-Shirt fror ich leicht, aber das war mir egal. Nicht egal war die Langweile. Eigentlich hatte ich mit Tschüge ausgemacht, dass wir uns etwas im Fernsehen anschauen würden – Papà war bei einem Fußballspiel, und Mammà ließ uns manchmal ziemlich krasse Filme schauen –, aber Tschüge hatte angerufen und gesagt, er müsste seinem Vater beim Wursten helfen und könne nicht. Also kurvte ich durch die Gegend und hing meinen Gedanken nach.

Plötzlich stand ich vor der Metzgerei. Drinnen leuchtete die Auslage im blauen Neonlicht: saftige rosa Koteletts mit weißen Fettadern, panierte Kalbsschnitzel, aufeinandergestapelt, in Paprika marinierte Pouletspießchen, dazwischen grüne Gläser mit eingelegten Cornichons oder Pilzen. Hinter der Theke entdeckte ich Tschüges Vater, der gerade ein großes Stück Fett zu hacken schien, und daneben stand Tschüge und vermischte kleinere Stücke aus Fett und gepökeltem Fleisch, würzte sie mit Salz, Pfeffer und einer Messerspitze gemahlenem Kümmel und drehte sie durch den Fleischwolf. Ich kannte den Ablauf genau, weil ich oft dabei geholfen hatte, und gerade wollte ich an die Scheibe klopfen und meine Hilfe anbieten, als ein weiterer Kopf hinter dem Tresen auftauchte. Zuerst war er verdeckt von einer Werbung für die kommende Wildsaison, doch dann bewegte sich der Kopf nach hinten, und ich konnte klar die dunklen Locken erkennen, die mit einer durchsichtigen Haube gebändigt waren, damit sie nicht ins Fleisch sprangen. Leila hielt einen langen Schweinedarm in ihren kleinen Plastikhandschuhhänden und drehte die Würste, sobald ein Stück Darm prall gefüllt war, ab.

Mir wurde schwindelig. Normalerweise machte ich diesen Job, und Tschüges Vater lobte mich immer für meine Sorgfalt. Wie konnte es sein, dass er mich in aller Stille ersetzt hatte, und dann noch mit einem Mädchen? Oder war es Tschüge gewesen, der Leila mit seinem Handwerk imponieren wollte? Oder wollte Leila gar einen Keil zwischen uns treiben? Dabei war Wursten »Männersache«, wie es Tschüges Vater manchmal sagte. Mädchen fanden das eklig. Die toten Tiere und alles. Doch Leila war nicht wie die anderen Mädchen. Genau das war das Problem.

In diesem Moment drehte sich Leila in meine Richtung, lächelte und zwinkerte mir zu. Ich erstarrte. Oder zwinkerte sie sich selbst zu, im Glanz des Schaufensters? Dann kehrte sie sich wieder ab und lachte über etwas, das jemand gesagt hatte. Ihre weißen Zähne leuchteten im neonblauen Licht. Sie sah glücklich aus.

Etwas kam über mich. Eine Wut, wie ich sie nie gekannt hatte. Plötzlich fühlte ich nichts als den Wunsch nach Zerstörung. Ich wollte diesen Moment durch den Fleischwolf drehen, damit es sich für alle gleich anfühlte. Mein inneres Orchester tobte – ungebändigte Pauken, schreiende Streicher, schräge Trompeten –, und ich bekam es nicht mehr unter Kontrolle.

Und während alles in mir schrie, fuhr ich wie auf Autopilot um die Ecke, stellte das BMX an die Wand, packte einen Stein, der als Verzierung im Garten des Nachbarn lag, und warf ihn mit solcher Wucht in Richtung Metzgerei, dass mir ein Schrei entglitt. Für einen Moment sah ich einen dunklen Schatten in der Luft. Es war ein schöner Wurf, mit Kraft und Können ausgeführt, und der Stein flog weiter und weiter, mit einem leichten Spin rotierend, und irgendetwas in mir war stolz auf einen solchen Wurf, der im Turnunterricht bestimmt die Bestnote bekommen hätte. Dann sprang das Schaufenster unter lautem Getöse in tausend Teile.

Die Angst packte mich. Wenn ich direkt zu mir nach Hause ging, würden sie mich sehen. Also schwang ich mich auf mein BMX und fuhr, so schnell ich konnte, im Schutze der Hecke davon, in die nächste Einfahrt und von da über einen Schleichweg zur Rückseite unseres Hauses. Dort warf ich den Fernseher an und wartete, bis die Polizei käme oder zumindest ein schäumender Metzgermeister mit enttäuschtem Sohnemann im Schlepptau, um mir zu verkünden, dass alles vorbei sei und ich jetzt büßen müsste. Ich malte mir aus, wie ich in Handschellen aus dem Haus geführt würde, das Haus in rot-blaues Licht getaucht, Fotografen hinter einer Absperrung, enttäuschte Eltern, die von zwei Ermittlern verständigt wurden, im Hintergrund Tschüge und sein Vater mit schüttelnden Köpfen einen Scherbenhaufen zusammenwischend.

Ich wartete, bis Mitternacht vorbei war und knapp bekleidete Frauen im Fernsehen Telefonnummern vorhauchten.

Niemand kam.

5

Die Wiese hinter der Scheune war zugeparkt mit Autos: dreckgesprenkelte Subarus, tiefergelegte Opel Astras und VW Golfs mit getönten Heckfenstern, auf denen politisch inkorrekte Sprüche prangten. Am Eingang standen ein paar Leute vor einem mit blinkenden Lichtern geschmückten Weihnachtsbaum und rauchten. Ich drückte mich vorbei an schlaffen Körpern, die nach Glühwein und Fondue stanken, und gelangte in den Innenraum. Hier trug man noch Polos über langärmligen weißen T-Shirts, Hemden mit Pullunder oder pinkfarbenen Daunenwesten. Die meisten Anwesenden waren jünger als ich, aber ein paar der Gesichter kamen mir bekannt vor.

»Hey, Fonsi, du Gigu!«, rief mir eine gepresste Stimme von der Seite ins Ohr. Gleichzeitig klopfte mir eine Hand mit Wucht auf die Schulter.

Ich drehte mich um und brauchte ein paar Sekunden, bis ich ihn erkannte. »Hallo, Dävu«, sagte ich nüchtern. »Immer noch täglich am Leute beleidigen?«

Dävu grinste. Seine Zähne waren bräunlich, die fettigen Haare hingen ihm ins Gesicht. Er zog an einem dicken Joint, der gemäß seinen geröteten Augen nicht der erste des Tages war. Früher war er der Anführer der miesesten Bande des Dorfs gewesen, heute bloß ein weiterer versumpfter Zeitgenosse. Ich spürte leichte Genugtuung aufkommen. Angst hatte ich keine mehr vor ihm.

»Willst du was zu rauchen?«, fragte Dävu und grinste mich schief an.

Ich schüttelte den Kopf. »Ich habe gehört, du arbeitest als Lehrer.«

Dävu runzelte die Stirn. »Nee. Haben mich rausgeschmissen. War angeblich ein schlechtes Vorbild.« Er zuckte mit den Schultern.

»Das kommt ja überraschend. Was machst du stattdessen?«

»Mal dies, mal das.« Er zwinkerte mir verschwörerisch zu.

Der Idiot hatte in all den Jahren nichts zustande gebracht, aber Papà nannte *mich* einen Zauderkünstler?

»Ist Thömu auch hier?«, fragte ich. Thömu, das Stachelschwein, und er waren früher wie Pech und Schwefel gewesen.

»Puh, den habe ich lange nicht gesehen. Seit er ein Kind hat, ist der weg.«

»Thömu hat ein Kind? Das kann ich mir nicht vorstellen. Der kann doch nicht mal bis zehn zählen.«

Dävu nickte. »Schon ein paar Jahre. War ein Unfall …« Er klang, als wäre Thömu gestorben. »Tja. Aber wenn du was zu rauchen brauchst, dann weißt du Bescheid.«

»Schon klar«, sagte ich und winkte ab. Er zeigte seine braunen Zähne, dann haute er bereits dem Nächsten auf die Schulter.

Ich schob mich gerade weiter vorwärts, als ich aus den Augenwinkeln eine Gestalt auf der Tanzfläche bemerkte. Es war ein Mädchen, das wie ein Vogel im Aufwind über dem Boden zu schweben schien. Die farbigen Lichtpartikel der Diskokugel tanzten auf ihr, während sie den Kopf in den Nacken legte und sich mit ausgebreiteten Armen immer schneller drehte. Sie trug ein schwarzes Stoffkleid und eine silberne Kette um den Hals, die wie ein Planet um sie herumschwirrte. Ich erinnere mich nicht mehr an den Song, zu dem sie tanzte, aber ich weiß noch genau, wie ich meine Augen nicht von diesem eleganten, sublimen, unendlich feingliedrigen Wesen lösen konnte. Es passte so gar nicht an dieses Bauernfest.

Ich wollte auf sie zugehen, wollte sie fragen, woher sie kam, wollte alles von ihr wissen, da hob sie den Kopf und sah mich an. Mit einem lauten Husten pustete die Rauchanlage eine dicke Schicht waberndes Grau zwischen sie und mich. Mein Kopf schwirrte, und ich brauchte einen Moment, um diese Knopfaugen mit den wuchtigen dunklen Augenbrauen darüber und dieser frechen Ponyfrisur, die als seidener Vorhang darüber baumelte, mit meinem inneren Bild von ihr übereinzubringen.

Leila.

Ohne Zweifel war sie das. Und ehe mir klar wurde, was gerade passiert war, trat sie langsam aus dem Nebel und kam in meine Richtung, Hand in Hand mit einem Schatten, der sie um mindestens zwei Köpfe überragte. Tschüge trug ein rot-schwarzes Holzfällerhemd und ein glänzendes schwarzes Jackett, das ihm ein wenig zu groß war.

Leila hatte sich verändert. Ihre wilden Locken waren geglättet und glichen einem Wasserfall aus schwarzen Perlen, sie trug roten Lippenstift, und ihre Augen waren stark geschminkt. Ihr Kleid fiel unterhalb der Taille in welligen Falten nach außen wie eine blühende Blume, und als sie näherkam, fiel mir auf, wie kurz es war. Auf den halsbrecherisch hohen Absätzen ihrer dunklen Lederstiefel schritt sie zielsicher auf mich zu.

»Hallo, Belmondo«, sprach sie mit jenen klingenden Buchstaben, die nur sie beherrschte, und küsste mich auf die Wange. »Es ist eine Weile her.«

»Das stimmt«, sagte ich und grinste. »Wie ich sehe, hast du deinen Bodyguard dabei.«

Tschüge schaute grimmig drein, drückte mich aber zum Gruß gegen seine Brust. »Ich gehe Bier holen«, sagte er missmutig und drehte zur Bar ab.

Ich hob fragend die Augenbrauen, doch Leila zuckte nur mit den Schultern. »Er ist ein wenig launisch, mein Bodyguard. Aber erzähl, wie geht es dir?«, fragte sie und berührte mich wie beiläufig am Arm. Es durchfuhr mich wie bei einem elektrischen Schlag.

»Ach, viel zu erzählen habe ich gar nicht«, sagte ich hastig.

»Sei nicht so bescheiden. Das bist du sonst auch nicht.«

Ich lächelte verlegen. Sie hatte es nicht verlernt, die Dinge beim Namen zu nennen. »Und bei euch? Läuft alles nach Plan?«, versuchte ich abzulenken. Dann kam mir ihr Plan in den Sinn, und dass da nichts lief.

Leilas rechtes Auge zuckte. Sie drehte sich um, um zu sehen, wo Tschüge steckte – er wartete noch immer an der Bar –, und raunte dann: »Na ja, also, es lief auch schon einfacher mit ihm.«

Ich nickte.

Sie zuckte wieder mit den Schultern. Dann erhellte sich plötzlich ihr Gesicht, als würde das Sonnenlicht durch eine Gewitterwolke brechen. »Tolles Lied!«, rief sie und begann, sich dazu zu bewegen.

Dieses Lachen. So sah Leila in meinem Kopf immer aus. Die zwölfjährige Leila, wie sie, ohne ein Wort Berndeutsch zu können, amüsiert in der Klasse saß und über die Sprache staunte. Die dreizehnjährige Leila, wie sie die Kerzen auf ihrem Geburtstagsgugelhopf ausblies und das Gesicht ihres Gegenübers in Puderzucker hüllte. Die siebzehnjährige Leila, wie sie verliebt zu Tschüge hochschaute. Die Bilder waren vor meinem inneren Auge übereinandergeschichtet, liefen ineinander und durcheinander und ergaben die Essenz von Leila: das herzliche, kindliche, glucksende Lachen, das jedem sofort das Herz öffnete.

Tschüge kam zurück und drückte mir zwei Bier in die Hände.

»Da hat jemand was vor«, sagte ich.

»Ich hab doch keinen Bock, ständig in diesem Giftnebel anzustehen. Außerdem«, er senkte seine Stimme ein wenig, »sitzt da Ronnie. Der hat vorhin schon rübergelinst und sah so aus, als wollte er mir an die Gurgel.«

»Wer zum Teufel ist Ronnie?«, fragte ich.

»Der Metzgermeister im Nachbardorf«, antwortete Leila für Tschüge, der nur unverständlich vor sich hin schimpfte. »Er ist sauer, weil Tschüge ihm die Kundschaft abluchst.« Sie boxte Tschüge spielerisch in die Seite.

»Er sollte halt aufhören, seine Kundschaft mit billigem Gammelfleisch über den Tisch zu ziehen«, sagte Tschüge.

Leila verdrehte die Augen. »Es ist ein regelrechtes Metzgerduell. Sie ziehen sich mit allen Mitteln runter. Tschüge ist völlig verbissen.«

»Ich muss mich doch wehren«, verteidigte sich Tschüge. »Weißt du noch, als uns die Hooligans das Schaufenster eingeworfen haben? Da haben wir uns auch nicht gewehrt.«

Leila sah mich an und zuckte mit den Schultern. »Männer und ihr Stolz.« Sie stieß mir den Finger in die Brust. »Aber du bist anders, nicht wahr?«

Ich sah sie prüfend an. War ich das wirklich?

»Schade, dass du nicht mehr hier bist«, sagte sie.

Bevor ich etwas erwidern konnte, zauberte Tschüge ein riesiges Smartphone aus der Tasche. »Schau mal, was ich von Leila gekriegt habe.«

»Ich glaub es nicht. Zückerchen ist im 21. Jahrhundert angekommen.«

Tschüge grinste stolz. »Und schau, was es alles kann!« Er hielt mir den Bildschirm vors Gesicht. Darauf waren er und Leila zu sehen, mit Hundeohren.

»Die App ist mega beliebt«, sagte ich. »Bei Teenagern.«

Tschüge hörte gar nicht zu, sondern tippte weiter auf seinem Telefon herum. Leila schmiegte sich an ihn, um zu sehen, was da passierte.

Wie die beiden so im funkelnden Licht der Diskokugel standen, jeder auf seine Art herausgeputzt, kam ich ins Grübeln. Was fand Leila an Tschüge? Wieso hielt diese ungleiche Beziehung, hielt und hielt und hielt all die Jahre? Warum verdienten sie es, und warum verdiente ich es nicht? Immerhin war ich es, der am meisten geopfert hatte, um nicht im Weg zu stehen – die eigene Freundschaft nämlich. Ich erkannte, dass ihnen dieses Opfer egal war. Niemand belohnte einen für Freundlichkeit. Am Ende war es einfach ein Wettkampf gewesen zwischen Tschüge und Leila und mir, und die beiden hatten gewonnen. Sie hatten gewonnen und waren nun zu zweit, und ich stand allein da, ohne Frau und ohne Freund.

»Warum gibt es eigentlich noch keine kleinen Helmigers? Ist da ein Knopf in der Leitung?« Ich zwinkerte den beiden zu und fragte mich, wo diese Gemeinheit hergekommen war.

Tschüge starrte mich ungläubig an. Wo eben noch ein Lachen war, spiegelte sich nun Entsetzen wider. Leila stand da, ohne Worte und ohne Bewegung, ein Reh im Scheinwerferlicht. Es war, als hätte jemand die Stopptaste gedrückt.

Dann spielte der DJ einen Übergang zu einem von Leilas Lieblingsliedern, *I Wanna Dance with Somebody* von Whitney Houston, und bei den ersten Takten des Synthesizer-Intros war das Lächeln zurück auf Leilas Lippen. Tänzelnd versuchte sie, Tschüge auf die Tanzfläche zu ziehen. Der blieb stehen wie ein mürrisches Maultier und wandte sich dann in Richtung Bar ab. Im nächsten Moment hatte Leila mich an der Hand gepackt und wirbelte über das Parkett.

Sie war eine exzellente Tänzerin – ausschweifend, ohne vulgär zu werden, die Bewegungen immer genau auf den Beat, die Worte in eine Geschichte übersetzend. Ich versuchte, mich möglichst wenig zu bewegen, verlagerte mein Gewicht sorgsam vom linken aufs rechte Bein und zurück, wippte mit dem Körper, zeigte cool mit den Fingern in die Luft und ließ Leila ab und zu um die eigene Achse wirbeln.

Es folgten heitere, staubig funkelnde Stunden, mit viel Alkohol und zuckersüßen Popsongs, die ich entweder seit Jahren nicht mehr gehört hatte oder als aktuelle Hits neu entdeckte, und dem zarten Geruch von Stroh in der Luft, das sonst hier lag anstelle vom Tanzparkett. Ich fühlte mich merkwürdig leicht und beschwingt, das Tanzen mit Leila und anderen, bekannten und unbekannten, Gesichtern war so unbekümmert und frei wie seit Langem nichts mehr in meinem Leben, und ein Teil davon war der bizarren Geschmacklosigkeit der Veranstaltung zu verdanken. Der DJ drehte zuweilen die Musik aus, um merkwürdige Sprechgesänge anzuregen, welche die Menge dann zurückjohlte. Und ich sang mit Inbrunst mit, als Teil dieser Festgesellschaft, als Kaffbewohner und Berner Oberländer, und die freimütige Akzeptanz der anderen füllte mich mit einem Gefühl von Zugehörigkeit. Ich verhielt mich wie ein Teenager, zugedröhnt mit Alcopops. Dann wurde Helene Fischer eingespielt, und die Menge drehte durch. Irgendwo sah ich Drogen-Dävu auf den Tresen klettern und mit geschwenkten Händen *Atemlos durch die Nacht* singen.

Zwei, drei Mal versuchte Leila, Tschüge auf die Tanzfläche zu zerren, aber der verharrte auf einem Barhocker und diskutierte mit ein paar Bekannten. Als ich ein Mal Bier holen wollte, packte er mich und stellte mich der Runde vor. Dann tranken wir Kräuterschnaps und schnupften eine Prise Tabak, die ein Gipser aus dem Nachbardorf aus einer enormen Dose spendierte.

Als ich einen kurzen Blick zu Leila warf, war sie bereits von zwei jüngeren Typen umringt, denen man ansah, dass sie in der Stadt wohnten und wohl dort studierten. Tschüge war meinem Blick gefolgt und sprang sofort vom Stuhl. Bevor ich etwas sagen konnte, ruderte er mit seinen riesigen Händen durch die Menge und schob die Tanzenden mit solcher Wucht zur Seite, dass sie verdutzt innehielten. Binnen Sekunden war er bei Leila angekommen und redete auf die beiden Jungs ein. An ihren Gesichtern sah ich, dass es harsche Worte sein mussten, denn im nächsten Moment zottelten sie mit gesenkten Köpfen ab und verbrachten den Rest des Abends in möglichst großer Distanz zu Leila. Leila hingegen missfiel Tschüges Eingreifen sichtlich und schubste ihn mit ernster Miene von sich weg, als er sie küssen wollte. Tschüge kehrte um und bahnte sich mit glasigem Blick einen Weg zurück an den Tresen.

Irgendwann wankte ich zum Ausgang, betrunken und mit kreiselndem Kopf und überzeugt von der Idee, Nikotin würde mir jetzt Klarheit bringen. Ich schnorrte mir eine Zigarette von einem der wenigen verbliebenen Raucher und setzte mich ein wenig abseits auf eine schneebedeckte Holzbank. Die Kälte drang durch meine durchgeschwitzten Kleider und verschaffte mir einen kurzen Moment der Klarheit: Was war in mich gefahren? War ich gerade dabei, mich in die Freundin meines ehemaligen Kumpels zu verlieben? Da spürte ich eine leichte Hand auf meiner Schulter.

»Belmondo«, sagte Leila, »alles okay bei dir?« Ihre Stimme war ein wenig heiser.

»Alles in Ordnung«, sagte ich und lächelte verlegen, als wäre ich gerade bei irgendwas ertappt worden.

Dann rammte etwas mit großer Wucht den blinkenden Weihnachtsbaum. Ich erkannte Tschüge erst auf den zweiten Blick. Das Jackett hatte er ausgezogen und die Ärmel seines Hemds hochgekrempelt. Er packte den kleineren Mann, der eben in hohem Bogen im Weihnachtsbaum gelandet war, an den Schultern und hob ihn von den Füßen. Dann verlor er das Gleichgewicht, und beide fielen auf den matschig-braunen Boden vor der Scheune.

»Tschüge!«, schrie Leila auf und rannte zu dem Knäuel, das in Zeitlupe am Boden zu ringen schien. Dann stand der Kleinere auf – es war Ronnie, der Metzgermeister –, spuckte auf den Boden und stapfte wankend davon.

»Was ist passiert?«, fragte Leila und versuchte, Tschüge aufzuhelfen. Gemeinsam gelang es uns, ihn auf die Bank zu setzen. Tschüge roch nach Schnaps und lallte zusammenhangslose Sätze.

»Wir bringen dich nach Hause, du Tollpatsch«, sagte Leila und dann zu mir: »Kannst du unsere Jacken holen?«

Ich lief in die Scheune zurück. Plötzlich sah ich klar: Zwei besoffene Teenager lagen in einer Ecke und befummelten sich. Dävu saß hinter einer Reihe von leeren Shotgläsern, das Gesicht flach auf dem Bartresen, und schnarchte. Ein paar einzelne Gestalten schunkelten auf der Tanzfläche. Ich schnappte Tschüges glänzendes Jackett vom Barhocker und holte Leilas Jacke aus der Garderobe.

Draußen packte ich Tschüge und stützte ihn mit meinen Schultern unter dem rechten Arm. Leila versuchte, ihn auf der linken Seite zu stabilisieren, sodass er nicht auf dem vereisten Gehweg ausrutschte. Anfangs teilte er noch aus, was Ronnie doch für ein Löu wäre, und ob er es mir nicht gesagt hätte, dass das mit der Party eine gute Idee war. Bald aber verstummte er und ließ sich still von uns durch das Dorf führen. Zusammen mussten wir aussehen wie zwei kleine Schleppschiffe, die einen Tanker nach Wochen auf rauer See in den Hafen geleiteten.

Wo Tschüge früher mit seinen Eltern wohnte, waren nun er und Leila zu Hause. Auf dem Vordach prangte noch immer die enorme Bratwurst aus Kunststoff mit ihren lackierten braunen Bratspuren. Wir führten Tschüge zum Seiteneingang und dann die knarrende Holztreppe hoch. Über dem Bett hing ein Feindruck eines Fotos von einem Fluss, der sich durch ein malerisches Städtchen schlängelte. Am unteren Rand des Bildes stand »Prizren« – es war die Heimatstadt von Leila.

Leila half Tschüge, seine Kleider auszuziehen, doch dieser war ungeduldig und riss sich das halb aufgeknöpfte Hemd über den Kopf.

»Nehmen wir noch einen Schnaps, Belmondo?«, lallte er und grinste mich an.

»Das verschieben wir besser«, sagte ich.

»Aber morgen«, sagte er und hob die Hand, während ihm Leila die Hosen auszog und ihn unter die Decke schob. »Morgen!«

»Gute Nacht, Tschüge«, sagte ich und winkte ihm zum Abschied zu.

Ich stieg vorsichtig die steile Holztreppe hinunter, als ich hinter mir Schritte hörte.

»Belmondo!«, flüsterte Leila und schlich in Socken die Treppe herunter. »Warte kurz.«

Ich drehte mich um.

»Danke für deine Hilfe«, sagte sie und berührte meinen Arm. Auch sie war sichtlich betrunken.

»Das ist doch klar. So einen Brocken schafft man nicht allein«, sagte ich.

»Nein, im Ernst«, sagte sie mit Nachdruck. »Und danke für den Abend. Das hat mir viel bedeutet.«

Ich wollte etwas sagen, doch mir fiel nichts ein. Ich wollte so vieles sagen, doch durch meinen Kopf schwirrte ein Schneesturm, und ich kann mich beim besten Willen nicht mehr genau erinnern, wie es dazu kam, aber plötzlich fanden meine Lippen ihre. Ich war so voller aufgestauter Gier, voller Hunger und Durst nach Nähe und Zuneigung gewesen, dass sich das, was kam, wie eine Erlösung anfühlte. Alles danach wurde unscharf, matte Farben durch Milchglas, Unterwäsche auf dem Metzgertresen, nackte Haut auf kaltem Chromstahl, scharfes Keuchen und durch Finger gepresstes Stöhnen.

Als ich zur Tür rauskam und über die Straße ging, war am Horizont bereits ein Fingerbreit Helligkeit zu erkennen. Über dem ganzen Dorf lag eine sonderbare Ruhe. In mir aber bebte es.

6

Die nächsten Wochen verbrachte ich damit, diese Nacht zu vergessen. Es war ein Ausrutscher gewesen, ein besoffenes Versehen. Ich wusste, ich hatte kein Anrecht auf Leila. Und doch.

Am Tag nach der Party war ich überhastet von zu Hause abgereist. Als könnte ich durch die Distanz, die ich so zwischen uns schob, auch rückwirkend Distanz zwischen uns bringen. Alles ungeschehen machen. In der Stadt fiel ich zurück in den alten Rhythmus, gab mir das volle Programm: Frühmorgens Eisbaden im See, tagsüber schnitt ich an einem Image-Film rum, den ich schon lange hätte abgeben müssen, nachts schrieb ich an meinem Drehbuch. Wenn ich daran dachte, gönnte ich mir einen Powerriegel oder ließ mir asiatische Nudelgerichte an die Wohnungstür liefern. Ich wollte niemanden sehen und ignorierte alle Anrufe und Nachrichten. Ich arbeitete wie ein Gestörter, und manchmal war mir, als würde ich währenddessen meinen Körper verlassen und mir selbst von oben zuschauen.

Aber etwas war anders. Auch wenn ich alles tat, um mich abzulenken, konnte ich die winzige Lücke nicht stopfen, die sich in mir über die Feiertage geöffnet hatte. Wie ein Spalt im Eis hatte sie sich seitdem jeden Tag vergrößert. Je mehr ich dagegen unternahm, desto schneller wuchs er. Das Einzige, was half, war die Kino-Kur.

Allein ins Kino gehen war ein Hobby, das ich mir zugelegt hatte, kurz nachdem ich in die Stadt gezogen war. Während meines Studiums hatte ich in einem Cineplex am Stadtrand als Filmvorführer gearbeitet. Ich hatte die Filmrollen gewechselt und darauf geachtet, dass der Projektor richtig eingestellt war. Dazwischen sah ich mir den Film an, was auch immer gerade lief. Im Dunkel meines Kämmerchens passierte etwas. Während die Augen und Ohren den Geschehnissen auf der Leinwand folgten, konnte sich mein Inneres neu sortieren. Dass Filme die Produkte einer milliardenschweren Industrie sind, merkt man daran, wie raffiniert sie das menschliche Hirn triggern. Wie ein Masseur, der genau weiß, welche Reflexzone des Fußes er bearbeiten muss, um einen Teil des Rückens anzusteuern, so wissen die Hollywoodproduzenten, wie sie aus Menschen Tränen kitzeln können.

Und so war es auch dieses Mal. Die Kino-Kur wirkte. Statt den Spalt im Eis zusammenzuhalten, schmolz die Kino-Kur gleich alles ab und spülte es raus. Und mehr noch. Je mehr Filme ich schaute, desto stärker spürte ich es: Das Orchester war zurück. Plötzlich weinte ich bei jeder Szene, die auch nur am Rande emotional war. Ganze Wasserfälle heulte ich an diesen winterlichen Nachmittagen, allein in den dunklen, nach Reinigungsmittel riechenden, aufgeheizten Sälen; weinte um Familien, die zerrissen wurden, Jungen, die von ihren Vätern geknechtet wurden, Actionhelden, denen der Tod ihrer Geliebten nicht naheging. Ich weinte um das ganze Elend der menschlichen Existenz, um all das Leid, das um uns geschah, um die gebrochenen Herzen und verwelkenden Existenzen, um die zerstörten Freundschaften und die Hektoliter verratenen Vertrauens, die sich wie hochdosiertes Gift in den Nervenbahnen der menschlichen Beziehungen ausbreiteten und alle gelähmt und bitter und einsam zurückließen. Irgendetwas an diesem traumtänzerischen Zustand zwischen Film und Realität ließ mich die Dinge für kurze Momente klar sehen, und meist erfüllte mich das mit großer Trauer. Ich weinte, und alle Tränen, die sich in mir über die Jahre aufgestaut hatten, drängten nun an die Oberfläche. Ich weinte um Salvi und um meinen Vater, um die Bitterkeit, die sich in ihm festgefressen hatte und sein Herz verrosten ließ. Ich weinte um ihre verlorene Freundschaft. Und ich weinte um Leila, wie sie mir die Freundschaft mit Tschüge gestohlen hatte und wie ich jetzt ihre Beziehung an den Abgrund gezogen hatte wie ein rachesüchtiger Teenager, und ich fühlte mich unendlich schlecht. Ich war einer dieser miesepetrigen Menschen geworden, die anderen ihr Glück nicht gönnten und deshalb Zwietracht und Hass säten, was mich nur noch mehr zum Weinen brachte. Plötzlich kam mir mein Leben nicht mehr so perfekt vor. Ich hatte nach Freiheit gestrebt und war dabei, ohne es zu merken, einsam geworden. Wie Salvi. Wie Papà.

Es war an einem dieser Nachmittage, als der Anruf kam. Ich saß in der Tram. Innerlich befand ich mich noch in der Schwebe, in den mich der Abenteuerfilm im Kino gerade katapultiert hatte, als auf meinem Telefon eine unbekannte Nummer aufleuchtete. Ich dachte, es sei Nonnos Telefon aus der Werkstatt und ging ran.

»Ich bins, Tschüge.«

Ich biss mir auf die Zunge. Von ihm zu hören hatte ich zuallerletzt erwartet.

»Alles okay? Du klingst irgendwie merkwürdig«, sagte er in die Stille. »Hörst du mich?«

»Ja, ja, alles gut«, sagte ich barsch. »Was ist denn?«

»Ich habe Neuigkeiten.« Tschüges Stimme klang freudig erregt.

»Okay«, gab ich vorsichtig zurück.

»Ich und Leila, wir heiraten.«

Ich rang nach Luft. Sie heirateten? Nach allem, was passiert war?

»Ich … Ähm … Das ist ja wunderbar!« Das alles schien mir eine furchtbare Idee zu sein. »Ich hoffe, ich kann zum Fest kommen … Ist hier gerade superschwierig mit der Arbeit …«

»Das ist es ja!«, rief Tschüge. »Das Fest wird im Kosovo stattfinden, Mitte Mai. Und ich will, dass du mein Trauzeuge wirst.«

Mir fiel das Handy aus der Hand, und ich brauchte einen Moment, bis ich ihn wieder hörte.

»Entschuldige, ich hab dich grad nicht gehört …«

»Trauzeuge, Belmondo.«

Irgendwie rührte mich der Gedanke. Er hätte auch einen seiner Fußballkumpels fragen können oder einen aus der Dorfmusik. Dann fiel mir wieder Leila ein.

»Das ist aber nett, da freue ich mich natürlich«, sagte ich. »Bloß: Mitte Mai ist leider wirklich ganz, ganz schwierig. Ich habe da ein großes Projekt, und ich …«

»Hm«, sagte Tschüge, dann folgte eine kurze Pause. »Also, wenn du natürlich nicht *willst* …«

»Doch, doch, natürlich«, sagte ich schnell. »Ich muss das nur noch abklären.«

»Dann klär doch am besten ab, ob du schon Ende April freinehmen kannst.«

»Ende April? Wozu denn?«

»Na, wir machen eine Junggesellenfahrt!« Er klang aufgesetzt fröhlich, als wollte er mir ein Gewinnspiel andrehen. »Nur du und ich, in neun Tagen in den Kosovo. Wir leihen uns ein Auto, und dann raus ins Abenteuer! Wie wir es uns immer erträumt haben.«

Mein Kopf schwirrte. Das kam alles so unerwartet, und während es im ersten Moment nach einer Chance klang, war da im zweiten Moment nur noch Angst in meinem Körper.

»Ja, gute Idee«, sagte ich, eine Spur zu überschwänglich. »Aber warte noch, bevor du das planst. Ich muss das mit der Arbeit regeln. Also, gratuliere nochmals! Toll, wirklich! Fantastisch! Ciao!«

Meine Finger zitterten, und ich musste mehrmals drücken, bis ich den roten Hörer auf meinem Handy traf.

~

In den nächsten Tagen tobte ein Streitgespräch in meinem Kopf. In immer neuen Wellen stritten die Stimmen in mir, was die Hochzeit nun zu bedeuten hatte. Vielleicht war das Leilas Weg, um mir mitzuteilen, dass sie sich definitiv für Tschüge entschieden hatte. Aber warum würden sie mich dann als Trauzeuge wollen? Vielleicht war es auch Tschüge, der mir unter die Nase reiben wollte, dass er am Ende das Rennen gemacht hatte. Oder wusste er gar nichts von dieser Nacht? Und was wollte ich? Wollte ich Leilas Liebe, oder wollte ich Tschüges Freundschaft – oder weder noch? Wie ich die Sache auch drehte, am Ende stand ein Fragezeichen.

Im Grunde sah ich die Beziehungen zwischen Männern und Frauen als eine Art chemische Reaktion: Wenn zwei Menschen genügend lange miteinander Sex hatten, entwickelten die Frauen Bindungsgefühle und die Männer den Drang nach Unabhängigkeit. Und das nannten wir dann Liebe. Dabei war es einfache Biologie. Die Natur wollte, dass die Frauen die Männer an sich banden, damit sie ihren Nachwuchs beschützten. Und gleichzeitig sollten die Männer ihr Saatgut möglichst verbreiten. Eine schizophrene Situation, der das Patriarchat und die katholische Kirche mit dem Konzept der Ehe begegneten. Wenn Tschüge und Leila daran glaubten, waren sie selbst schuld.

So gesehen waren es nicht Leila und ich, die jemanden betrogen hatten. Es war die Gesellschaft, die all diese blinden Liebenden betrog – mit falschen Hoffnungen und Erwartungen. Kein Wunder, dass alle fremdgingen und einander in den Wahnsinn trieben. Das hatten Dutzende von Hollywoodfilmen in den letzten Wochen zur Genüge bewiesen. Am Ende war Liebe nichts anderes als ein Hirngespinst, wie Gott oder Chemtrails. Ein Narrativ, das sich außerordentlich gut verkaufte. Und dafür sollte ich den Trauzeugen spielen?

Ich kam gerade vom Eisbaden im See. Es war eine wolkenlose Nacht gewesen und der Morgenhimmel von einer seltenen Klarheit, sodass die schneebedeckten Alpen im Hintergrund in all ihrer Pracht hervorstachen. Die Luft war windstill, aber beißend kalt, und schon nach wenigen Zügen musste ich umdrehen, weil mich plötzlich die merkwürdige Angst überkam, ich könnte von innen her gefrieren. Als spürte ich bereits, was zu Hause auf mich wartete.

Als ich zur Tür hereinkam, klingelte mein Handy auf dem Küchentisch. Ich ging ran, und zum zweiten Mal innerhalb einer Woche riss es mir den Boden unter den Füßen weg.

Papà sagte: »Ich habe Nonno heute Morgen in seinem Bett gefunden. Er ist tot.«

Es war, als wäre der Welt plötzlich der Sauerstoff entzogen worden. Mein Inneres verkrampfte sich, ich legte mich auf den Boden meiner kleinen Wohnung, umschlang meine Beine und füllte eine immer größer werdende Lache aus Tränen, während ich versuchte, die Nachricht in meinen Kopf zu kriegen.

Nonno war nicht mehr. Nichts in mir hatte je damit gerechnet. Er war für mich unzerstörbar gewesen. Wie der Leuchtturm in einem konstanten Sturm. Immer erreichbar, immer mit aufmunternden Worten und einem Witzchen zur Stelle. Und jetzt war er weg, und ich bereute, ihn nicht mehr besucht zu haben.

Plötzlich fühlte ich mich schuldig. Ich erinnerte mich an seinen Husten, wie abgemagert er war an Weihnachten. Wir hätten es ahnen müssen. Oder hatte es Papà sogar geahnt? War er deswegen so schlecht gelaunt gewesen? *Du interessierst dich nur für dich*, hatte Papà mir gesagt. Und statt sich um seine eigene Gesundheit Sorgen zu machen, hatte sich Nonno lieber um andere gekümmert, um Papà, um mich.

Was sollte ich jetzt tun? Ich dachte an seinen geliebten Jean-Paul Belmondo. Belmondo würde cool bleiben, sein Ding durchziehen, sein Leben leben. Doch ich konnte es nicht. Alles fühlte sich plötzlich sinnlos an. Was tat ich überhaupt mit meinem Leben? Wo sollte ich mein Schiff hinsteuern, jetzt, da der Leuchtturm verschwunden war? Nicht einmal ins Kino konnte ich mich schleppen. Und so saß oder lag ich daheim und sah zu, wie es draußen dunkel und wieder hell wurde, ohne dass sich die Leere in mir füllte.

~

Nonno hätte sich etwas Feierlicheres gewünscht. Einen Autokorso aus Cinquecentos zum Beispiel, begleitet von Trompetenfanfaren. Aber das einzige Orchester, das spielte, war in mir selbst, und es spielte ein Requiem, so traurig und düster, dass es keinen Platz mehr gab für etwas anderes. Und so erlebte ich auch Nonnos Beerdigung. Sie lief vor mir ab und gleichzeitig an mir vorbei. Ich nickte Leuten zu, schüttelte

Hände, saß neben Mammà und hielt ihre Hand. Hörte zu, als Papà eine Rede hielt, ohne Tränen dieses Mal. Aber ich war woanders. Wie gefangen in einem Tagtraum. Sogar als Mammà mir den Schlüssel zu Nonnos Cinquecento in die Hand drückte und meinte, er hätte ihn mir vermacht. Mir war alles egal. Nonno war tot. Für immer. Und ich war nicht da gewesen am Ende.

Plötzlich standen Leila und Tschüge vor mir. Ich zuckte zusammen.

»Geht es dir gut?«, fragte Leila und berührte meinen Arm. »Also, ich meine … Ist dir schlecht? Soll ich dir etwas zu trinken holen?«

Ich nickte. Ich schüttelte den Kopf. Ich sagte: »Hallo.«

Tschüge trat auf mich zu und klopfte mir auf die Schultern. »Scheiße«, sagte er. »Ausgerechnet Nonno.«

Ich wich etwas zurück, verwirrt von den widersprüchlichen Gefühlen in meiner Brust. Ich hatte mich nicht mehr bei Tschüge gemeldet und ein schlechtes Gewissen deswegen. Aber es fühlte sich auch gut an, neben Mammà noch jemanden zu haben, der mir wichtig war und der Nonno gut gekannt hatte.

»Danke«, sagte ich. »Danke, dass ihr hier seid. Nonno hätte sich gefreut.«

»Sogar bei seiner eigenen Beerdigung war er der Eleganteste von allen«, sagte Leila.

Sie hatte recht. Mammà hatte sich viel Mühe gemacht und veranlasst, dass man ihn in seinem besten Anzug beerdigte. Selbst im Sarg hatte er etwas Erhabenes.

»Er ist jetzt wieder mit Nonna. Das hat er sich gewünscht«, sagte Tschüge.

Ich knickte zusammen. Tschüge packte mich an den Schultern und drückte mich an sich. Ich weinte los und hörte nicht mehr auf. Tschüge stand nur da und strich mit seinen riesigen Händen über meinen Lockenkopf, und ich fühlte mich wieder wie ein Junge. Diese alte Freundschaft, die sich in den vergangenen Wochen so kompliziert und verknotet angefühlt hatte, war plötzlich wieder klar und stark und warm, wie der Stoff aus meiner Kindheit, und sie umgab mich, schützend und tröstend, ein Gewebe aus Sicherheit und Zärtlichkeit, und ich wollte es nicht mehr loslassen.

In meiner Hosentasche spürte ich den Schlüssel für den Cinquecento, und ich erinnerte mich an unser letztes Gespräch, und plötzlich verstand ich, was ich tun musste, um Nonno gebührend aus dem Leben zu verabschieden und gleichzeitig meine Freundschaft mit Tschüge zu retten.

Ich trat einen Schritt zurück, sah Tschüge ins Gesicht und fragte: »Wann fahren wir jetzt eigentlich in den Balkan?«

DREI

1

Es war ein warmer Morgen Ende April. Der Wetterbericht hatte Niederschlag und eine neue Kältefront angekündigt, doch im Berner Oberland schlierten bloß ein paar Zierwolken durch den Himmel. Auf den Dächern und an den Fenstern klebten goldene Rapspollen, die der Wind aus den umliegenden Feldern hergetragen hatte, und Tschüge musste das Schaufenster seiner Metzgerei herunterwaschen, um seine Notiz anzubringen:

Wegen Heirat geschlossen.
Wir sind Ende Mai zurück!

Jürg & Leila Helmiger

Er lächelte stolz und zeigte mit dem Daumen nach oben. Tschüge sah besser aus als in jener Nacht vor der Mühle. Die Rastlosigkeit war aus seinen Augen verschwunden, und sie strahlten wieder die Tiefe und Ruhe eines Bernhardiner-Hundes aus. Tschüge versuchte, mit eingezogenem Kopf mit seinem Zwei-Meter-Körper in den kleinen Cinquecento zu steigen. Es war, als würde man einen Elefanten durch eine Wohnungstür quetschen. Auf halbem Weg blieb Tschüge stecken und konnte weder vor noch zurück.

»Himmelherrgott, ist das ein Auto oder eine Keksdose?«

»Nicht bewegen«, rief ich und legte vorsichtig seinen Sitz nach hinten.

Er hatte leider recht. Der Fiat Cinquecento Giardiniera war eine Limousine für Zwerge. Zwar hatte er – im Unterschied zum klassischen Fiat Cinquecento – zusätzlichen Stauraum auf der Rückbank, aber der verschwand, wenn ich den Beifahrersitz ganz nach hinten schob. Tschüge saß nun unmittelbar vor der Rückbank. Wenn er sich jetzt leicht nach hinten lehnte und die Beine streckte, passte er perfekt rein.

»Wie beim Zahnarzt«, sagte er überrascht. »Irgendwie bequem.«

Leila war bereits vor zwei Tagen nach Prizren geflogen und hatte auch Tschüges neuen Anzug mitgenommen, den sie ihm ausgesucht hatte. Überhaupt hatte sie alles bei dieser Hochzeit organisiert. Kurz vor ihrer Abreise hatte ich Post von ihr erhalten. Ein kleines Paket, in dem ein samtbezogenes Schächtelchen war. Darin: zwei silberne Ringe mit Gravuren, schlicht, aber schön. Auf einem winzigen Kärtchen stand in ihrer typischen verschnörkelten Schrift:

Der Trauzeuge bringt die Ringe.
So will es die Tradition.

Ich schrieb ihr eine Nachricht aufs Handy und bedankte mich.

Sie schrieb zurück: *Pass gut darauf auf. Gute Reise, ich freu mich auf dich! xx L.*

Ich freu mich auf dich. Der Satz hatte mich irgendwie beruhigt. Würde man das jemandem schreiben, dessen düsteres Geheimnis man verraten hatte? Es schien mir wie eine

Vereinbarung: Leila würde dichthalten und unsere Nacht bald schon vergessen sein. Und während ich mir in den Wochen zuvor unsicher gewesen war, wie ich zu der ganzen Sache stand, war in den letzten Tagen die Gewissheit gewachsen, dass diese Reise die beste Idee der Welt war. Raus auf die Straße. Enge Pässe, steile Schluchten. Abende voll von kroatischem Pflaumenwein und serbischem Sliwowitz. Mit meinem Kumpel die guten alten Zeiten aufleben lassen.

Weil eine Abenteuerreise davon lebt, dass man alles auf sich zukommen lässt, planten wir nichts. Dafür hatte ich mich extra von allen Verpflichtungen losgesprochen. Klar war nur, dass wir irgendwie in den nächsten neun Tagen nach Prizren in Südkosovo gelangen mussten. Wenn wir ohne Pause rasten, wären wir in vierundzwanzig Stunden da. Doch wir würden nicht rasen. Wir würden gleiten.

Im Rückspiegel sahen wir noch kurze Zeit die Deko-Bratwurst von Tschüges Metzgerei, dann noch das Haus, dann das Dorf, dann verschwand alles am Fuß der Berge. Wir waren unterwegs ins Abenteuer, so wie wir es uns als Kinder erträumt hatten. Bud Spencer, Terence Hill und unsere treue Klapperkiste, der Fiat Cinquecento Giardiniera. Tschüge zauberte ein kleines batteriebetriebenes Reiseradio hervor, kurbelte das Fenster runter und schloss die Augen.

Bald zog neben uns der Thunersee vorbei, und mehrsprachige Schilder wiesen auf die nächste Touristenattraktion hin: VISIT JUNGFRAU-JOCH! 20 KILOMETERS UNTIL GRINDELWALD!

Grindelwald, dachte ich, dieses Disneyland. Aber der Tourismus verwöhnte nur ein paar wenige Orte in der Gegend und auch nur ein paar ausgewählte Unternehmen. Der Rest lebte noch immer von Landwirtschaft, abhängig von

Subventionen und dem Milchpreis, ohne viel Kontakt mit der Außenwelt. Die ärmste Ecke eines reichen Landes.

»Du, Belmondo?«, sagte Tschüge, als hätte er meinen Gedanken zugehört.

»Ich dachte, du seist eingeschlafen.«

»Ich ruhe nur meine Augen aus«, sagte er und gähnte. »Sag mal: Hältst du mich für einen Langweiler?«

»Wie kommst du denn darauf?«

»Leila denkt das von mir.«

»Dass du ein Langweiler bist?«

»Sie hat ja recht. Ich mag nicht so gerne neue Dinge. Neue Hobbys, neue Menschen, Reisen und so. Ich bin mehr der Alltagstyp.«

»Das ist doch auch okay.«

Er nickte heftig. »Ja, das find ich auch! Aber ich glaube, Leila möchte mehr.«

»Mehr was?«

Tschüge seufzte. »Mehr Abenteuer? Drum ist es gut, dass wir jetzt dieses Abenteuer machen. Ich werde unseren Kindern ständig davon erzählen können, was ihr Vater mal für ein mutiger Hecht war.«

Ich musste lachen. »Ich will ja kein Spielverderber sein, aber wir werden jetzt keine Bären jagen oder so.«

»Ach, du wirst schon sehen, im wilden Osten, da finden einen die Abenteuer von selbst.«

»Du hast wohl zu viel Karl May gelesen.«

»Lesen ist doch etwas für Langweiler. Ich kenne nur die Filme«, gab er zurück.

Ich schüttelte bloß den Kopf und grinste. Da war er also, der gute alte Tschüge. Ich hatte ihn vermisst.

Hätte mir jemand vor einem halben Jahr erzählt, dass ich mit Tschüge diese Reise machen würde, ich hätte ihn ausgelacht. Früher, klar, da waren Tschüge und ich dicke Freunde gewesen. Aber als wir älter wurden, wurde dieses Band schwächer. Da war die Sache mit Leila, aber nicht nur. In unseren Teenagerjahren interessierte ich mich mehr für Bands (The Offspring, Outkast, Subsonic) und Tschüge mehr für Sport (Eishockey und Hornussen). Ich spielte am Computer (Counter-Strike), er in der Dorfmusik (Tuba). Ich ging ans Gymnasium, er in die Realschule. Und so drifteten wir langsam voneinander weg, wie zwei Züge, die gleichzeitig den Bahnhof Bern verlassen. Anfangs fahren sie nebeneinanderher, so nah, dass man das Augenweiß der Passagiere am anderen Fenster erkennt, fahren zusammen über die Brücke und teilen die Sicht auf Alpen und Aare. Doch auf Höhe Wankdorf entfernen sich die Gleise langsam voneinander, und der Abstand zwischen den Zügen wird größer, bis die Formationen in unterschiedliche Richtungen abdrehen und man den Moment verpasst hat, sich noch einmal zuzuwinken.

Es war nicht so, dass ich ihn plötzlich nicht mehr mochte. Aber es interessierte mich einfach nicht mehr, was er zu sagen hatte. Und offenbar interessierte er sich auch nicht besonders für mich. Nie hatte er mich in der Stadt besucht, von dem einen Mal abgesehen, wo wir zufällig ineinandergelaufen waren. Während ich mich in meiner neuen Umgebung verändert hatte, war bei Tschüge stets alles gleich geblieben. Er hatte nie hochtrabende Ziele gehabt, doch er war ein guter Kerl. Aus dem hemdsärmeligen Jungen war ein hemdsärmeliger Mann geworden, mit einem klaren Lebensplan, mit einem Geschäft und einem Haus und einer Frau, die ihn zwar betrogen hatte, aber ihn bald heiraten würde, und nur das zählte. Und dann würde alles seine klassischen Bahnen ziehen. Kinder, Campen am Gardasee, Familienblock im Stadion. Je länger ich darüber nachdachte, desto mehr freute ich mich für ihn. Es waren einfache Träume, tausendfach vorgelebt, aber sie passten zu ihm. Jedem die Träume, die ihm gebührten.

Ein riesiger Lastwagen zog langsam an uns vorbei. Der Cinquecento vibrierte, als würden wir über Pflasterstein fahren.

»Nicht gerade schnell, dein Chlapf«, beschwerte sich Tschüge.

»Ich wusste nicht, dass es ein Rennen ist.«

»Nicht mal ein Schneckenrennen würden wir damit gewinnen.«

»So haben wir mehr Zeit, die Landschaft zu genießen.«

»Landschaft?« Tschüge schnaubte. »Wo siehst du Landschaft? Überall Häuser. Die Schweiz ist komplett zugebaut.«

»Die Schweizer und ihre Hüsli-Fixierung. Alle wollen in einem eigenen Haus wohnen. Tust du ja auch.«

»Du kannst es dir einfach nicht leisten in der Stadt.«

Ich zuckte mit den Schultern. »Ich brauche kein ganzes Haus – das ist ökologischer Unsinn! Und ich kann überall mit dem Fahrrad hin.«

»Ich kann sogar überall zu Fuß hin.« Tschüge sah mich unvermittelt an. »Ich habe nie verstanden, warum du so unbedingt in die Stadt wolltest.«

»Und ich verstehe nicht, wie man sein Leben lang am gleichen Ort hängen bleiben kann.«

»Ganz einfach: Weil alle da sind, die mir wichtig sind. Fast alle …«

»Wenn meine Eltern und Großeltern in Italien geblieben wären, würden wir uns nicht kennen«, gab ich zu bedenken.

»Bist du weg, weil du etwas Neues wolltest? Oder bist du einfach vor etwas geflohen?«

»Beides.«

Inzwischen waren wir an Meiringen vorbei und drangen tiefer in die Alpen ein. Links und rechts zogen Bergkämme auf. Spitze, schroffe Kanten, in deren Silhouetten sich vieläugige Monster versteckten, wenn man danach suchte, und darüber eine Herde von Schäfchenwolken.

Ein paar Mal passierten wir Radfahrer auf ihren leichten Rennrädern, oft alternde Männer, deren Bäuche sichtbar unter den zu engen, mit alten Teamnamen verzierten Polyestertrikots hervorquollen. In Gruppen mühten sie sich die Steigung hoch, und manch einer nickte anerkennend, als wir mit dem Giardiniera vorbeipreschten und der Auspuff in der Kurve röhrte.

Der Cinquecento war kein Bergauto. Am Hang gab er Geräusche von sich, bei denen andere denken würden, die Karre pfeife aus dem letzten Loch. Aber die vielen Fahrten mit Nonno hatten mich gelehrt: Es war nur die Art des Wagens, mit der Steigung umzugehen. Die einen schwitzten eben wie verrückt, andere begannen, wie der Giardiniera, laut zu keuchen. Nur die alten Radfahrer, die taten beides. Wir winkten und ließen sie hinter uns, immer weiter, dem Grimselpass entgegen.

»Was grinst du so vor dich hin?«, fragte Tschüge nach einer Weile.

»Ich habe mir gerade vorgestellt, wie das wäre, wenn wir da auf dem Fahrrad hocken würden. Alt und runzlig, kurz vor dem Herzkasper, aber immer noch voller Tatendrang.«

»Weiß nicht«, sagte Tschüge. »Das ist doch fahrlässig.«

»Wie siehst du dich denn? Als Großvater am Fluss, wie du ein paar kleinen Tschüges zeigst, wie man Steine wirft?«

»Warum?« Tschüge sah mich ernst an. »Traust du mir das nicht zu oder was?«

»Doch, doch. Es ist nur eine lustige Vorstellung.«

Er verdrehte die Augen. »Nie traust du mir was zu. Immer bist du der Schlaue, der Mutige, der Held. Aber weißt du was? Manchmal ist es mutiger, irgendwo zu bleiben, als ständig abzuhauen.«

»Ich bin nicht abgehauen.«

»Du bist auch nicht geblieben.«

»Weil ich nicht versumpfen wollte. Wie mein Vater nicht im armen Italien versumpfen wollte.«

»Nenn es, wie du willst. *In die Stadt ziehen. Vor zu Hause flüchten. Den Salvi machen.*«

»Sag mal, spinnst du?«, zischte ich. »Salvi hat sich *umgebracht.*«

»Was ist der Unterschied? Weg ist weg.«

»Ich lebe noch! Ist das etwa kein Unterschied?«

Tschüges Blick verdunkelte sich. »Wenn man sich nicht meldet, nicht.«

Ich kurbelte das Fenster runter und atmete durch. Was geschah da gerade? Tschüge hatte so überzeugt geklungen. Als hätte er dieses Gespräch schon mehrfach geführt. War er auch schon zu einem dieser abgestumpften Gefühlsrobotern geworden wie mein Vater? War er auch der Überzeugung, Salvi war krank im Kopf gewesen? Neun Tage kamen mir plötzlich ziemlich lange vor.

Je weiter wir in die Bergwelt vordrangen, desto verrückter wurde der Himmel. Von Westen schienen sich Wolken vorzudrängen, eine dunkler als die andere. Was schön war, denn es gab den Bergen mehr Kontrast. Dann klatschte ein Regentropfen mit solcher Wucht gegen die Frontscheibe, dass ich im ersten Moment dachte, es wäre ein Vogel gewesen.

Tschüge schreckte aus dem Halbschlaf auf, in den er nach unserem Streit gefallen war. »Himmelherrgott! Was war das?«

»Es beginnt zu regnen.«

Schon platzten die Tropfen in immer kürzer werdenden Abständen auf das Dach. Das Wasser verteilte sich so schnell, dass die alten Scheibenwischer nicht mehr nachkamen und es die Straße in ein verschwommenes abstraktes Aquarell verwandelte. Ich bremste ab und schaltete den Warnblinker ein.

Wir fuhren langsam durch einen Tunnel. Das weiße Licht der Tunnelbeleuchtung vermischte sich für einen Moment mit dem blinkenden Rot unserer Warnlichter. Dann verließen wir den Tunnel, und rechterhand öffnete sich ein Abgrund, hungrig und maulförmig.

»Das sieht ja hier aus wie Gorgoroth, die Hochebene von Mordor! Und sieh mal dieses Haus an«, sagte Tschüge und deutete auf das Gebäude, das in der Mitte des Hangs hevorragte wie ein Leuchtturm zwischen den tosenden Wellen.

»Das ist das Hospiz am Grimselpass«, sagte ich, »eines der ersten Hotels der Schweiz überhaupt. Und unsere Bleibe für die Nacht.«

Dann donnerte es so laut, als würde der Berg persönlich antworten.

»Cool. Wir schlafen in Mordor«, sagte Tschüge mehr zu sich selbst, und für einen Moment dachte ich an die Ringe, die im Kofferraum lagen. War das ein schlechtes Omen? Waren wir Frodo und Sam, unterwegs ins Unglück? Ein Blitz jagte durch den Gedanken, und wir machten uns daran, trocken ins Hospiz zu kommen.

Wie das Hotel von außen wirkte, fühlte es sich von innen auch an: schwere, furchige Arvenmöbel und niedrige Decken, an denen sich Reisende seit Jahrhunderten die Köpfe anschlugen. Der Speisesaal war vollgestellt mit langen Tischen aus gebeiztem Holz, die von weißen Tischtüchern überzogen waren. In der einzigen freien Ecke stand ein schwarzer Flügel und darauf eine Vase mit welkenden Blumen. Boden und Decke waren aus dem gleichen hellen Parkett und glänzten vor Sauberkeit. In der Ecke flackerte ein Kaminfeuer vor sich hin. Auf den Tischen standen spiegelnde hohe Weingläser und zierliches Silbergeschirr.

Die Aussicht aus dem Speisesaal war atemberaubend: ein Blick direkt in den Schlund des Stausees, eingerahmt vom steil fliehenden felsigen Ufer, das trichtermäßig Hunderte von Meter nach oben führte. Von allen Seiten stürzten Bäche herunter, und das Wasser des Sees brodelte wie im Kochtopf. Das Donnern hallte durch den Trichter und ließ die Fenster zittern. Ein Gewitter, wie ich es noch nie gesehen hatte.

Der Kellner brachte uns das Essen und die Flasche Champagner, die Tschüge in allem Überschwang bestellt hatte.

»Ich mach mir ein bisschen Sorgen«, sagte Tschüge und zersägte sein Cordon bleu mit dem stumpfen Messer, bis der Käse rausquoll.

»Dass du an einer Käsevergiftung stirbst?«

»Hm, ja, das auch«, sagte er und spießte ein paar Erbsen auf die Gabel. »Aber vor allem wegen der Rede.«

»Welche Rede?«

»Du weißt schon. *Die* Rede. Das Ehegelübde.«

»So einen altmodischen Kram macht ihr?«

Tschüge nickte. »Leila will das so.«

»Und weil sie das will …?«

Er zuckte mit den Schultern.

»Und was macht dir jetzt Sorgen?«

»Ich weiß nicht, was ich sagen soll«, seufzte Tschüge.

Ich musste mich zurückhalten, um nicht laut loszulachen. »Na ja, das ist ja schon sehr offensichtlich, nicht?«

»Wieso denn?«

»Du sagst halt, dass du sie liebst, und noch mehr von diesem Bullshit.«

Tschüge sah mich kritisch an.

»Na ja«, sagte ich, »Liebe meines Lebens, bis der Tod euch scheidet, solches Zeugs. Was man halt so sagt.«

Er legte das Besteck auf den Teller und räusperte sich. »Also erstens will ich nicht einfach so Zeugs sagen.« Er schenkte uns Champagner nach. »Und zweitens ist mir das ernst, also könntest du es bitte auch ernst nehmen. So, und jetzt will ich auf etwas anstoßen.«

Ich konnte mein Grinsen nicht mehr unterdrücken. Es war an der Zeit, ihm diesen Irrglauben zu nehmen, bevor er enttäuscht wurde. »Also, wenn wir schon beim Thema sind, will ich ehrlich sein: Ich glaube nicht an die Liebe. Und ja, das ist mein Ernst. Wolltest du auf die Liebe anstoßen? Dann muss ich passen.«

»Ach, du.« Tschüge sah mich traurig an. »Was der Bauer nicht kennt …«

»Das sagt der Richtige«, gab ich zurück. Ich holte tief Luft. »Es tut mir leid, dir das mitteilen zu müssen, aber die Liebe ist nun mal ein Konstrukt. Ein Produkt der Fantasie! Nur weil zwei daran glauben, heißt es noch lange nicht, dass es sie gibt.«

»Dann tut es *mir* sehr leid, dir mitteilen zu müssen, dass du gerade ein Arschloch bist«, sagte Tschüge und schob das Glas von sich weg.

»Jetzt mach mal keinen Aufstand.«

»Einen Aufstand? Ich? *Du* machst einen Aufstand. Gegen Leila und mich. So siehts nämlich aus. Weil du eifersüchtig bist!« Tschüges Kopf war ganz rot angelaufen, und er kaute unentwegt auf der Unterlippe.

»Wie? Worauf eifersüchtig?«

»Auf unser Glück, du Löu. Auf das, was wir haben und du nicht. Leila sagt das auch.«

Ich lachte auf. »Das, was ihr habt, will ich gar nicht! Ein Haus auf dem Land, getrautes Heim zu zweit, die Eltern um die Ecke – das klingt nach Gefängnis für mich.«

»Besser ein Gefängnis als gar kein Zuhause«, knurrte Tschüge.

»Jetzt sei mal nicht eingeschnappt. Jeder hat sein Leben. Muss ja nicht jeder mit dem anderen tauschen wollen.«

Doch Tschüge gab nicht auf. »Mal ernsthaft«, sagte er. »Glaubst du nicht, dass da draußen eine Frau ist, in die du dich verlieben könntest?«

»Ja klar, warum nicht? Auch ich bin davor nicht sicher. Aber im Gegensatz zu anderen werde ich nicht zulassen, dass dieser Wahnsinn mein Leben bestimmt. Warum, glaubst du, ist die Scheidungsrate so hoch?«

»Wie hoch ist sie denn?«

»Jedes zweite Paar lässt sich früher oder später scheiden.«

»Und jedes zweite Paar nicht.«

»Das sagt jedes Paar, wenn es heiratet. Und jedes zweite liegt falsch damit. Warum denkst du, ist das so?«

»Weiß nicht.« Tschüge verwarf die Hände. »Ich kenn die doch nicht alle.«

»Weil sich jene, die sich nicht scheiden lassen, nicht trauen.«

»Das versteh ich nicht.«

»Jedes Paar sieht irgendwann ein, dass die Heirat ein Fehler war. Dass die Liebe ein Irrglauben ist. Ein Hoax, auf den sie reingefallen sind. Aufgesetzt von der Liebesindustrie.«

»*Liebesindustrie.* Jetzt fang nicht damit an. Wir treten ja keiner Sekte bei. Wir lieben uns, seit wir zehn sind. Die Hochzeit ist bloß Formsache. Damit sich alle unsere Verwandten und Freunde mitfreuen können. Abgesehen von dir, offensichtlich.« Tschüge strafte mich mit einem düsteren Blick und stand auf.

»Ich sag ja nicht, dass ihr es nicht tun sollt. Ich sag nur, was ich glaube. Darf ich das etwa nicht mehr? Hallo, Meinungsfreiheit?«

»Klar, darfst du schon, ist halt einfach eine Scheißmeinung«, sagte Tschüge und ging weg.

»Dann werde ich meine Zweifel künftig für mich behalten«, murrte ich und aß allein weiter. Den Champagner ließ ich stehen.

2

Der Tag, an dem ich erkannte, wie unterschiedlich Tschüge und ich geworden waren, begann mit einer Überraschung. Wir waren beide gerade fünfzehn geworden, als uns Papà feierlich verkündete, dass es nun an der Zeit sei, »den großen Schritt« zu tun. Dabei zauberte er zwei Fußballtrikots der Berner Young Boys hinter seinem Rücken hervor. Seit Jahren hatten wir auf diesen Tag gewartet, denn bis dahin hatte er sich geweigert, uns an ein Spiel mitzunehmen und aus dem »Babyblock« zuschauen zu müssen.

Als wir an diesem Freitagnachmittag im Spätsommer in den Zug nach Bern stiegen, war mir, als wäre jeder Mann im Dorf zu einem YB-Fan mutiert. Alle trugen schwarzgelbe Trikots, Schals und Capes, einige waren im Gesicht mit Farbe bemalt. Mit den Trikots passten wir perfekt ins Bild. Viele nickten uns zu, als wären wir plötzlich Teil ihrer Familie geworden. Fast jeder hatte ein offenes Dosenbier in der Hand.

In dieser Umgebung blühte Papà auf. Er gab allen die Hand, klatschte wildfremde Typen ab, packte andere bei den Schultern, schüttelte sie und sagte dabei Sätze wie: »Ich rieche es: Heute sind sie geliefert.« Dabei schnupperte er theatralisch in der Luft. Ich roch nur rohe Zwiebeln und Bier.

Ich fühlte mich entspannt und spürte gleichzeitig den Kitzel des Abenteuers. Heute also würde ich eine Welt entdecken, die mir bisher verborgen geblieben war und die, so hoffte ich, das eine oder andere Geheimnis lüften würde – über meinen Vater und das Mannsein im Allgemeinen.

Die Abendsonne drängte durch die verschmierten Scheiben, und ich sah mich um. Die farbigen Kostüme, das Lachen in der Luft, die verspielten Raufereien der Männer aus dem Abteil hinter uns. Die Stimmung war aufgeladen, wie elektrisiert. Da waren Freunde, Kumpels, Väter und Söhne auf dem Weg zu ihrem Team, und es fühlte sich an wie eine neue Familie, zu der alle gehören durften und für die jeder alles geben würde.

Da saß Papà, seine Stirnglatze leuchtete im Abendlicht, vertieft in ein Gespräch mit seinem Kumpel Roli, und sein Gesicht zeigte eine Zugewandtheit, die mir fremd war an ihm. Er hörte zu. Er ließ ausreden. Er gab Antwort. Er nahm Roli in den Arm und drückte ihn, dann rollte er seine Faust über Rolis Haare. Mein Vater war wie ausgewechselt.

Da saß Roli, der eigentlich geschniegelt hinterm Postschalter hockte und von jedem Kunden genervt war und der im Volg immer seine Frau ankeifte, wenn sie zu lange bei den Süßigkeiten stehen blieb. Seine dicke Brille hatte er durch eine Sonnenbrille ersetzt, und erst jetzt sah ich, dass in seinem rechten Ohr ein klumpiger silberner Ohrring hing. Von Roli ging etwas Lebendiges aus, eine Umtriebigkeit und Ausgelassenheit. Wenn er hinter dem Postschalter einer Echse im Terrarium glich, dann war er jetzt eine junge Ziege auf einer Wiese.

Da saßen die anderen Männer, Arbeiter allesamt, grobe Hände, die durch die Gegend flogen, während die Stimmen sich gegenseitig Strategien erklärten, Doppelspitze, Flügelläufer, die sich mit kindlichem Eifer von vergangenen Momenten erzählten. Eigentlich waren auch sie nur Jungen wie Tschüge und ich, wollten nur spielen und in Ruhe gelassen werden, und vielleicht ging es hier gar nicht um den Fußball, sondern um das hier: zusammen zu sein, ohne dass jemand nervte, ohne dass man etwas beweisen oder noch den Müll rausbringen musste. Vielleicht war das das Geheimnis der Männer: Sie trafen sich unter falschen Vorwänden, um einfach sein zu können. Rudeltiere, die sich im Schutz der Dunkelheit aneinanderkuschelten, damit sie am Tag wieder ihre Rolle als Einzelgänger annehmen konnten.

Ich legte meinen Arm spontan über Tschüges Schulter und schüttelte ihn, mit der anderen boxte ich ihm auf die Oberschenkel, wie ich es bei Papà und Roli gesehen hatte. Er grinste, und ich grinste zurück.

Beim Stadion wurde es unübersichtlich. Von Weitem hörten wir Fangesänge, und als wir durch die Katakomben des Stadions liefen, spürten wir ein Wummern, das immer stärker wurde. Das Summen eines Bienenstocks, ein Vibrieren aus Stampfen und Singen und scheppernden Sprecheransagen, schrillen Werbeeinspielern, dumpfen Rockhits.

Tschüge und ich liefen der Gruppe nach wie zwei Hundewelpen. Es gab Tribünen mit viel Platz, aber sie steuerten direkt auf die eine Kurve zu, in der bereits Hunderte Fans auf engem Raum standen und von denen der größte Lärm ausging. Teilweise schwenkten sie Fahnen oder hielten bemalte Bettlaken in die Höhe.

In der Kurve war es eng, und wir sahen nur gelegentlich was vom Spielfeld, wenn einer seine Fahne senkte oder die vor uns sich für einen Moment hinsetzten oder Bier holen gingen. Papà stand zwischen Tschüge und mir und schien einen Mordsspaß zu haben. Er hüpfte auf den Bänken, die sich gefährlich unter seinem Gewicht bogen.

Und sie sangen. Es waren einstudierte, rausgeschriene Lieder, was mich überraschte, weil mir Papà immer eingebleut hatte, dass Männer nicht sangen, aber in diesem fast frauenfreien Universum schien diese Regel nicht zu gelten, wie sie auch bei Salvis Beerdigung nicht gegolten hatte.

Von Weitem sah ich einen kleinen Mann in schwarzem Kapuzenpulli und schwarz-gelben YB-Schal über dem Mund, der wie ein Dirigent in der Gegend rumfuchtelte und die Parolen durchgab. Es gab eine Reihe von Liedern, die ich noch nie gehört hatte und bei denen ich eine Weile brauchte, bis ich den Text verstand. Eines fuhr mir besonders ein: »Hängt sie auf, hängt sie auf, die schwarze Sau!«, schrien die Fans voller Inbrunst.

»Welcher der Spieler ist denn die schwarze Sau?«, fragte ich Papà.

»Kein Spieler«, schrie er durch den Lärm. »Der Schiri, du Dummkopf! Der Schiri ist die schwarze Sau!«

Ich sah mich um. Die Stimmung war gekippt, irgendwo zwischen den zahllosen Bieren und dem zweiten Gegentor. In den Gesichtern hatte eine verkrampfte Aggression Einzug gehalten. Kämpferische Blicke, verzerrte Münder, laute Stimmen überall. Rolis Augen waren blutunterlaufen, und sein Gesicht war mehr eine Fratze, sein Blick starr aufs Spielfeld gerichtet. Er schrie unverständliche Dinge, wurde Teil dieser wühlenden, wummernden Lärmkulisse, die auf jede Bewegung des Spiels reagierte wie ein Barbarenchor.

Da fiel mir Tschüge ins Auge. Wie er die Lieder mitsang, wie er dem Nachbarn mit seinem kleinen Bier zuprostete, wie auch sein Blick stier wurde. »Hängt sie auf, hängt sie auf«, schrie er grinsend, »die schwule Sau!«, und plötzlich kroch die Angst in mir hoch. Warum konnte ich mich nicht einfügen in dieses Rudel? Warum bereitete mir das alles keinen Spaß, sondern stieß mich zunehmend ab? War ich vielleicht schwul oder krank im Kopf, wie Salvi? Konnte es sein, dass ich mich auch mal in einer Garage aufhängen würde und dass meine Freunde mein Foto vom Kühlschrank entfernten?

Papà warf mir einen Blick zu, und ich fühlte mich ertappt. »Schwule Sau, schwule Sa-a-au!«, rief ich laut, streckte meine Faust in die Luft und lächelte Papà an. Er lächelte aufmunternd zurück und gab mir einen Klaps auf die Schulter.

Ich weiß nicht mehr, wer gewann, aber das Spiel, so war mein Eindruck, war zur Nebensache geworden. Plötzlich strömten alle zum Ausgang, und wir liefen Papà und seinen Kumpels nach. Inzwischen war es Nacht geworden. Mir war, als wären die Raubtiere aus dem Zoo ausgebrochen. Alle paar Meter scherte einer der Männer aus, trat gegen einen Laternenpfahl oder eine Werbetafel oder warf eine leere Bierflasche an eine Hauswand. Die Männer brüllten und lärmten. Ich hatte Angst, dass jeden Moment die Polizei aufkreuzen und uns alle einsperren würde. Aber auch wenn gelegentlich ein Polizeiauto vorbeifuhr – nichts passierte. Im Schutz der Gruppe konnten sich alle gehen lassen. Der kleine Kurt zog mitten auf der Straße, wenige Hundert Meter hinter dem Stadion, die Hose runter und pinkelte auf den Mittelstreifen. Seine Kumpels johlten und klatschten.

Und wie körperlich alle waren. Ständig hielten sie sich gegenseitig an den Schultern, immer waren zwei am Keifen und Rangeln. Im Stadion hatte sich so viel Aggression angestaut, dass sie sich irgendwie ihren Weg nach draußen suchte. Sie erinnerten mich an meine pubertären Klassenkameraden im Turnen: roh, ungestüm, nervös. Erst als wir im Zugabteil saßen, wurde es langsam ruhig. Alle dösten vor sich hin, es war nur noch ein mehrstimmiges Schnarchen zu hören.

Als Papà uns die nächsten Male zum Spiel einlud, ging ich nicht mehr mit. Ich erfand jedes Mal Ausreden, und irgendwann fragte mich niemand mehr. Tschüge hingegen wurde Teil der Clique meines Vaters, zusammen mit ein paar anderen Söhnen aus dem Dorf, und bald gab es kaum ein Wochenende, das er nicht in einem Fußballstadion verbrachte.

3

Wir verließen das Hospiz am frühen Morgen durch den Seitenausgang. Der Himmel war wieder klar, doch nun war die Stimmung zwischen uns eisig geworden. Den Rest des Abends hatten wir kaum mehr miteinander gesprochen, und auch beim Frühstück heute Morgen hatte Tschüge meinen Blick gemieden.

Der Cinquecento röhrte die restlichen Kurven des Passes hoch, und bald schon verloren wir uns in den Windungen der Berge wie in den Gedärmen eines Riesen. Ich drehte das Radio laut, um die Stille zu übertönen. Im lokalen Sender erzählte gerade irgendein Polizeikommandant, wie sie in der Region ein Netz von Schleppern enttarnt hatten. Dann begann das Radio zu flackern. Dem Kommandanten wurden plötzlich italienische Sprachfetzen in den Mund geschnitten, unterlegt von einem korrosiven Rauschen, das die surreale Schönheit der Passlandschaft um den Gotthard noch unterstrich.

»Lass uns ein wenig da rausgehen und die Beine vertreten«, sagte Tschüge und zeigte mit dem Kopf zu den vorbeiziehenden Gipfeln. Dann streckte er sich und stöhnte. »Ich fühle mich wie eine Gurke im Glas.«

Ich seufzte entnervt. »Wir sind erst eine Stunde unterwegs. So kommen wir nie vorwärts.« Vielleicht, dachte ich, könnte ich ihn einfach auch schnell in den Kosovo fahren und dann umkehren.

»Wir haben noch acht Tage Zeit. Die Strecke würden wir sogar mit einem Töffli schaffen.«

Auf Passhöhe hielt ich an einem Parkplatz. Die alte Gotthardstrecke war mal eine Hauptverkehrsachse gewesen, inzwischen wurde sie nur noch von Passromantikern in Oldtimern und auf Motorrädern befahren. Da war bloß ein kleiner Stand, der Fresken der Madonna del Sasso, von der Sonne gebleichte Postkarten und Bernhardiner aus Plüsch verkaufte. Ich klemmte eine Flasche Wasser unter den Arm und schloss den Cinquecento ab. Tschüge war bereits losgelaufen, und ich musste sprinten, um ihn einzuholen. »Warte doch!«

Er sah mich nicht an und marschierte weiter, auf einen kleinen Wanderweg zu. Dann fragte er unvermittelt: »Warum tun wir das eigentlich?«, sagte er.

Ich sah ihn fragend an.

»Warum machen wir diese Reise und tun so, als wären wir beste Kumpels, und dabei interessierst du dich gar nicht für mein Leben? Was bin ich für dich? Eine willkommene Ablenkung? Ein dummer Metzger, über den man Witze machen kann, ohne dass er es checkt? Keine einzige Frage hast du mir zu meinem Leben gestellt. Weißt du eigentlich, was ich durchgemacht habe in letzter Zeit? Weißt du, wie mich deine Städter-Attitüde ankotzt, dieses Rumproleten und was du alles so weißt? Wie du mich anschaust. Mitleidig. Wie einen Elefanten im Zoo. Das geht mir so auf die Eier.«

Einen solchen Redeschwall hatte ich von Tschüge noch nie gehört, und schon gar nicht in diesem Ton. Ich spürte, wie sich mein Inneres zusammenzog. Ich fühlte mich ertappt.

Wortlos folgten wir einem kleinen Pfad, der ziemlich steil nach oben führte. Tschüge hatte recht: Ich hatte mich nie erkundigt, wie es ihm ging und wie die Sache mit dem Kinderkriegen lief. Das war mir alles zu unangenehm.

Was wusste er von mir und Leila? Diese Wechsel der Allianzen machten mich verrückt. Tschüge und ich. Tschüge und ich und Leila. Tschüge und Leila und ich. Tschüge und Leila. Ich und Leila. Und jetzt? Vielleicht war es das Beste, wenn ich ihm alles beichtete. Hier, auf dieser Anhöhe, nur er und ich und die Berge, und wir würden uns anschreien und am Ende umarmen und wieder echte Freunde sein.

Ich sah ihn an, seinen angespannten Kiefer, den erwartungsvollen Blick. Er würde die Wahrheit nicht aushalten. Es würde ihn unendlich kränken, er würde unsere Freundschaft kündigen, er würde vielleicht die Hochzeit absagen. Nichts wäre gewonnen, alles zerstört.

Wenn man Mühle spielt, kann man in die Situation geraten, dass man mit dem Mühlstein weder vor noch zurück kann – überall kriegt man eins aufs Dach. *Figgimüli* haben wir als Kinder dazu gesagt. Zwickmühle. Auf gewisse Weise war das meine Position gerade. Figgimüli. Alles, was ich tat, würde mir schaden. Das Einzige, was mir blieb, war, nichts zu tun. Ein Mann muss schweigen können, hörte ich Papà im Hinterkopf.

»Du hast recht«, sagte ich. »Ich bin ein mieser Freund.«

Tschüge seufzte und schüttelte den Kopf. »Ich muss dir etwas sagen.«

Ich sah ihn fragend an und machte mich auf das Schlimmste gefasst.

»Ich hätte es dir lieber in einer anderen Situation erzählt, gestern beim Champagner zum Beispiel«, begann Tschüge, und mir lief es kalt den Rücken hinunter. »Jetzt muss ich es halt so sagen.«

Er wusste es also. Jetzt war alles klar: Sie hatte ihm alles erzählt, und er hatte abgewartet, bis wir gemeinsam unterwegs waren, allein in der Wildnis, um mir ordentlich die Kappe zu waschen. Jeder Zug ein Treffer. Figgimüli.

»Was ist es?«, flüsterte ich und schaute ins Alpenpanorama. Wenn ich etwas nicht konnte, dann ihm jetzt in die Augen zu schauen.

»Leila ist schwanger.«

Leila war schwanger.

Der Satz fuhr mir durch die Glieder. Das Gefühl für Balance war weg, und der Horizont krümmte sich in alle Richtungen. Ich stierte auf den Boden, meine Füße tasteten sich suchend vorwärts, nicht wissend, ob es hoch oder runter ging. Ein paar Mal fiel ich fast hin. Der Satz hatte die Verbindung zwischen meinen Gehirnhälften gekappt, als hätte sich der reflektierende Teil von dem emotionalen losgesagt. Ich hatte Angst, dass Tschüge meine Verwirrtheit bemerkte, und wollte irgendetwas dahersagen, damit keine unangenehme Stille entstünde, in die er seinen Verdacht füllen könnte. Von Weitem sah ich zu, wie mein Autopilot ihm überschwänglich gratulierte, ihm die Hand drückte und auf seine Schultern klopfte.

Tschüge schien erleichtert: Ich war nicht sauer, dass er es mir nicht schon viel früher erzählt hatte. Er stapfte zufrieden neben mir her, und gelegentlich blieb er stehen, streckte den Kopf hoch in die Bergluft wie ein Murmeltier und sog hörbar die Luft ein. Dabei schloss er die Augen. Sein Groll hatte sich so plötzlich aufgelöst wie die nächtliche Schlechtwetterfront.

Für einen Moment war ich froh, denn es bedeutete: Leila hatte geschwiegen. Das Geheimnis war sicher. Dann überkam mich ein Gedanke wie ein Erdrutsch, unmittelbar und atemberaubend. Er nahm mir dermaßen die Luft, ich konnte ihn fast nicht zu Ende denken, *durfte* ihn nicht zu Ende denken. Fast fiel ich wieder hin. Tschüge durfte nie, nie, nie von dieser Nacht erfahren.

Nach einer Stunde, in der wir ein wenig ziellos über matschige Höhenwege spaziert waren, tauchte vor uns der Parkplatz auf. Über unseren Cinquecento beugte sich ein Mann und schien an der Tür zu hantieren.

»Hey!«, rief Tschüge und trabte auf ihn zu.

Der Mann drehte sich um, hielt die Hände in die Höhe und lächelte unschuldig. »*Buongiorno*, Hallöchen! Könnt ihr mir vielleicht helfen?«

»Was ist denn los? Was tun Sie hier an unserem Auto?«, fragte ich.

»Ich wollte nur schauen, ob da irgendwo ein Hinweis ist, wie man euch erreichen kann. Mein Auto wurde mir gestohlen, und ich muss dringend weiter in Richtung Italien.«

»Ist wohl ein Fall für die Polizei«, brummte Tschüge.

»Dafür hab ich keine Zeit. Es ist ziemlich eilig, versteht ihr? Ein Notfall, sozusagen. Eine Schlamastik sondergleichen. Maximale Kalamität!«, plapperte der Mann in rasantem Tempo.

Ich sah ihn mir genauer an. Er war schlank, mittelgroß und schien nur wenig älter als wir zu sein. Seine Augen waren von einem leuchtenden Grün, und die Haare fielen in langen pechschwarzen Strähnen über sein Gesicht, er strahlte die Eleganz eines Panthers aus. Wenn er sprach, waren seine Augenbrauen konstant in Bewegung und übersetzten wie eine Art Übertitel alles, was er sagte. Seine Zähne standen unkorrigiert und quer in seinem Mund; das Gegenteil von den Worten, die da rauskamen. Es waren geschliffene Sätze mit ungewöhnlichem Vokabular, als hätte er mit Gedichtbänden Deutsch gelernt.

Der Mann sah mich bettelnd an. »Ich habe es wirklich höchst eilig. Ich muss dringlich zur Beerdigung meines Vaters.«

»Oh, das tut mir sehr leid. Klar kannst du mit uns fahren«, sagte ich. »Wir fahren in die Richtung und haben noch Platz.«

Tschüge warf mir einen bösen Blick zu. »Sehr knapp bemessen allerdings. Da passt er nicht rein.«

»Das wäre ja fantastico! Ich kann mich ganz klein machen. Wie ein Igel. Oder ein Schneehase. Lepus timidus. Ein wunderschönes Tier. Wird übrigens oft mit dem Lepus othus verwechselt, dem Alaskahasen, weil der weiß ist und der Schneehase nicht. Faszinierend, oder? Wie weit fahrt ihr denn?«

»Wir streifen Italien nur kurz. Wir fahren über Triest nach Kroatien und dann weiter Richtung Bosnien und Kosovo.«

»Das ist ja ein Zufall!«, rief der Mann. »Ich muss sogar nach Triest.«

Tschüge seufzte. »Na gut, dann hüpf rein, Schneehase. Und was ist mit deinem gestohlenen Auto?«

»Das melde ich auf dem Rückweg. Wenn ich mich jetzt darum kümmere, kann ich die Beerdigung vergessen.« Der Mann zwinkerte uns zu. »Spiro, *mon nom de guerre*«, sagte er und gab mir die Hand.

»Nino«, sagte ich. »Man nennt mich auch Belmondo.«

»Wie der Schauspieler?«

Ich nickte.

Spiro klatschte in die Hände. »Ich *liebe* Belmondo! Ein Halbgott. Allein dieser Blick!« Seine Augenbrauen tanzten.

Tschüge schob mich zur Seite und streckte ihm die Hand hin. »Ich bin Tschüge.«

»Tschüge?«

»Kommt von Jürg.«

»*Enchanté*, Monsieur Tschüge. Ziemliche Pranke. Handwerker?«

»Metzger.«

»Herrlich. Ich liebe Fleisch! Da seid ihr genau richtig auf dem Balkan. Spießchen zum Frühstück, gemischte Platte zum Zmittag und abends Innereien. Wollt ihr deswegen dahin?«, fragte Spiro.

Als er von den Hochzeitsplänen hörte, hob er belustigt die Augenbrauen. »Und ihr wisst, worauf ihr euch da einlasst?«

»Da bin ich mir nicht sicher«, sagte ich und lachte.

Tschüge übernahm das Steuer, und ich zwängte mich auf den Rücksitz hinter Spiro. Die Rückbank des Giardiniera war nicht gerade bequem, aber den Zweck erfüllte sie allemal. Ich legte mich quer und hörte zu, wie Tschüge Spiro verhörte.

»Spiro … Ist das ein Schweizer Name?«

»Meine Eltern sind Bosnier, wenn du das meinst.«

»Und du?«

»Ich? Uff, ich bin ein *citoyen*.«

»Ein Citroën?«

»Ein *citoyen*. Ein Stadtmensch. Ein Weltenbürger!«

Tschüge schüttelte irritiert den Kopf. »Aber wo bist du aufgewachsen?«

»Im Luzerner Hinterland. Sempach, Willisau, die Gegend. Der *Rust Belt* der Schweiz. Oder soll ich *Pig Belt* sagen? Ziemlich hohe Bauerndichte jedenfalls.«

»Du redest wohl gerne, hm?«

»Du stellst wohl gerne viele Fragen, Monsieur?« Spiro grinste. »Aber ich rauche auch gerne. Hat jemand von euch eine Zigarette für mich? Die haben mir alles geklaut.«

Tschüge schüttelte den Kopf. »Hast du noch welche, Belmondo?«

»Ich habe aufgehört. Oder versuche es zumindest.«

»Dann halte da vorne bei der Beiz an«, sagte Spiro und zeigte auf das Bergrestaurant, das mit verglastem Wintergarten am Ende der Kurve thronte. »Ah, kann mir jemand einen Zehner leihen? Kriegt ihr in Triest zurück, sobald ich bei meinen Verwandten bin. Versprochen!«

Tschüge hielt und ließ Spiro aussteigen. Ich steckte ihm einen Schein zu.

»Komischer Vogel, findest du nicht?«, sagte Tschüge, als Spiro im Gebäude verschwunden war.

»Er scheint mir ganz nett.«

»Ich weiß nicht. Der ist zu gut gelaunt dafür, dass sein Vater gestorben ist und ihm das Auto geklaut wurde. Und er redet mir zu viel. Irgendetwas ist an dem Typen faul.«

»Jetzt reg dich mal ab.«

»Ich kenn doch die Pappenheimer. Immer führen sie was im Schilde.«

Spiro kam gut gelaunt die Treppe heruntergesprungen und ließ ein Päckchen Marlboro zwischen seinen Händen hin- und herfliegen, und ich verzichtete auf eine Antwort. Er war gerade eingestiegen, als ein Polizeihelikopter über unseren Köpfen hinweg in Richtung Pass flog.

»Die spinnen, die Bullen«, sagte Spiro. »Wen wollen die hier jagen? Murmeltiere?«

»Irgend so einen Schlepperring, haben sie vorhin im Radio gesagt.«

»Die haben vielleicht Probleme«, murmelte Spiro, öffnete das Fenster und steckte sich eine Zigarette an. »Die sollten sich lieber um die Autodiebe kümmern.«

Die nächsten Stunden fuhren wir in lockerer Plauderlaune. Die Bergstraße mündete in Airolo, und schon bald waren wir wieder auf der Autobahn, eingeklemmt zwischen internationalen Lastwagen und Tessiner Spediteuren. Obwohl er ein komischer Typ war, war ich froh über Spiros Anwesenheit, denn die Stimmung im Auto hatte sich sichtlich gehoben, seitdem er mitfuhr. Ständig erzählte er etwas oder machte kleine Scherze. Vor allem aber hielt er uns davon ab, uns über Tschüges und Leilas Babyglück zu unterhalten. Und mit der Temperatur, die mit jedem Kilometer zu steigen schien, den wir näher an Italien herankamen, wuchs auch wieder meine Zuversicht. Bestimmt war Leila von Tschüge schwanger. Was sollte so ein kurzer Ausrutscher auf dem Metzgertresen schon bewirken? Die Wahrscheinlichkeit, bei einem Mal schwanger zu werden, war doch wohl sehr gering.

Tschüge bremste abrupt ab. »Himmelherrgott!«, rief er aus. Vor uns leuchteten die Bremslichter der anderen Autos. Stau.

»Das ist merkwürdig«, sagte Spiro und klang besorgt. »Normalerweise kommt der Stau immer erst kurz vor Chiasso.«

»Ah schau, da vorne, das Schild«, sagte Tschüge. »Es ist nur eine Polizeikontrolle. Sicher wegen der Schlepper.«

Spiro zuckte zusammen. »Wir müssen von der Autobahn runter«, flüsterte er. Dann lauter: »Tschüge, fahr sofort rechts rüber. Wir müssen bei der Ausfahrt da raus. *Pronto, amigo!*«

»Kann das nicht warten?«

»Nein, Mann. Wir müssen hier weg, schnell!«

Tschüge warf mir im Rückspiegel einen fragenden Blick zu.

Dann ging mir ein Licht auf. »Tschüge, tu, was er sagt. Ich befürchte, unser Spiro hier ist einer der gesuchten Schlepper.«

Spiro sah mich entgeistert an.

»Was?«, rief Tschüge, zog den Cinquecento aber so brüsk auf die rechte Spur, dass von hinten Hupen zu hören war. Im letzten Moment erwischte er die Ausfahrt. Auch da stockte der Verkehr.

»Verdammt, da vorne stehen sie auch. Fahr rechts ran. Fahr auf den Seitenstreifen! Bitte!« Spiro klang verzweifelt.

»Das ist zu gefährlich«, gab Tschüge zurück. »Ich mach da nicht mit. Wir haben nichts getan. Soll sich die Polizei um dich kümmern.«

»Es tut mir *troppo* leid, *mes amis*, so einfach ist das nicht für euch«, sagte Spiro. »Wenn die mich mit euch erwischen, landet ihr erst mal in Untersuchungshaft, egal, was ihr erzählt. Die Hochzeit könnt ihr dann vergessen.«

Tschüge fluchte vor sich her, doch dann setzte er den Blinker, hupte die Autos weg, und wir rollten auf den Seitenstreifen. Zwischen den Autoreihen sahen wir weiter vorne ein einzelnes Polizeiauto und zwei Polizisten, die den Verkehr kontrollierten.

Tschüges Blick traf meinen im Rückspiegel. Ich spürte, wie es in meinem Bauch rumorte. Wir durften die Hochzeit um keinen Preis verpassen. Sie würde alles wieder ins Gleichgewicht bringen. Sie würde Klarheit schaffen. Sie würde Tschüge glücklich machen, wenigstens ihn.

Ich erwiderte seinen Blick und nickte.

Und Tschüge gab Gas.

Manchmal, wenn das Leben unverhofft an Geschwindigkeit gewinnt und Dinge passieren, die man sonst nur aus dem Kino kennt, wird im eigenen Gehirn ein Schalter umgelegt, wie bei einer Sicherung. Plötzlich ist da keine Angst mehr, kein Zögern, kein Abwägen. Da ist nur noch der Moment und ein Rauschen in den Adern, so laut, dass man nichts mehr hören kann, und die Sinne nehmen so viel wahr wie sonst nur bei einem Drogentrip. Die Bilder landen gestochen scharf im Kopf. Der Lichteinfall auf die rote Motorhaube des Cinquecentos, das Zittern von Tschüges Händen, Spiros irrer Blick und die feuerroten Äderchen in seinen Augen. Das eigene Handeln wird zum traumtänzerischen Wandeln, jede Bewegung fühlt sich wie eine Ewigkeit an, doch in der Erinnerung bleiben nur noch Standbilder, zittrig aneinandergeklebt, mit riesigen Lücken dazwischen. Als hätte das Hirn keine Kapazität mehr gehabt, um all das dazwischen auch noch zu verarbeiten.

Die Zeit, die es brauchte, um auf dem Pannenstreifen an den Polizisten vorbeizupreschen – der schmale Cinquecento passte haargenau zwischen Absperrung und Leitplanke – und ihrem verblüfften Blick wieder zu entgleiten, ließ sich wohl in wenige Sekunden quetschen. Tschüge raste die Ausfahrt hinunter und auf der wenig befahrenen Hauptstraße entlang – so schnell es mit dem Cinquecento eben ging – und bog dann jäh ab in ein Gewerbegebiet. Auf dem Parkplatz eines Supermarkts parkte er zwischen zwei Lastwagen, sodass wir praktisch unsichtbar waren, und drehte den Motor ab. Niemand sagte ein Wort. Spiro starrte zitternd geradeaus. Von Weitem hörten wir eine Sirene vorbeizischen und verschwinden. Dann blieben wir noch für eine gefühlte Ewigkeit sitzen.

4

Spiro kicherte. Irgendwann brach es aus ihm heraus, ein lautes und hohes Kichern. Der Klang des Wahnsinns, wenn er an die Oberfläche kam.

»Das war knapp.« Spiro strich seine Strähnen aus dem Gesicht. »Mann, war das knapp. Knappolino.«

In Tschüge war auch wieder das Leben zurückgekehrt. Er schäumte. »Was zur Hölle sollte das?« Er trommelte wütend auf dem Lenkrad und sah abwechselnd Spiro und mich an. »Du bist ein Schlepper? Wieso hast du uns angelogen?«

»Ich …«, sagte Spiro. »Es tut mir leid. Wirklich.«

Tschüge rüttelte am Lenkrad, dass ich Angst hatte, er würde es gleich abreißen. »Du hast uns fast umgebracht.«

Spiro machte eine abwehrende Geste. »Jetzt mal halblang. Ich kann das erklären.«

Tschüge starrte mich auffordernd an, als wollte er wissen, auf welcher Seite ich stand.

»Da bin ich aber gespannt«, sprang ich ihm schnell bei.

»Wir haben Zeit. Jetzt, wo wir bald in den Knast kommen, sollten wir auch wissen, weshalb«, sagte Tschüge.

»Wir landen nicht im Knast. Keine Sorge«, sagte Spiro.

»Hörst du, Belmondo?«, sagte Tschüge. »Du musst dir keine Sorgen machen, sagt der Mann, der mich gerade gezwungen hat, eine Polizeisperre zu durchbrechen.«

»Nicht gezwungen. Überredet.«

Ich warf Tschüge einen beschwichtigenden Blick zu und sah dann zu Spiro. »Bist du wirklich einer dieser Schlepper, die Geflüchtete abzocken? Dann musst du jetzt aussteigen.«

Spiro schüttelte energisch den Kopf. »Das ist ein falsches Framing der Polizei. Was stimmt, ist: Ich helfe Geflüchteten auf ihrem Weg durch die Schweiz. Aber ich tue das freiwillig und ohne Bezahlung. Früher hat man Fluchthelfer dazu gesagt.«

»Und warum jagt dich die Polizei?«

»Weil die das unterbinden wollen. Das ist ja klar. Gerade den Tessiner Politikern sind Menschen wie ich ein Dorn im Auge. Weil wir ihre unmenschliche Politik untergraben. Erst gestern bin ich mit drei jungen Afghanen zu Fuß über den Gotthard gelaufen. Doch als wir in der Hütte ankamen, in der normalerweise meine Ablösung wartete, stand da bereits die Polizei. Ich bin dann mit den Afghanen einen Umweg gegangen und hab ihnen all mein Geld mitgegeben und meine Zigaretten. Jetzt will ich so schnell wie möglich zurück nach Italien und für eine Weile untertauchen.«

»Und die Beerdigung?«, fragte Tschüge.

»Das habe ich erfunden. Es tut mir wirklich leid. Und ehrlich gesagt hätte ich wohl auch euren Cinquecento geklaut, wenn ihr nicht gekommen wärt. Aber ich hätte euch am Ende informiert, wo er steht. So einer bin ich nicht.« Spiro lächelte, als würde er damit alles wiedergutmachen können.

»Oh Gott. Ich wusste doch, dass da was faul ist«, seufzte Tschüge und platzierte seinen Kopf auf dem Lenkrad. »Wenn die uns finden, sind wir geliefert.«

»Sie finden uns nicht. Wir müssen einfach vorher ausreisen«, sagte Spiro.

»*Wir* tun mal gar nichts«, sagte Tschüge. »Unsere Wege trennen sich hier.«

Spiro sah uns schockiert an. »Ihr könnt mich doch jetzt nicht hängen lassen. Die finden mich hier. Ich komme mit euch nach Triest.«

Tschüge sah mich an.

Ich zuckte mit den Schultern. »Also wenn das stimmt, was er sagt, dann ist er einer von den Guten. Waren nicht Leila und ihre Familie auch auf solche Menschen angewiesen?«

Tschüge brummte etwas Unverständliches.

Spiro nickte. »Uns haben damals auch viele Menschen geholfen. Nur so haben wir es in die Schweiz geschafft. Das ist mit ein Grund, warum ich jetzt tue, was ich tue.«

»Okay«, sagte Tschüge zu mir, »er kann mit uns mitfahren. Aber wenn sie uns schnappen, sagen wir, er hätte uns gezwungen.«

Ich nickte.

»Topolino, Bruder. Wenn wir erwischt werden, sag ich das. Ich hab euch entführt und zur Raserei gezwungen«, sagte Spiro. »Jetzt beruhigt euch mal. Die erwischen uns nie. Alles formidabel. Die Grenzpolizisten hier sind Pfeifen.«

»Wenn du es sagst«, grummelte Tschüge. »Aber wieso zum Teufel sagst du es so geschniegelt?«

»*Con calma, caro mio*, es sind doch nur Worte, leicht wie Federn. Die Waffen der Armen!«

»Die Waffen der Armen?« Tschüge sah ihn ungläubig an. Dann musste er doch lächeln und schüttelte den Kopf. »Wenn ich das Leila erzähle, glaubt die das nie.«

Im Nachhinein ist es erstaunlich, wie einfach es war, unentdeckt nach Italien zu gelangen. Wir mieden die Autobahn, fuhren auf einer steilen Landstraße an einem unbesetzten Grenzhäuschen vorbei und verschwanden in den verzweigten Adern des italienischen Straßensystems.

In den nächsten Stunden zog das industriedurchpflügte Norditalien an uns vorbei. Gelbe Rapsfelder mit grünen Traktoren, die staubige Wolken hinter sich herzogen, verlotterte Herrenhäuser mit eingebrochenen Dächern, Pappelwäldchen, lange, paffende Industrieschornsteine mit Silos wie riesige Parmalat-Dosen, abblätternde Werbetafeln mit so klingenden Namen wie Pirelli, Fiat, Birra Moretti. Und alle paar Kilometer Hinweise auf den nächsten Autogrill, wo krosse Cornetti und eine himmlische Crema auf dem Espresso lockten.

Italien war ein Ort, der mich seit meiner Kindheit magnetisch anzog. Gleichzeitig spürte ich nirgends sonst einen deutlicheren Unterschied zwischen dem, was ich war, und dem, was ich sein wollte. Nie fühlte ich mich ferner vom Mann-Sein wie in den Sommern, in denen wir Papàs und Nonnos Verwandte in Neapel besuchten. Was immer ich auch tat, ich war der Negativabzug der einheimischen Jungs. Die tollten den ganzen Sommer am Strand herum, sprangen über den Sand wie junge Geparde über die Steppe. Alle waren sie braun gebrannt, hatten gegelte Haare und trugen enge Speedos, Träger-T-Shirts und ein verschmitztes Lachen auf dem Gesicht. Sie waren stets in Bewegung, eine Bande verspielter Welpen, immer auf Krawall gebürstet. Alle schauten gebannt ihrem ständigen Kräftemessen zu, die Jungs zogen die Aufmerksamkeit des ganzen Strands auf sich, sie schrien sich an, fluchten, lachten, so laut sie konnten, kickten sich den Ball zu, immer zu fest, immer mit einer akrobatischen

Einlage, sodass er ständig auf den Sonnenschirmen anderer landete.

Und mittendrin: ich. Bleich, klein, schlaksig, ungelenk. *Il faccia brutta*. Der kleine *svizzero*, den man piesacken konnte, ohne dass er sich wehrte. Oft schossen mir vor Scham und Ärger die Tränen in die Augen. Dann stürzte ich mich ins Wasser, um ihnen nicht die Genugtuung zu geben, dass ich heulte. Wie ich Tschüge in diesen Momenten vermisste!

Trotz all dem bewunderte ich die Jungs. Sie hatten eine Hingabe und Verbissenheit, eine Eleganz und Coolness. Etwas Wildes in ihrem Gesicht, einen Hunger in den dunklen Augen, die Unberechenbarkeit und das Ungestüm schienen ihnen einprogrammiert. Und doch waren auch sie Teil von etwas Größerem. Stundenlang lungerten sie auf den Felsen herum, um den älteren Jungs beim Klippenspringen zuzuschauen oder ihnen beim Flicken ihrer Mopeds zu helfen. Es war, als programmierte eine Generation die nächste, fütterte sie mit Vorbildern, Codes, Verhaltensweisen. Väter ihre Söhne, Cousins ihre Cousins. Jeder Ältere versuchte, die Jüngeren zu dominieren, sie zu zähmen und zu belehren. Durch sie lernte ich, Papà besser zu verstehen.

Damals wünschte ich mir nichts mehr, als einer von ihnen zu sein. Furchtlos, verwegen, begehrt. Von den Mädchen bewundert, von den Vätern angefeuert, von den Müttern umsorgt und liebevoll getadelt. Abends schloss ich mich im Bad ein und kontrollierte, wie braun ich geworden war und ob meine Muskeln wuchsen. Ich kniff die Augen zusammen und stellte mir vor, ich wäre einer von ihnen, ein kleiner Belmondo. Aber alles, was ich sah, war das Gegenteil davon, und eine Wut wuchs in meinem Bauch, auf mich und mein zerknautschtes Gesicht, auf meine ganze hässliche Unsicherheit.

Daran musste ich denken, als ich Spiro und Tschüge betrachtete, wie sie in der brütenden Hitze in ihren Sitzen hingen und schlummerten. Keiner von uns war das, was man hier als Mann bezeichnen würde. Für italienische Verhältnisse waren wir alle drei *finocchi*: Schwächlinge und filigrane Fenchelbubis.

Wir passierten Norditalien und erreichten Triest gegen Abend. Wir stellten den Cinquecento am Hafen ab und schlurften durch die Altstadt. Alles schien so unwirklich. Noch immer floss das Adrenalin durch meinen Körper, und ich fühlte mich aufgekratzt und abenteuerlustig. War dieses Gefühl die Einstiegsdroge in die Kriminalität? Man fühlte sich plötzlich überlegen. Dem System, den Behörden, der ganzen Welt gegenüber. Wir waren erfolgreich geflüchtet, wurden vielleicht gesucht – und konnten trotzdem am Hafen von Triest ein Bier trinken und die Beine von den Barhockern baumeln lassen. Gleichzeitig schwang immer der Kitzel mit, beim Gang durch die Straße auf einen Polizisten zu treffen und verhaftet zu werden.

Tschüge war ebenfalls aufgedreht und legte beim Trinken ein ziemliches Tempo vor. Nach einer Stunde hatten wir je drei Peroni und zwei Aperol Spritz intus und plapperten belangloses Zeugs. Angesäuselt streunten wir durch die engen Gassen. Noch war es abends zu kalt, um draußen zu essen, also suchten wir uns ein gut besuchtes Gasthaus, in dem wir uns sicher fühlten. Die rauchige Luft triefte vor Frittierfett. An den Wänden hingen Fischernetze und Malereien von Schiffen im Sturm. Einheimische spielten Karten und tranken Bier, und es war fast bis auf den letzten Platz besetzt. Wir zwängten uns an einen der schweren, eng stehenden Holztische und bestellten.

Zwei Stunden später, nach Spaghetti Marinara und zahllosen Gläsern Bier, waren wir voller als Matrosen bei Landgang. Obwohl Spiro wesentlich schmächtiger war als Tschüge, schien er den Alkohol besser zu vertragen. Tschüge hingegen war kaum zu halten. Er war in Feierlaune. Irgendwann stieß er sein Peroni mit solcher Wucht an, dass das Glas zerbarst. Die Leute warfen uns schiefe Blicke zu, aber inzwischen war es uns egal. Bald wären wir im Balkan und den Behörden endgültig entkommen.

»Wenn ich das Leila erzähle«, sagte Tschüge vergnügt. »Die wird Augen machen.«

»Glaubst du, wir sollten ihr das erzählen?«, fragte ich.

»Un-be-dingt! Wenn wir schon mal was zu erzählen haben. Und jetzt wird gefeiert!«

»Was feiern wir denn?«, fragte Spiro.

Tschüge warf die Hände in die Luft. »Alles! Die Welt! Das Abenteuer! Die Liebe!« Plötzlich wirkte er wie ergriffen von seinen eigenen Worten. Er sah mich an und hob das Glas. »Auf beste Freunde. Auf die Freundschaft.«

Dass er mich noch immer als seinen besten Freund bezeichnete, berührte mich. Plötzlich kam mir Tschüge sehr einsam vor. »Auf die Freundschaft«, sagte ich und hob ebenfalls das Glas. Die Worte gingen mir nur schwer über die Lippen. »Auf eure Hochzeit und euer Baby!«

»Tschügolino wird Papa? Das wusste ich nicht!«, rief Spiro. »Gratuliere, Monsieur! Wie fabulös!«

Tschüge lächelte verlegen. »Oh Gott. Ich werde Papa.«

»In welchem Monat seid ihr denn?«, fragte ich, nicht ohne Hintergedanken. Sollte das Kind von mir stammen, musste Leila im vierten Monat sein.

»Ehrlich gesagt weiß ich das nicht. Ein paar Monate sicher.«

»Du weißt nicht mal mehr, wann du es gezeugt hast?«, fragte ich und versuchte, mir meine Anspannung nicht anmerken zu lassen.

»Das weiß man eigentlich nie«, sagte Tschüge und zuckte mit den Schultern. »Wir haben es so oft probiert, bis es endlich geklappt hat.«

»Sieht man denn schon was? Ein kleines Babybäuchlein?«, fragte Spiro.

»Ich glaube schon, ja.« Tschüge zog sein Handy heraus und zeigte ein Foto von Leilas Bauch. »Allein der Gedanke überfordert mich. Da wächst ein Baby! In ihrem Bauch! Wenn das nur gut kommt.«

»Wird schon«, sagte ich. »Im schlimmsten Fall kommt halt so jemand wie ich dabei raus.« Erst als die Worte meinen Mund verlassen hatten, bemerkte ich, wie doppeldeutig dieser Witz sein könnte.

Doch die beiden schienen nicht darauf einzugehen. »Oder jemand wie ich«, sagte Spiro fröhlich. »Mein Vater würde sich wohl wünschen, dass ich nicht so weit vom Stamm gefallen wäre.«

»Ach, Väter und ihre Vorstellungen«, sagte ich, dankbar über die Gelegenheit, das Thema in eine andere Richtung zu lenken.

Spiro lächelte und legte die Arme um Tschüge und mich. »Ich mag euch!«, sagte er mit glasigem Blick. »Und ich würde gerne noch ein wenig weiter mit euch reisen. Ich kenne da ein paar Fleckchen Erde, die werdet ihr *lieben*.«

»Ich bin dabei«, lallte Tschüge. »Du bist immer für ein Abenteuer zu haben. Das gefällt mir!« Dann packte er Spiro am Nacken und drückte ihn mit Wucht an seine Brust.

Hinter uns lachte jemand laut. Ich sah mich um. Die Gruppe von Männern hinter uns raunte sich was zu.

»Guarda i froci tedeschi!«, rief einer der Typen, und seine Freunde lachten laut. Es klang nicht nach einem netten Lachen.

Tschüge schaute mich mit blutunterlaufenen Augen an. »Was hat er gesagt?«, donnerte er mich an.

»Nichts«, sagte ich beschwichtigend. »Hör nicht auf diese Idioten.«

»Er macht sich über uns lustig, oder? Nur weil ich meinen Freund Spiro hier umarme?« Tschüges Stimme bebte vor Wut.

Bevor ich etwas sagen konnte, preschte Tschüge zum anderen Tisch und hob den bärtigen Italiener am Kragen in die Luft. Für einen Moment war es still in der Bar. Dann begann eine Schlägerei, wie ich sie nur aus den Filmen von Bud Spencer und Terence Hill kannte. Gläser flogen, Stühle, Teller. Alle waren aufgestanden und feuerten den bärtigen Italiener an, wie er mit Tschüge rang. Er boxte ihm in den Bauch. Tschüge ließ ihn auf den Holztisch fallen und knallte einem anderen eine in die Seite. Zwei jüngere Männer wollten sich erst mit mir anlegen, doch als ich sie auf Italienisch warnte, waren sie irritiert und ließen von mir ab. Ich wollte mich gerade zu Spiro umdrehen, als ich eine Faust in die Magengrube bekam, die das Licht ausknipste.

5

Meine Erinnerung setzt in dem Moment ein, als ich durch eine schlecht beleuchtete, nach Algen und Fischdärmen riechende Gasse taumelte. Alles tat mir weh, mir war übel, und meine Kleider stanken, als wäre ich eben von einem Wal ausgespuckt worden.

Neben mir polterte es. Eine Katze schaute aus einer Mülltonne, aus dessen aufgespaltener Seite verrottetes Gemüse quoll. Ich sah mich um. Triest bei Nacht war nicht halb so atmosphärisch, wie ich gedacht hatte. Da waren keine betrunkene Seemänner oder abenteuerlustige Jugendgangs oder schummrige Straßen voller knapp bekleideter Prostituierten, wie ich mir das Hafenquartier einer großen italienischen Stadt immer vorgestellt hatte. Stattdessen war da eine einsame, leblose Ansammlung verlotterter Häuser, ausgewaschen vom salzigen Wind des Meeres und dem Zug der Zeit.

Die Straßenlichter schaukelten im Wind, und ihre Fassungen an den Wänden gaben ein metallenes Quietschen von sich, das aus einer anderen Zeit zu kommen schien. In den Eingängen der großen Läden schliefen in Wolldecken eingewickelte Obdachlose auf Betten aus ausgelegtem Karton. Ich fragte mich, wo Tschüge und Spiro waren und ob es ihnen gut ging.

Aus einer Seitengasse dröhnte lautes Donnern. Das Meer! Ich korrigierte meinen Kurs – Schritt für Schritt, bloß nicht an die Übelkeit denken, bloß nicht ohnmächtig werden –

und konnte mit jedem weiteren Meter deutlicher das Meer riechen. Und dann, nach einer gefühlten Ewigkeit, lag es vor mir in seiner endlosen Dunkelheit, nur erkennbar durch den Schaum, der das Restlicht der Stadt reflektierte, und das Rauschen der Wellen, die an den Felsbrocken brachen. Alles wird gut, dachte ich. Da ist das Meer. Ein Bad im kalten Wasser würde mir wie immer die nötige Klarheit geben, und ich wüsste, was zu tun war. Ich stolperte über den Sand, streifte dabei meinen Pullover und meine Hose ab, die Unterhose ließ ich an. Die Luft war kalt, und augenblicklich spürte ich die Gischt der Wellen an meinen Beinen. Das Wasser war längst nicht so kalt wie der See im Winter zu Hause, dafür gab es von Algen überzogene Steinplatten. Ich rutschte aus und fiel. Sofort umschloss mich das Wasser und wirbelte mich herum, bis ich wie in Trance zu schweben begann.

»Hey, du! Kannst du mich hören? Hallo?«, rief jemand in schlechtem Englisch. Die Stimme war tief und ein wenig heiser, gehörte aber zweifelsohne einer Frau, wie wohl auch die kräftigen Arme, die mich packten und in den Sand zogen.

»Willkommen!«, sagte sie und klopfte mir auf die Schultern, sodass ich große Mengen Wasser spuckte. Ich wollte etwas sagen, doch es kam nur Wasser.

»Keine Angst, ich bin nicht die Polizei. Geflüchtete sind hier sicher.« Die Frau drückte mich auf den Schultern runter und setzte sich neben mich auf den Boden. Im Scheinwerferlicht konnte ich kurze helle Haare erkennen, die ihr wild ins Gesicht hingen. An der Nase blitzte ein Nasenring wie eine Sternschnuppe, und an ihren zarten Wangenzügen las ich ab, dass die Frau jünger war, als ihre Stimme klang.

Sie hatte einen eigenartigen Akzent. Das englische Ich, *»I«*, sprach sie wie das Wort *»high«* aus, und die Vokale, besonders das E, zog sie breit in die Länge.

Sie half mir hoch und schleppte mich am Arm Richtung Stadt. Ihr fester Griff und ihre Stimme gaben mir Zuversicht. Sie zog mich durch zwei, vielleicht drei Gassen, bis sie abrupt stoppte und an eine Tür klopfte. Das Haus stand in einer engen Gasse und sah aus wie alle anderen im Block: verwittert und einsturzgefährdet, mit herunterhängenden Läden und zugenagelten Fenstern. Sie klopfte noch einmal. Ein Riegel wurde zur Seite geschoben, und in einem Sehschlitz tauchte ein Augenpaar auf. In einer Sprache, die ich nicht zuordnen konnte, wurden ein paar Worte gewechselt. Dann war ein Rasseln zu hören, und die Tür ging auf.

Mir schlug warme Luft entgegen, ein würziges Gemisch aus Schweiß, Tabak und Hasch, und fast sofort begannen meine Augen zu tränen. Das Licht war gedämpft, und es wirkte auf den ersten Blick wie eine Wohnung, die zu einer Bar umfunktioniert worden war. Überall standen, saßen und lagen Männer auf dem Boden, auf abgewetzten, klobigen Sofas und Teppichen, am improvisierten Tresen oder an den Simsen der mit Zeitungen abgeklebten Fenster. Sie lachten und redeten durcheinander, spielten Karten, rauchten und tranken. Außer uns beiden Neuankömmlingen hatten alle in diesem Raum dunkle Haut.

Sie zog mich zielstrebig weiter, durch den Raum, durch eine weitere Tür. Dahinter waren zwei Schwarze mit einem Weißen in ein Gespräch vertieft.

»Jovana!«, rief der Weiße, als wir eintraten.

»*Ciao,* Aldo!«, sagte Jovana. Ihre Stimme klang erfreut. »Wie geht es dir?«

»Puh, das waren ein paar harte Wochen«, sagte der Mann und verdrehte die Augen. Er hatte kaum Haare auf dem Kopf und ein Kinn, das so lang und eckig war wie ein Bügeleisen. Er drehte den Kopf und musterte mich mit winzigen blauen Augen.

Jovana drehte sich auch um und musterte mich von oben bis unten.

»Wurde eben am Strand angespült. Woher der wohl kommt? Ich wusste nicht, dass die Schlauchboote schon so weit hochfahren.« Sie sprachen auf Italienisch und nahmen an, ich würde es nicht verstehen.

Aldo schüttelte den Kopf. »Unwahrscheinlich, dass er mit einem Boot gekommen ist. Gab es denn noch andere?«

Jovana schüttelte den Kopf, dann klopfte sie mir auf die Schultern und rief mir auf Englisch zu, als wäre ich schwerhörig: »Wie bist du hergekommen?«

Ich versuchte, mich aufzuraffen, und erwiderte auf Italienisch: »Mit dem Auto. Ich bin Schweizer.«

Jovana sah mich verdutzt an. Aldo verfiel in lautes Gelächter. »Ein Schweizer Geflüchteter! Haha! Dass ich das noch erleben darf!«

Jovana sah mir in die Augen und musterte mich. Dann kniff sie mir in die Backe.

»Aua!«, rief ich.

»Bist du betrunken?« Sie stöhnte. »Jetzt ziehe ich schon betrunkene Touris aus dem Wasser. Herrje.«

Aldo lachte noch immer. »Du bist einfach zu gut für diese Welt, Jovi.« Dann wandte er sich an die beiden anderen Männer: »Gebt ihm was zu essen und Wasser und Kleider, dann schmeißt ihn wieder raus.«

»Wartet, wartet!«, rief ich, aus Angst, dass ich gleich wieder allein sein würde. »Kannst du nicht bei mir bleiben, Jovana?«

Sie sah mich kühl an. »Brauchst du eine Mama, oder was?«

Ich antwortete mit dem besten Hundeblick, den ich draufhatte.

Sie lächelte kurz. Sie hatte etwas Spitzbübisches an sich, ein merkwürdig schalkhaftes Gesicht, wie das eines verzogenen Schuljungen, und Augen, so grün wie Absinth. Zwischen den beiden Schneidezähnen klaffte eine kleine Lücke. Wenn sie lachte, klang es kratzig und verraucht.

»Hallo? Hörst du mich?«, rief sie durch die Scheibe, die sich über mich gelegt hatte, in lupenreinem Deutsch.

Ich nickte. »Du sprichst Deutsch?«

»Ich habe eine Zeit lang in Deutschland studiert und war auch in der Schweiz. Wie heißt du denn?«

»Äh, Belmondo«, stammelte ich. Noch immer gingen die Laute nur widerwillig über die Lippen, als hätte ich das Sprechen gerade erst gelernt. Verdammter Alkohol.

»Ist das dein Vorname oder Nachname?«

»Mein Spitzname. Meine Freunde nennen mich so. Wegen Jean-Paul Belmondo.«

»Sie nennen dich so, weil du auch ein misogyner Macho bist?«

Ich stutzte. »Nein ...«

Sie lächelte spöttisch. »Na, dann lass uns was essen, Belmondo. Ich hab Kohldampf. Aber zieh dir erst was Trockenes an!« Sie warf mir ein paar zu große Jeans, Flip Flops und einen löchrigen Wollpullover zu, die einer der anderen Männer gebracht hatte. Als ich angezogen war, packte sie wieder meine Hand. Ich ließ mich von ihr ziehen. Aus den Augenwinkeln sah ich, wie Aldo den beiden Männern etwas zuflüsterte.

An der Bar hatten sie zwei Hocker frei gemacht, und so saßen wir am Tresen und aßen feuchten Fladenteig mit einem

Ei und zahlreichen werkwürdigen Soßen, die scharf schmeckten und salzig, nach gegorenem Joghurt und Minze und Gulasch.

»Injera«, sagte Jovana mit vollem Mund, dabei fiel ihr ein Stück Ei raus, das sie mit dem Finger vom Tresen schnippte. »Aus Eritrea. Das beste diesseits des Mittelmeers.«

Ich nickte bloß, aß und sah sie an. Langsam spürte ich, wie das Leben in meinen Körper zurückkehrte und die Übelkeit verdrängte.

»Und was tust du hier so? Also außer allein betrunken am Strand rumliegen?« Sie schaute mich direkt an. Ihre Augen schienen in mich hineinzubohren.

»Ich mache Filme«, hörte ich mich sagen.

Sie schien mäßig beeindruckt. »Okay. Und was filmst du?«

»Im Moment vor allem Werbung. Aber ich schreibe an meinem ersten eigenen Drehbuch.«

Sie verzog das Gesicht. »Ich hasse Medien. Sie fressen unsere Seele auf.«

»Jetzt übertreibst du.«

»Ach, echt? Statt in dieser Welt zu sein, flüchten sich die Menschen in andere Welten. Sie verschwinden in ihren Telefonen wie Geister. Als wären sie gestorben.«

Ich musste lachen. »Du übertreibst wirklich.«

Sie schüttelte den Kopf. »So ist es einfach. Und du hilfst den Konzernen statt den Menschen.«

»Aber Filme helfen auch Menschen.«

»Wie denn?« Sie sah mich herausfordernd an.

»Indem sie ihnen Hoffnung geben?«

Jovana verdrehte die Augen und stöhnte. »Du Träumer befeuerst damit nur den Kapitalismus – und damit das Ende des Humanismus. Du solltest deinen Job aufgeben und auf die gute Seite wechseln. Anfangen, den Menschen wirklich zu helfen.«

»Und du tust das wie?«

Jovana lächelte. »Siehst du diese Leute hier?«

»Die Schwarzen meinst du?«

»Die Menschen aus Subsahara-Afrika, ja.«

»Was ist mit ihnen?«

»Sie sind dank mir hier.«

»Ich verstehe nicht.«

»Doch, doch. Du verstehst sehr wohl.«

»Und … wie kommt das?«

Sie winkte ab. Dann sah sie mir wieder direkt in die Augen. »Wie kommt es, dass du völlig dicht am Meer abhängst? Wolltest du dich umbringen?«

»Was? Nein! Ich wollte das Wasser nur … spüren. Ich hatte es vermisst.«

Sie schüttelte den Kopf. »Du hast vielleicht Nerven. Das ist gefährlich da draußen. Du solltest besser auf dich aufpassen.«

»Aber sonst«, saure Luft stieg in mir auf, »sonst hätte ich dich nie getroffen.« Ich setzte mein charmantestes Lächeln auf.

Sie schaute mich abfällig an. »Ach, Männer. Da rettet man ihnen das Leben, und sie wollen einem gleich an die Wäsche.«

»So war das nicht gemeint!«

Meine Verlegenheit schien sie zu belustigen. Sie lächelte und feuerte dann die nächste Frage ab: »Wie siehts denn bei euch Schweizern mit den Geflüchteten aus?«

»Ich weiß nicht. Sind nicht sehr viele, glaube ich.«

»Was tust du, um ihnen zu helfen?«

»Äh, ich weiß nicht.«

»Soso, Belmondo«, sagte sie und schüttelte den Kopf. »Eine große Klappe, aber nichts dahinter. Wie bei deinem Vorbild.« Sie schien enttäuscht. Ich wollte etwas einwenden, doch sie sprach weiter. »Ich sag dir jetzt mal was, Belmondo. In dieser Welt bezieht man immer Position. Entweder du bist für die Geflüchteten und hilfst ihnen, oder du bist dagegen. Schweigen, Passivität und Ignoranz heißt, die Unterdrücker zu unterstützen. Und damit die Kinderhändler, Schlepper-Wichser und Frontex-Schweine. Das kannst du dir merken. Dafür oder dagegen. So einfach ist das.« Sie tastete ihre Jacke ab, fand die Packung, zündete sich eine Zigarette an und hielt sie mir hin. Ich wollte nicht Nein sagen und steckte sie mir in den Mund. »Dafür oder dagegen«, wiederholte sie und fixierte mich. Sie hatte einen kleinen Punkt in der Iris sitzen, eine Besonderheit, die mich an den Leberfleck von Jean Seberg erinnerte. Ich nickte. Dann stand sie auf und schritt durch den Raum Richtung Hinterzimmer. »Merk dir ein Wort, Belmondo. *Senstampilo*. Das wäre mal ein Film wert.«

»So, mein Freund, wir schließen«, sagte eine Stimme in brüchigem Englisch neben meinem Ohr. Als ich mich umdrehte, waren da die zwei Typen, die in Aldos Zimmer gestanden hatten. Sie hielten meine Kleider in den Händen, die ich am Strand liegen gelassen hatte.

»Ich will nur kurz Jovana Tschüss sagen«, erwiderte ich und wollte ihr nacheilen, doch schon hatten sie mich an den Schultern gepackt und bugsierten mich halb tragend, halb schleifend aus dem Haus.

6

Als ich aufwachte, fühlte ich mich wie von einem Zug überfahren. Meine Zunge war rau, und es lag ein metallischer Film in meinem Mund, als hätte ich im Schlaf am Schlüsselbund gelutscht. Mein Rücken ächzte vor Schmerz. Ich stieß die Tür des Cinquecentos auf und ließ Luft reinströmen. Um den Wagen herum war bereits reges Treiben. Bauern stellten ihre Marktstände auf, und im Hafen entluden Fischer ihren nächtlichen Fang. Wie hatte ich bloß zum Auto zurückgefunden? Und wo waren die anderen?

Auf dem Handy fand ich zwei Dutzend Nachrichten. Die meisten waren von Tschüge. Offenbar hatte er die Nacht in einer Ausnüchterungszelle verbracht und dort unscharfe Selfies gemacht, die er mir geschickt hatte. Er hatte ein angeschwollenes Auge und zerzaustes Haar, sah aber sonst ganz zufrieden aus. Auch eine Nachricht von Leila war dabei.

Na, wie läufts bei euch?

Sofort tippte ich eine Antwort.

Du bist schwanger?

Hat er es dir endlich gesagt!!

Ja. Gratulation?!

Danke. Warum das Fragezeichen?

Naja … Wer ist denn der Vater?

Wen heirate ich denn?
Drei Mal darfst du raten, Sherlock!

Was weiß Tschüge von uns?

Natürlich nichts!
Und das bleibt auch so, klar?

Klar!

Ein Stein fiel mir vom Herzen. Leila hatte ebenfalls nicht vor, Tschüge irgendwas zu beichten. Damit war ich endgültig aus dem Schneider. Ich startete den Motor und machte mich auf die Suche nach ihm.

Ich konnte Tschüge schon hören, als ich den Polizeiposten betrat.

»Mein Freund kommen holen mich«, sagte er laut und in übertrieben deutlichem Deutsch. Dann folgte ein heller Piep und die metallische Stimme einer Frau.

»Il mio sposato venuto a prendermi.«

»Ah, oookeeey«, sagte eine Männerstimme.

Ich schaute um die Ecke: Da saß Tschüge mit einem Polizisten, der halb so groß war wie er, und sprach Sätze in sein Telefon.

»Ah, da ist er!«, sagte er, als er mich sah und drückte eine Taste.

»Ah, eccolo!«, schepperte die Stimme aus dem Handy.

Der Polizist drehte sich um und grinste. »Guten Morgen«, begrüßte er mich auf Italienisch. »Ich spreche gerade mit deinem Mann durch diese neue App. Fantastisch, was es heute alles gibt!«

Ich musste lachen. »Müssen wir noch etwas unterschreiben?«

»Nein, nein, ihr könnt gehen«, sagte der Polizist, und zu Tschüge: »*Buona fortuna al vostro matrimonio*!«

Piep. »*Gutes Glück für eure Hochzeit!*«

Tschüge schaute ihn irritiert an. »Nein, nicht *unsere* Hochzeit! Meine Hochzeit. Mit meiner Frau«, sagte er energisch, doch der Polizist nickte nur, lachte und hob seinen Daumen.

Als wir die Station verließen, zwinkerte er uns zu und rief, in bestem Roberto-Benigni-Englisch: »*Love isse alle you neede!*«

Draußen schlug ich Tschüge auf die Schulter. »Na, was hast du angestellt?«

»Es war ganz lustig, muss ich sagen.« Tschüge war blendender Laune. »Meine erste Nacht im Gefängnis. Dank dieser Übersetzungsapp konnte ich mit den Leuten reden. Hatten richtig gute Gespräche. Glaube ich zumindest.«

»Haben die Polizisten etwas gesagt von wegen Fahrerflucht und so?«

»Nee, davon wussten sie nichts.«

»Sehr gut. Hast du Hunger?«

»Wie ein ausgehungerter Stier!« Tschüge schlug sich mit der Hand auf den Bauch.

»Na, dann los!«

Wir starteten den Giardiniera und holten uns an einer Ecke Panini mit Parmaschinken und geräuchertem Mozzarella.

»Was ist mit Spiro passiert?«, fragte ich.

Tschüge schien in seinen Erinnerungen zu kramen. »Das habe ich ganz vergessen. Er ist gestern abgehauen, als die Bullen kamen, und hat mir zugerufen, er würde auf uns warten. In Novigrad oder so.«

»Novigrad? Muss irgendwo da hinten liegen«, sagte ich und zeigte in die Richtung, in der ich Kroatien vermutete.

»Dann ist das unser nächstes Ziel!« Tschüge war immer noch euphorisiert von seinem neuen aufregenden Leben. »Ich kann es kaum erwarten, Leila von meiner Nacht im

Gefängnis zu erzählen. Das hätte sie dem alten Tschüge wohl nicht zugetraut!«

»So viel ist sicher«, sagte ich. »Aber vorher muss ich nur noch was Kleines erledigen.«

Ich startete den Motor, und gemütlich tuckerten wir den Boulevard von Triest entlang. Ich wollte die Stelle wiederfinden, wo mich gestern Jovana aufgegabelt hatte, um von da aus den Weg zu der merkwürdigen Bar zu rekonstruieren. Wir passierten Stände, die Gelato und Soda verkauften, die Rattanstühle und kleinen Tischchen von Cafés, kreuz und quer geparkte Roller und Autos, doch sosehr ich auf die Details achtete – irgendwo war doch eine Treppe gewesen? Gab es nicht irgendwo einen Strand? –, nichts kam mir wirklich bekannt vor. Als wir das dritte Mal den Boulevard abgefahren waren und ich sogar ausgestiegen und vergebens in den anliegenden Gassen nach Hinweisen gesucht hatte, gab ich auf. Vielleicht war es besser so: Jovana war wie ein Traum gewesen – zu schön, um wahr zu sein.

Wir passierten unkontrolliert die Grenze nach Slowenien und kurz darauf nach Kroatien. Die Sonne stand noch tief, und der Himmel trug ein schickes Azurblau. Der Wind verbreitete bereits diesen warmen Sommergeruch, nach trockenem Gras und Pinienzapfen und Grillkohle und Melonenschnitzen. Und so glitten wir dahin, hinein in den Balkan, zwei Cowboys auf ihren Pferden, mit heruntergekurbelten Fenstern und offenen Herzen, seichte Popmusik mitsummend, so wie ich mir die Reise von Anfang an vorgestellt hatte.

»Du …«, sagte Tschüge, als wir ein wenig gefahren waren. »Ich hab mir da ein paar Gedanken gemacht im Gefängnis.«

»Hm, was denn?«, fragte ich und sah auf die Straße, das Steuer in den Händen.

»Also, die Italiener sind ja gute Liebhaber, oder?«

»Das sagt man glaub ich so, ja.«

»Aber … Was bedeutet das denn genau?«

»Sie gelten einfach als besonders männlich. Denk an Andrea Bocelli mit seinen Brusthaaren oder an die Coolness von Andrea Pirlo oder an Eros Ramazzotti. Oder an mich!«

Tschüge lachte, wurde aber gleich wieder ernst. »Also ich glaub, ich bin kein guter Liebhaber.«

»Warum meinst du das?«

»Ich habe immer Angst, dass ich Leila wehtue.«

Ich sah Tschüge fragend an.

»Na ja, dass dabei etwas kaputtgeht.«

»Oh … Hat sie mal was gesagt?«

»Nein!« Das kam wie aus der Pistole geschossen.

»Aber?«

»Nichts aber.«

»Okay«, sagte ich in einem Ton, der so verstanden werden konnte, dass das Thema nun beendet war.

Doch etwas ließ Tschüge nicht los. »Wie ist er denn bei dir, der Sex?«

»Normal. Gut. Denke ich. Also, ich habe ja keinen Vergleich mit anderen Männern.«

»Aber mit Frauen. Du hast doch schon mit vielen Frauen geschlafen, oder?«

»Also jetzt übertreibst du …«

»Mit wie vielen?«

»Wie vielen Frauen?«

»Ja.«

»Keine Ahnung. Ich zähl doch nicht.«

»Dann wärst du der erste Mann, den ich kenne, der das nicht tut.«

»Na gut. Dreizehn«, sagte ich, dann fiel mir Leila ein. »Vierzehn.«

Vierzehn Frauen. Eine Zahl, auf die ich irgendwie stolz war und irgendwie nicht. Es war nicht so, dass ich ein Casanova war, im Gegenteil. Ich traute mich nicht mal, eine Frau anzusprechen. Warum auch? Liebe wollte ich nicht, und Sex führte früher oder später nur zu Problemen, weil sich irgendwer früher oder später einbildete, verliebt zu sein. Nur ich wusste, warum sich trotzdem vierzehn Frauen gefunden hatten. Es war ein offenes Geheimnis für mich, dass sie mit mir schliefen, weil sie Mitleid hatten. Vielleicht gab ihnen das auch einen Kick, so wie es einem Freude machte, wenn man jemandem aus der Patsche half. Ich wurde zu dem kleinen, zerknautschten Jungen, den man beschützen und retten musste. Für mich bedeuteten diese Begegnungen auch stets, mich anschließend rar zu machen, Anrufe und Nachrichten nicht zu beantworten, Ausreden zu finden, neue Supermärkte und Bars zu suchen – und ich fühlte mich schlecht dabei.

Wir fuhren an der Küste entlang Richtung Novigrad. Es war windstill, und das Meer schien wie von Menschenhand geglättet. Die Straße war kaum befahren, und wir kamen schnell voran. Die Sonne brannte auf den roten Lack. Tschüge reichte mir die Flasche Wasser.

»Was für eine Hitze. Und ich dachte, es ist Frühling.«

»Hier unten ist es immer so heiß.« Das Wasser war lauwarm und schmeckte abgestanden.

»Apropos heiß«, sagte Tschüge.

»Hm?«

»Denkst du, ich wäre besser im Bett, wenn ich viele andere Frauen gehabt hätte?« Tschüge war anscheinend nicht so leicht von dem Thema abzubringen.

»Ach, das weiß ich nicht. Es geht ja nicht um die Menge«, versuchte ich auszuweichen.

»Nicht gleich vierzehn. Aber wenigstens zwei, drei andere?«

»Erfahrung ist nie verkehrt«, sagte ich. »Aber die könnt ihr euch ja gemeinsam noch erarbeiten.«

Tschüge seufzte. »Ich glaube einfach, sie hat nicht sehr viel Spaß im Bett. Und, ganz ehrlich, so oft tun wir es auch nicht mehr.«

»Ihr seid ja trotzdem schwanger geworden«, sagte ich und beobachtete Tschüges Reaktion aus den Augenwinkeln.

»Hm, ja, das schon«, brummte er gedankenversunken in seinen Bart. »Aber das ist nicht dasselbe.«

Vor uns tauchte das Ortsschild von Novigrad auf. Zuerst standen da ein paar alte Apartmentblöcke, doch dahinter erschien eine Reihe von rot und gelb bemalten Häusern mit roten Ziegeldächern.

»Sieht aus wie in Italien«, bemerkte Tschüge.

Hinter einem imposanten Gebäude mit kroatischer Flagge, wohl das Haus des Bürgermeisters, bog Tschüge ab und parkte. Wir waren am Hafen angekommen, in dessen Becken Dutzende von Segelbooten schaukelten. Wir liefen in eine Gasse und an einer alten Mauer entlang, die wohl mal eine Stadtmauer gewesen war. Hinter der nächsten Ecke standen wir wieder am Meer, offenbar schon an der anderen Seite der sehr kleinen Stadt angelangt, und sofort erspähte ich zwei Gestalten, die lässig auf der Piermauer saßen, Bier tranken und rauchten.

»Spiro!«, rief Tschüge.

Ich hingegen fand keine Worte. Neben ihm saß, mit weißem Tanktop und übergroßer Sonnenbrille, Jovana.

Spiro grinste. »Habt ihr's auch noch geschafft mit dem Schneckenmobil.« Dann drehte er sich zu Jovana. »Darf ich vorstellen: Jovana. Eine Freundin von mir. Sie hat schon mehr gesehen vom Leben als wir alle zusammen.« Dann zeigte er auf uns. »Jovana, das sind Belmondo und Tschüge.«

»Chugg…?«

»Du kannst mich auch Giorgio nennen«, sagte Tschüge schnell.

Jovana nickte. »Nett, dich kennenzulernen.« Dann sah sie mich an und grinste. »Unseren Schauspieler hier kenne ich schon.«

Tschüge sah mich verdutzt an. »Woher kennt ihr euch?«

Ich winkte ab.

Wir setzten uns ins Café an der Ecke und bestellten eine Runde Bier. Eine Runde folgte der nächsten, und ehe ich mich's versah, tischte der Wirt große Platten auf mit gebratenem Fisch, Fleisch, Reis, Zwiebeln. Wir aßen und tranken, bis die Sonne unterging, und als der Wirt hörte, dass wir noch ein Hotel suchten, checkte er uns gleich bei sich selbst ein.

7

Zu viert torkelten wir durch die engen Gassen Novigrads, als wir dumpfe Musik vernahmen. Spiro war begeistert. »Hört ihr, was ich höre? Disko, Disko!« Er drehte sich um die eigene Achse und machte eine Reihe von Bewegungen mit seinen Armen und Fingern, die aus irgendeinem Kultfilm der Achtziger stammen mussten.

Auch Tschüge war in Feierlaune: »Auf jeden Fall! Lasst uns Party machen!«

Ich sah Jovana an. Den größten Teil des Abends war sie still gewesen und hatte den anderen zugehört, wie sie vollmundig von der Schlägerei und der Nacht im Gefängnis erzählten. Auch sie hatte ordentlich getrunken, bloß schien sie es besser zu vertragen als wir.

Sie zeigte auf meine Narbe. »Was ist dir hier passiert?«

»Ich … Das war beim Boxen«, log ich.

Sie hob die Augenbrauen. »Ich mag Narben. Sie sind so ehrlich.«

»Und ich mag deine kurzen Haare.«

Sie verdrehte die Augen. »Du darfst echtes Interesse nicht mit einem billigen Flirtversuch verwechseln.«

»Habe ich nicht …«, stammelte ich.

Sie musterte mich und nickte. »Du weißt bestimmt, dass Belmondo ein Frauenheld war? Seine letzte Frau war vierzig Jahre jünger als er. Er hätte theoretisch ihr Großvater sein können.«

»Es war auch mein Großvater, der mir den Spitznamen gegeben hat. Aber nenn mich doch einfach Nino, wenn er dir nicht passt«, sagte ich schnell.

Sie schmunzelte nur.

Es war nicht weit bis zur Disko. Die Musik war laut und schlecht gemischt und das Beleuchtungssystem abwechselnd zu dunkel und zu grell. An der einen Seite befand sich eine lange Bar, dahinter standen beleuchtete Wodkaflaschen vor einer verspiegelten Wand. In einer Ecke blinkten müde zwei Spielautomaten vor sich hin. Das übrige Publikum bestand aus älteren Männern, die eine Flasche Schnaps auf dem Tisch stehen hatten, sowie fünf oder sechs aufgetakelten Frauen, die an farbigen Cocktails mit Schirmchen nippten und sich sichtlich freuten, dass wir die Junge-Männer-Quote des Schuppens aufbesserten.

»Sliwowitz für alle!«, rief Spiro und kam mit vier großen Gläsern von der Bar. Der Schnaps brannte so, dass ich kurz Angst um meine Zunge hatte, aber Jovana trank ihn weg wie Soda, und so versuchte ich, mir ebenfalls nichts anmerken zu lassen.

»I will survive!«, sang Spiro mit und traf dabei weder Ton noch Takt. Wie ein kleiner Freddie Mercury hüpfte er über das Parkett und tat so, als wäre es eine Bühne und wir sein Publikum.

Die Frauen tanzten sich langsam in unsere Richtung vor. Sie trugen High Heels und sehr knappe Miniröcke, die Gesichter aufwendig geschminkt, seidiges Haar und Schmuck aus Blattgold, aufgeregtes Tuscheln, laszive Tanzbewegungen, beiläufig zugeworfene Schlafzimmerblicke. Einzig Jovana schien sie abzuschrecken, die mit kurzem zerzaustem Haar und staubigen Stiefeletten, ohne einer Spur Schminke im

Gesicht breitbeinig auf einem Barhocker saß und im Vergleich zu ihnen wirkte wie ein Alien.

Währenddessen spielte der DJ, ein jugendlich aussehender Typ mit Baseballkappe, Hits aus den Achtzigern und Neunzigern und animierte Spiro zu immer neuen ausgefallenen Choreografien. Als die Frauen bemerkt hatten, dass Jovana ihnen nicht gefährlich wurde, umkreisten sie Spiro, Tschüge und mich tanzend. Eine hatte es besonders auf Tschüge abgesehen – eine eher hochgewachsene Frau in einem eng anliegenden paillettenbesetzten Kleid. Leila hätte zu dem Stil wohl »billig« gesagt, aber Tschüge schien er nicht zu stören, und so warf er mir immer wieder erheiterte Blicke zu, wie um zu sagen: Schau mal, was ich Schönes angelockt habe. Dabei wankte er ungelenk hin und her und sah der Frau beim Tanzen zu.

Spiro tanzte abwechselnd mit zwei anderen Frauen. Er machte das so virtuos, dass ich überzeugt war, die beiden würden sich am Ende um ihn prügeln. Er wirbelte sie durch den Raum wie ein Profitänzer an einem Wettbewerb. Ich wiederum versuchte, den übrigen Frauen aus dem Weg zu gehen, was eher mäßig funktionierte, weil ständig wieder eine im Weg stand, und so setzte ich mich neben Jovana, die wie ein natürlicher Schutzschild wirkte.

»Na«, sagte sie, »wie gefallen dir die Frauen hier?«

Ich sah zu den Mädels. »Sie sind bunt wie Papageien.«

Jovana lachte. »Ja, das sind sie.«

»Woher stammst du eigentlich? Aus dieser Gegend?«, fragte ich sie.

»Sarajevo«, sagte sie. »Ich bin ein Kind des Krieges.«

Der DJ spielte *Barbie Girl*, und es passte so gar nicht zu dem, was sie gerade gesagt hatte. »Kommst du mit nach draußen, eine rauchen?«, fragte ich. Sie nickte.

Auf der Straße war es ruhig, nur noch das dumpfe Plärren des Europops drang zu uns.

»Im Krieg – hast du da viele Tote gesehen?«

Jovana nickte und steckte sich eine Zigarette an. »Jeden Tag. Meine halbe Familie wurde ausgelöscht.«

»Das tut mir leid«, sagte ich. »Ich weiß noch, als das im Fernsehen gezeigt wurde. Ich war noch sehr klein.«

Jovana schnaubte verächtlich. »Fast nichts wurde im Fernsehen gezeigt. Fast vier Jahre waren wir umzingelt, und die Welt hat nichts getan. Ich war auch klein. Ich war ein Kind und musste Ratten fangen, damit wir was zu essen hatten.« Sie sah mich an. Die Straßenlampe legte einen Schatten über ihr Gesicht, und doch konnte ich das Glühen in ihren Augen sehen wie Höhenfeuer in der Nacht. »Damals habe ich mir geschworen, nicht nur zuzusehen. Dafür oder dagegen, weißt du noch?«

»Dagegen«, sagte ich reflexhaft. »Ich bin dagegen.«

»Gut«, sagte sie lächelnd. »Dann hast du eine Entscheidung getroffen. Sie wird dein Leben verändern.«

Bevor ich sie fragen konnte, was sie damit meinte, ging die Tür auf, und Tschüge stolperte raus, hageldicht, im Arm die Paillettenfrau.

»Alter, was tust du?«, zischte ich ihn an.

»Ich schau mir an, wies richtig geht«, lallte Tschüge und grinste.

»Wie was richtig geht?«

»Na, die Sache mit der Erfahrung.« Er zwinkerte mir übertrieben zu.

»Sag mal, spinnst du? Du heiratest!«

Tschüge kicherte. »Weiß ich doch. Aber drum sind wir doch hier. Ein letztes Mal die Sau rauszulassen.«

»Ach, sind wir das?« Ich sah zu der Frau. »Will sie denn auch?«

Ungeduldig stand sie im Laternenlicht, hängte sich an seine Schulter und zupfte an seinem Arm.

»Hallo? Wonach sieht es denn aus? Und komm schon, Leila wird davon nichts erfahren. Du hältst doch dicht, oder?«

In meinem Kopf ging ein Licht an. Das war die Lösung. Tschüge würde hier seine Hörner abstoßen, und ich wäre aus dem Schneider. Nie würde er Leila und mir etwas vorwerfen können, wenn er selbst untreu gewesen war. Und ich würde der Einzige sein, der von beidem wusste. Leila würde es nie erfahren und Tschüge ein wenig Selbstsicherheit im Bett gewinnen. Eine Win-win-win-Situation.

»Du hast recht«, sagte ich schließlich und nickte ihm aufmunternd zu. »Klar halte ich dicht. Viel Spaß!«

Tschüge torkelte mit ihr in Richtung Hotel. Ein Bär und sein Glitzerhäschen, dachte ich, als sie davonliefen. Wie gemacht für eine Nacht.

Weil wir Schweizerdeutsch geredet hatten, meinte ich, dass Jovana nichts davon verstanden hatte, doch als ich sie ansah, spürte ich ihren vernichtenden Blick. Für einen kurzen Moment sah ich mich durch ihre Augen – und langsam dämmerte es mir. Es ging hier nicht um mich. Es war nie um mich gegangen. Ein weiterer Seitensprung würde niemandem helfen, auch nicht mir. Tschüge war dabei, einen riesigen Fehler zu machen – und ich unterstützte ihn auch noch dabei. Hatte ich ihn vielleicht sogar auf diese Idee gebracht?

»Tschüge!«, rief ich und sprintete ihnen hinterher. Sie waren schon hinter einer Ecke verschwunden, und ich erwischte die beiden wild knutschend an eine Wand gelehnt.

»Was ist denn noch?« Er war sichtlich genervt.

»Tus nicht«, sagte ich japsend.

Er sah mich verständnislos an. »Du hattest vierzehn Frauen. Ich nur eine.«

Er taumelte leicht nach hinten, der Glitzerhase gluckste und stützte ihn. Mit ihren lackierten Fingernägeln kraulte sie ihn am Rücken. Tschüge wandte sich ihr wieder zu.

»Du bist betrunken«, sagte ich und schüttelte ihn an den Schultern, sodass er sich zu mir drehte und mich mit seinem glasigen Blick fixierte. Sein Schnapsatem schlug mir entgegen.

»Na und? Ich würde es auch nüchtern tun.«

Ich seufzte. »Hör zu. Wenn ich schon beim ersten Mal eine Traumfrau wie Leila gehabt hätte, stünde bei mir die Zahl jetzt auch bei eins. Eins ist gut, Mann. Eins bedeutet, du hast den Jackpot geknackt. Beim ersten Mal! Eins bedeutet, dass du ein Glückspilz bist. Beim ersten Mal die Traumfrau zu finden! Die du jetzt auch noch heiratest.«

Tschüges Augen wurden groß und traurig. »Da hast du schon recht«, brummte er, »aber schau sie dir nur an.«

Die Frau schien sein Zögern zu spüren, gab ihm einen Kuss und fasste mit der rechten Hand zwischen seine Beine. Sofort begannen sie wieder zu knutschen, als wäre ich nicht da.

»Hallo?«, rief ich. »Und was, wenn Leila davon erfährt?«

Tschüge schreckte zurück. »Das würdest du nicht tun.«

»Was?«

»Mich verraten.« Er sah mich prüfend an. »Du musst doch zu mir halten.«

»Ich *halte* zu dir.«

»Dann gönn mir den kleinen Spaß.«

Erneut zog sie ihn an der Hand zu sich und begann, an seinem Ohr zu knabbern. Tschüge kicherte.

»Es ist ein Fehler, Tschüge. Du wirst für immer ein schlechtes Gewissen haben. Das ist es nicht wert. Denk an dein Baby. Willst du so ein Vater sein? Sei erwachsen!«

Tschüge seufzte genervt, stieß die Frau sanft weg und torkelte auf mich zu. *»Sei erwachsen.«*, äffte er mich nach. »Gerade du musst das sagen. Also wirklich.« Jetzt war er hörbar sauer. Das Baby hatte ihm wohl den Rest gegeben. Aber besser sauer auf mich als spitz auf sie, dachte ich.

»Geh ins Bett, du bist betrunken«, sagte ich.

»Einen Scheiß werde ich tun«, lallte Tschüge und stieß mich zur Seite. Dann trottete er zurück in Richtung Bar.

Die Frau war irritiert und sah mich an wie eine Katze, der man die Maus wegnahm. Ich zuckte mit den Schultern und sagte: *»He's married.«* Sie fauchte mich an und wackelte dann auf ihren hohen Absätzen davon.

Jovana stand an der Ecke, rauchte und blickte zu uns herüber. Ich sah sie an, zuckte mit den Schultern und sagte: »Männer.«

Sie schüttelte den Kopf. »Nicht alle.«

8

Ich hörte das Rauschen des Meers, hörte die Möwen vor dem Fenster kreischen und das ferne Rattern eines Fischerboots auf dem Heimweg vom nächtlichen Fang. Ich sog die Luft um mich ein, die salzige, staubige Sandigkeit des Strands, den Duft des blubbernden Mokkas auf dem Gasherd in der Küche unter uns. Ich dachte an Jovana. Jemanden wie sie hatte ich noch nie getroffen. So viel Feuer, so ein starker Wille, diese Kompromisslosigkeit – mit ihr hatte ich das Gefühl, auf der richtigen Seite zu stehen. Ich spürte, dass ich ihr überallhin folgen würde, dass ich alles hinschmeißen und sie wie ein Jünger auf Schritt und Tritt begleiten würde, um nichts von ihr zu verpassen und jeden Moment aufzusaugen. So also fühlte sich Hingabe an: sich selbst für jemanden zu verbrennen und das auch noch zu genießen. War das die Liebe, die auch Tschüge für Leila spürte? Und während ich das dachte, fühlte ich mich gleichzeitig immer lächerlicher: Fiel ich nicht genau in jene Falle, vor der ich immer gewarnt hatte? Ließ ich mich nicht gerade um den Finger wickeln? Doch selbst diese Zweifel, sonst stark und laut, rückten beim Gedanken an Jovana in den Hintergrund.

Es klopfte an der Tür. »Aufgewacht, Belmondo«, rief Spiro. »Wir fahren bald los.«

Wir setzten uns auf die wackligen Stühle vor der Herberge und tranken Mokka, um den Kater zu vertreiben. Der süße, sämige Grund knirschte zwischen den Zähnen.

»Jungs, ich weiß, was wir heute tun«, sagte Tschüge und klatschte laut in die Hände.

Ich blickte ihn fragend an. Spiro reagierte mit einem Schulterzucken.

»Wir brechen für einen Tag mal nicht die Gesetze, wie wärs?«, grinste Tschüge.

»Guter Plan, Mister Gefängnisse-sind-meine-Hotels«, sagte Spiro. Dabei lehnte er sich zurück und zog an seiner Zigarette. Die Sonne schien ihm ins Gesicht. So entspannt hatte ich ihn noch nicht erlebt.

Tschüge grinste. »Ich habe in diesen Tagen mehr Unsinn angestellt als in meinem restlichen Leben zusammen. Wenn das Schangli wüsste … So was nenne ich einen effizienten Junggesellentrip!«

»Fehlen nur noch die Stripperinnen«, scherzte ich.

Tschüge blickte mich an und wurde plötzlich ernst. »Das erinnert mich an gestern Nacht«, sagte er. »Danke dafür.«

»Jederzeit wieder«, sagte ich, während ich mich umschaute. »Wo ist eigentlich Jovana?«, fragte ich und versuchte, die Frage so neutral wie möglich klingen zu lassen. In der Nacht waren wir irgendwann todmüde und betrunken in der Herberge angekommen, und jeder war in seinem Zimmer verschwunden.

»Ich soll Grüße ausrichten. Sie ist bereits weiter, zu ihrer Gruppe nach Sarajevo.«

Für einen Moment sackte mein Herz in den Bauch.

Spiro schien es mir anzusehen. »Hat sich da jemand verkuckt?«, sagte er und zwinkerte mir zu.

»Ach was!«, gab ich zurück. »Du weißt doch, was ich von der Liebe halte.«

Von der Hinterbank beobachtete ich, wie Spiro vom Fahrersitz aus an der Frequenz des Reiseradios schraubte.

»Jetzt zeig ich euch mal, was richtige Musik ist«, sagte er, und schon schepperten Trompetensalven, Tubabässe, Gitarrenflirren und Akkordeonmelodien aus dem Gerät. *»It's Unza Unza time!«*, sang Spiro.

Ich sah zu Tschüge, und wir mussten lachen. »Was ist das denn?«, fragte ich.

»*Guggenmusig* auf Balkanesisch«, mutmaßte Tschüge und schunkelte auf dem Beifahrersitz mit.

Dann setzten auch noch Beats ein, und wir kurbelten die Fenster runter und sangen laut und falsch mit. Es fühlte sich richtig an.

Es dauerte nicht lange, da sichteten wir das Meer und bald darauf den ersten Sandstrand. Spiro zappelte wie ein kleiner Junge und ließ nicht locker, bis wir am Straßenrand hielten. Er rannte auf das Meer zu, riss sich auf dem Weg die Kleider vom Leib und sprang in Boxershorts ins Wasser. »Fuck, ist das kalt!«, rief er und jauchzte dabei. Dann schwamm er doch so weit raus, dass wir ihn kaum mehr sehen konnten. Wir setzten uns in den Sand.

»Himmelherrgott, kann der schwimmen«, staunte Tschüge.

»Was kann er nicht?«, fragte ich.

»Die Klappe halten.«

Als Spiro aus dem Wasser kam, fiel mir auf seinem rechten Schulterblatt eine Tätowierung auf. In feinen bleistifthaften Strichen schimmerte das Bild eines Vogels auf seiner Haut.

»Coole Schwalbe«, sagte ich und zeigte auf seine Schulter.

»Das ist keine Schwalbe, Belmondo, das ist ein Mauersegler«, sagte Spiro und trocknete sich ab.

»Ein Mauersegler?«

»Mein Krafttier.«

»Dein Krafttier?«, fragte Tschüge und runzelte die Stirn.

»*Spiritus animalis.* Mauersegler verbringen fast ihr ganzes Leben in der Luft. Sie schlafen in der Luft, lehnen sich in den Aufwind und entspannen dabei jeweils eine Hirnhälfte.«

»Wie Delfine«, sagte Tschüge.

»Die Delfine der Lüfte«, sagte Spiro.

»Und deshalb hast du es dir tätowieren lassen?«, fragte ich.

Spiro nickte. »Vor ein paar Jahren habe ich eine Zeit lang das Turmzimmer eines Klosters bewohnt. Ich habe es geliebt, bei geöffneten Fenstern zu schlafen und den Mauerseglern bei ihren Sturzflügen zuzuhören. Bis es eines frühen Morgens rumste und einer in meinem Zimmer lag. Ich wartete darauf, dass er aus dem Fenster fliegen würde, aber er hopste nur durchs Zimmer und zwitscherte. Das arme Tier ist verletzt, dachte ich und ging zum Abt, um mir Rat und Hilfe zu holen. Doch der Abt erklärte mir, dass der Vogel gar nicht verletzt sei.«

»Wie? Und warum ist er nicht wieder weggeflogen?«, fragte ich.

Spiro lächelte. »Mauersegler können nicht starten. Zumindest nicht vom Boden aus. Nicht aus dem Stand. Aber das müssen sie auch nicht. Sie sind ja fast immer in der Luft, und wenn sie mal landen müssen, dann tun sie das in Nestern, aus denen sie sich fallen lassen können.«

»Und was habt ihr mit dem Vogel dann gemacht?«

»Ich hab ihn behutsam in die Hände genommen und zum Fenster hinausgeworfen. Und da habe ich verstanden: Die sind wie ich, die Mauersegler. Immer in der Luft, schweben von einem Moment zum nächsten, auf der Suche nach dem besten Aufwind. Wir heben nicht ab. Wir lassen uns fallen. Nur so können wir fliegen. Indem wir uns fallen lassen.«

Tschüge grinste. »Habe ja gleich gesagt, dass du ein komischer Vogel bist.«

»Es gibt diese Theorie, dass jedes Lebewesen nur über eine bestimmte Anzahl an Herzschlägen verfügt. Ist dieses Guthaben aufgebraucht, fällt man tot um. Game over. Deswegen werden Schildkröten auch so alt. Rumliegen, ein wenig schwimmen, kaum Gefahren. Der Herzschlag einer Schildkröte beträgt dreißig Schläge in der Minute, der des Blauwals sogar nur zwei. Der langsamste Takt der Welt. *Bum … bum.* Wisst ihr, wie schnell das Herz des Mauerseglers schlägt? Siebenhundert Mal pro Minute. Zwölf Mal in der Sekunde. *B-b-b-b-b-b.* So schnell könnt ihr gar nicht trommeln! So schnell könnt ihr gar nicht hören! Und dabei ist es winzig. Ein knopfgroßes Herz, das in irrem Tempo Sauerstoff durch die Adern pumpt. Viele Mauersegler sterben an Infarkten und Blutgerinnseln und Herzstillstand. Irgendwann kann das Herz einfach nicht mehr die Geschwindigkeit ihres Lebens mittragen. Es zerjagt sie in der Luft. Und wofür das alles? Um zu fliegen. Um sich waghalsig in die Winde zu werfen, sich vom Aufwind kilometerweit nach oben tragen zu lassen – und dann im Sturzflug nach unten, unten, unten.«

Spiro stand auf dem Felsen und gestikulierte wild. Seine Haut schimmerte in der Sonne, und es schien, als wäre der Mauersegler auf seinem Rücken zum Leben erweckt. »Deshalb diese Tätowierung. Ich will leben wie ein Mauersegler. Immer im Aufwind, immer in Bewegung. Mit siebenhundert Schlägen in der Minute durchs Leben – bis zum letzten Fall.«

»Nie am Boden«, sagte Tschüge.

»Auf niemanden angewiesen«, sagte ich.

»Nur manchmal«, sagte Spiro. »Manchmal braucht es jemanden, der einen behutsam in die Hände nimmt und Starthilfe gibt.«

Der Rest des Tags ist mir vor allem in Bildern präsent geblieben, mit den grellen Kontrasten und übersättigten Farben von Polaroidfotos. Wie die weißen Fassaden und orangen Kacheldächer der kroatischen Städte an uns vorbeizogen und die grünen Wiesen dazwischen in einem Chlorophylflash radioaktiv zu strahlen schienen. Ein frühlingshaftes Aufbäumen, bevor ihnen die Sommerhitze Saft und Farbe nehmen würde. Wie die Vogelschwärme – »Mauersegler!«, rief Spiro – über uns hinwegzogen, Kompanie halt, Kompanie vorwärts, schräg nach unten, steil hoch, sich in zwei Geschwader teilend. Wie am Straßenrand die Bauern ihre Stände aufgestellt hatten und wir uns eine Wassermelone kauften. Wie wir durch einen Supermarkt rannten und übermütig eine komplette Campingausrüstung kauften: Zelt, Schlafsäcke, Luftmatratzen, neue Batterien für das Radio, einen kleinen Gaskocher sogar, mit Kaffeeaufsatz. Wie wir an einem Straßenimbiss standen, Cevapcici mit scharfer Soße aßen und mit den Mädels schäkerten, die auf ihren Mopeds vorbeifuhren, und wie Tschüge den Imbissinhaber beim Armdrücken schlug.

Es war eine wunderschöne Region, doch je weiter wir fuhren, desto mehr Spuren von Kriegen und Konflikten zeigten sich, und wir wurden immer stiller. Es war jene Region des Landes, die in den Neunzigern von serbischen Separatisten vorübergehend besetzt und dann von Kroatien zurückerobert wurde, und noch immer waren vereinzelt abgebrannte Häuser oder durchlöcherte Straßenschilder zu sehen. Ich wusste nicht viel über die Balkankriege, die die Region auf Trab gehalten hatten, und das wenige, an das ich mich erinnern konnte, hatte ich wohl von Leila, die in seltenen Momenten von dieser Zeit erzählt hatte.

Ein Straßenabschnitt lang waren auf beiden Seiten große Schilder zu sehen, die vor ehemaligen Minenfeldern warnten.

»Haben die nicht alles geräumt?«, fragte Tschüge besorgt.

»Doch, natürlich«, sagte Spiro, »Die Vereinten Nationen haben über Jahre gesucht. Doch noch immer werden gelegentlich welche gefunden. Die Kroaten haben aus Angst vor serbischen Panzern ihre eigenen Felder vermint, leider ohne sich davon einen Plan zu machen. Das ist das Tückische an den Minen: Man beginnt, dem eigenen Boden zu misstrauen.«

»Echt übel«, meinte Tschüge. »Dann kann man ja nie mehr hier wandern gehen.«

»Kann man schon«, sagte Spiro und lächelte.

»Ja. Wenn man so lebensmüde ist wie du«, sagte Tschüge und schüttelte den Kopf.

Die Sonne stand schon tief am Himmel, als wir uns auf die Suche nach einem Platz zum Campen machten. Die Landstraße war wenig befahren, und es gab kaum Häuser in dieser Gegend, also wählte ich einfach eine der Abzweigungen auf eine nicht asphaltierte Nebenstraße und folgte ihr. Wenig später standen wir auf einer Anhöhe. Vor uns lag eine Art Steppe, Gras mit vielen braunen Stellen, struppige Sträucher, ab und zu ein Baum. Weiter hinten konnten wir einen kleinen Weiher erkennen. In der Ferne lag ein Gebirgszug, der die Grenze zu Bosnien markierte. Es sah alles aus, als wäre hier schon lange niemand mehr gewesen.

»Perfekt!«, rief Spiro und stieg aus.

9

Das Zelt war schnell aufgestellt, und wir setzten uns davor auf den Boden und köchelten Pasta aus dem Supermarkt. Dazu tranken wir kroatisches Bier. Der Himmel wechselte seinen Blauton im Minutentakt, und hoch über uns flogen die Mauersegler ihr Abendritual.

Tschüge legte sich auf den Rücken und seufzte. »Was für ein Tag.«

Spiro nickte und rührte in der Pfanne auf dem Gaskocher. »Ein Tag für die Götter. So was erlebt man nur im Balkan.«

»Wann sind du und deine Familie eigentlich in die Schweiz gekommen?«, fragte ich ihn.

»Das war 1992. Ich war sieben.«

»Kannst du dich überhaupt noch an damals erinnern?«, fragte Tschüge.

Spiro sah in die Ferne. »Meine Kindheit war ein wenig anders als eure, glaubt mir. Wir hatten einen Bauernhof im Osten Bosniens, Nahe der Stadt Srebrenica, wunderschön war es da!«

»Kommt mir bekannt vor«, sagte Tschüge. »War da nicht was Wichtiges?«

»Das kann man so sagen. Für die Serben war Srebrenica durchaus wichtig. So wichtig, dass sie da das größte Massaker seit Hitler veranstaltet haben. An uns Bosniern.«

Tschüge biss sich auf die Lippen. »Das tut mir leid.«

»Ich war da noch ein kleiner Junge. Zusammen mit meinen Brüdern habe ich oft im Wald gespielt oder auf dem Hof ausgeholfen. Doch schon Jahre vor dem Massenmord gab es Gefechte zwischen bosnischen Serben und den Staatstruppen, und mein Vater hatte nie einen Hehl daraus gemacht, wen er unterstützte. Eines Nachts, im Frühling 1992, hörten wir Stimmen vor dem Hof. Plötzlich stand der Kuhstall in Flammen.«

»Als Warnung?«, fragte ich.

Spiro nickte.

»Ist ja übel. Und die Kühe?«, fragte Tschüge.

»Sie sind alle verbrannt. Ich kann mich noch an die Geräusche erinnern, die sie gemacht haben.« Spiro schüttelte sich. »Meine Eltern haben sich dann entschlossen, dass wir alle in die Schweiz ziehen, weil mein Vater da in den Achtzigern schon mal als Saisonnier gearbeitet hatte.«

»Und wie ist es euch dort ergangen?«

»Wie so vielen Migranten in der Schweiz. Erst waren wir einfach nur froh, in Sicherheit zu sein. Irgendwann haben wir begriffen, dass niemand auf uns gewartet hatte. Meine Eltern igelten sich ein. Sie verkehrten nur mit anderen Bosniern und lernten kaum Deutsch. Schufen sich ihr Zuhause abseits von zu Hause. Meine älteren Brüder gerieten auf die schiefe Bahn, wurstelten sich so durch.«

»Und du?«

»Ich bin in meine eigene Welt abgetaucht und habe mich für die schönen Dinge zu interessieren begonnen. Bücher, Musik, Tanz. Eine Zeit lang habe ich nach der Schule Klavier auf dem Schulpiano gelernt, bis es mein Vater zufällig mitbekam und es mir verbot. Klassische Musik sei für ›Schwuchteln‹ …« Spiro nahm einen großen Schluck Bier, zerknüllte die Dose und warf sie, so weit er konnte. Plötzlich ging eine merkwürdige Anspannung von ihm aus. »Immer verbot er mir die Dinge, die mich interessierten. Also machte ich mich vom Acker, sobald ich konnte, und zog mein eigenes Ding durch.«

»Stark«, sagte ich.

Spiro zuckte mit den Schultern. »Auch feige, irgendwie. Als dann meine Eltern vor ein paar Jahren wieder zurück nach Bosnien zogen und es mir nicht mal sagten, fühlte ich mich wie ein Rabensohn. Sagt man das so?«

»Ich verstehe, was du meinst«, sagte ich. Genauso hatte ich mich auch gefühlt, als Nonno gestorben war.

»Jedenfalls versuche ich, etwas von dem Guten, das mir passiert ist, weiterzugeben, und helfe nun Geflüchteten auf ihrem Weg.«

»Du bist ein feiner Kerl«, sagte Tschüge, schlürfte seinen Teller Spaghetti aus und gähnte. »Jetzt bin ich reif für die Luftmatratze.«

Spiro nickte und sammelte die Teller ein, um hinter dem Zelt mit einer Flasche Wasser den Abwasch zu machen.

Ich faltete meine Hände hinter dem Kopf und sah in den inzwischen schwarzen Himmel. Meine Gedanken schweiften zu Jovana, wie so oft an diesem Tag. Mir war klar, dass mir mein Gehirn möglicherweise ein Streich spielte. Dass Jovana eigentlich gar nicht so toll war, gar nicht so toll sein konnte, wie sie auf mich wirkte, dass es bloß ein Trick meines ausgetrockneten Selbstbewusstseins war, aber dass ich all das wusste, half nichts. Egal was ich tat, immer wieder drängte sich ihr Gesicht in mein Blickfeld.

Ich atmete lange aus. Es gab nur eins: Ich musste nach Sarajevo, musste sie finden. Und war es nur, um mir meine Verblendung einzugestehen.

10

Es war mitten in der Nacht, als mich ein Frösteln aus dem Schlaf riss. Ich sah mich um. In der einen Ecke lag Tschüge und schnarchte wie ein Flusspferd, doch von Spiro fehlte jede Spur. Der Zelteingang hing offen herunter, und ein kühler Wind blies herein. Ich zwängte mich aus dem Schlafsack und schlüpfte aus dem Zelt.

Keine dreißig Meter entfernt sah ich jemanden im Dunkeln vor mir stehen. Das Mondlicht fiel durch die Wolken auf die Steppe, und das Bild, das sich vor mir entfaltete, ließ mich vor Schrecken erstarren. Da stand Spiro, dem Mond zugewandt, den Rücken zu mir, und bewegte sich in kleinen Schritten vorwärts, als würde er auf den Mond zugehen. Dabei gestikulierte er wild. Ein Murmeln war zu hören. Mal richtete er die Hände auf den Mond, dann in die Ferne, dann auf den Boden. Es schien, als würde er mit einem Geist streiten.

»Spiro!«, rief ich. »Was tust du da?«

Er zuckte zusammen und drehte sich um. »Bleib weg, Belmondo.« Seine Stimme klang zittrig und schwach. »Lass mich in Ruhe.«

»Warte, ich komm gleich wieder«, rief ich, drehte mich um und schlüpfte ins Zelt. Hastig suchte ich Spiros Grasdose, die er in den letzten Tagen immer mal wieder hervorgeholt hatte.

Als ich zurückkam, saß Spiro auf dem Boden und sah über die Tiefebene. Am Horizont konnte man dunkle

Wölbungen erahnen. Die Berge Bosniens. Spiros Heimat. Ein paar Meter vor ihm ragten zwei rostige Eisenstangen aus dem Boden.

Ich kauerte mit ein wenig Abstand neben Spiro und versuchte, ihn abzulenken. »Was ist das denn wieder? Kunst in der Pampa?«

Spiro schüttelte den Kopf. »Das war mal ein Schild.«

Ich versuchte es mit einem Witz. »Wofür? Ein Warnschild? ›Achtung, Sie haben das Ende der Welt erreicht‹?« Gleichzeitig begann ich im Dunkeln, den Joint zu bauen.

Spiro seufzte nur. »Wegen der Minen.«

Fast fiel mir das Gras aus den Händen. »Bist du deshalb hier rausgelaufen?«

Spiro nickte.

»Was hast du denn gedacht? Wenn du nur lange genug rumläufst …?«

»… erledigt sich das Problem von selbst, ja.«

Er meinte es offenbar ernst.

»Mein Götti hat sich umgebracht, da war ich acht«, sagte ich und reichte Spiro den Joint.

»Oh …«, sagte er nur. »Wie denn?«

»Mit dem Strick. In seiner Garage. Kann ich nicht empfehlen.«

Spiro nahm einen langen Zug. »Und weshalb?«

»Wenn ich das wüsste. Er war die Lebensfreude in Person. Er erinnert mich ein wenig an dich.«

»Du machst mir ja Hoffnung.«

»Ich wollte nur sagen: Sein Tod hat uns alle verändert. Vor allem meinen Papà. Er war plötzlich ein anderer. Irgendetwas war da gewesen, und das hat ihn fertiggemacht. Als hätte es da eine Möglichkeit gegeben, Salvi zu retten, und er hätte sie verpasst.«

»Nicht alles lässt sich retten. Nicht alles kann man ändern«, sagte Spiro.

»Aber darüber reden lässt sich doch. Wenn du die Dinge nicht klärst, werden sie immer in der Welt sein.«

Inzwischen hatten sich meine Augen an die Dunkelheit gewöhnt, und ich konnte seine Gesichtszüge erkennen. Langsam öffnete er den Mund und formte mit seinen Lippen einen Satz, vorsichtig und präzise, als stammte er aus einem Theaterstück und er hätte ihn auswendig gelernt: »Ich liebe Männer.« Dabei sah er mich an, als erwartete er eine intensive Reaktion darauf.

»Oh! Okay …?«, sagte ich leicht verwirrt. »Ist das schon alles?«

Spiro stöhnte genervt. »Ihr Schweizer! Nie seht ihr, was um euch so abgeht. Weißt du, wie wichtig für uns Bosnier die Familie ist?«

»Ähnlich wichtig wie für uns Italiener?«

»Ah, stimmt. Sorry«, stammelte er. »Dann kannst du dir auch vorstellen, wie schlimm diese Nachricht für meine Familie wäre?« Er schaute mich an. »Schlimmer als die Nachricht von meinem Tod.«

Ich schluckte leer. »Vielleicht unterschätzt du deine Familie? Die Zeiten ändern sich.«

»Nicht hier. Nicht sie.« Spiros Stimme war dünn geworden und zu einem Flüstern verkommen, fast so, als hätte er Angst, seine Eltern auf der anderen Seite der Berge könnten es hören. »Sobald meine Brüder und meine Eltern das erfahren, werde ich aus der Familie verbannt. Und wenn ihr Dorf davon erfährt, werden die Bewohner das Gleiche mit meiner Familie machen.« Er nahm einen tiefen Zug, atmete lange aus. Der warme Rauch waberte durch die kühle Luft und löste sich auf.

»Es hilft ihnen doch auch nicht, wenn du dir etwas antust.«

Spiro reichte mir den Joint. »Ich hab dieses Versteckspiel satt. Immer hab ich Angst, dass mich jemand sieht und sie es trotzdem erfahren.«

Ich nahm einen Zug und musste husten. »Woher hast du eigentlich das Gras?«

»Aus Triest. Ich war an dem Abend auch in diesem Haus in der Nähe des Hafens. So ein Typ namens Aldo hat es mir verkauft.«

»Und ich dachte, der würde Menschen helfen.«

»Das tut er auch.« Spiro grinste. »Da in Triest, da habe ich auch Jovana wiedergetroffen.«

Ich musste schlucken. »Woher kennt ihr euch denn?«

»Wir haben uns mal bei einem Treffen von Fluchthelfenden kennengelernt. Wir kommen beide aus Bosnien und haben uns sofort gut verstanden.«

»Ich dachte noch, vielleicht läuft da was zwischen euch.«

Spiro lachte. »Ich steh auf Männer, das weißt du ja jetzt. Und sie … sie ist von einem anderen Stern.«

Ich schaute nach oben. »Die Frage ist nur, von welchem. Und wie kommt man da am schnellsten hin?«

Hinter uns raschelte es im Gras. Spiro zuckte zusammen.

»He! Da seid ihr ja. Was macht ihr denn hier mitten in der Nacht?«, rief Tschüge und kam auf uns zugelaufen, dick eingepackt in Jacke und mit Kappe. »Macht ihr Party ohne mich?«

»Wir rauchen bloß und quatschen«, sagte Spiro. »Ich … kann nicht schlafen.«

Ich versuchte, Tschüge so streng wie möglich anzublicken. *Halt deine Klappe*, versuchte ich mit meinen Augen zu sagen.

Tschüge schien nichts zu bemerken und sagte: »Ihr kifft? Dann habe ich auch noch eine Überraschung.« Er kehrte um und lief zum Zelt. Einen Moment später kam er mit einer Flasche zurück.

»Extra aufgespart für einen guten Moment: Helmigers Hausbrand – die beste Zwetschge aus dem ganzen Berner Oberland«, sagte er und grinste.

»Hab gar nicht gewusst, dass du das auch kannst«, sagte ich.

»Nichts wie her damit!«, rief Spiro und setzte die Flasche an. Dann reichte er den Joint an Tschüge. »Hier, nimm einen Zug.« Spiro grinste, als auch Tschüge sich vor Husten krümmte. »Diese Gegend«, sagte er dann, »sie erinnert mich so krass an meine Jugend. Als wir in der Schweiz lebten und der Krieg vorbei war, fuhren wir jeden Sommer auf dem Weg nach Bosnien hier vorbei. Mit dem mühsam Ersparten hatte mein Vater einen schwarzen BMW gekauft. Mit dem fuhren wir im Dorf vor. Damit alle sehen konnten, wie reich und glücklich wir in der Schweiz waren. *Quelle mascarade!*«

»Wo liegt denn eigentlich dein Heimatdorf? Wir könnten ja morgen da vorbeituckern und deinen Eltern einen Besuch abstatten«, schlug Tschüge vor.

Spiro schüttelte den Kopf. »Die wohnen am anderen Ende Bosniens. Das will ich euch nicht zumuten. Die Straßen da sind *mies,* sag ich euch.«

»Schade«, sagte Tschüge. »Ich hätte deine Eltern gerne kennengelernt. Die müssen sicher lustig sein, wenn sie einen Vogel wie dich zum Sohn haben.«

»Sie sind lustig. Auf ihre Weise. Meiner Mutter musste ich jeden Morgen alle Horoskope vorlesen. Nicht nur ihrs. Alle! Sie wollte einfach wissen, wem die Sterne günstig standen und wem Unglück drohte. Sie ging dann raus und warnte die Leute. Ich vermisse das.« Spiro lächelte. »Manchmal las ich ihr auch Bücher vor, aber nur, wenn Vater nicht da war. Ich machte eh nichts anderes, als mich in Bücher zu vergraben. Eigentlich habe ich meine ganze Jugend nur gelesen. Die Bücher waren meine Ferien, die Bücherei mein zweites Zuhause. Ich las so viel, ich ließ für jedes meiner Familienmitglieder eine Bibliothekskarte ausstellen. Die nur ich nutzte!«

»Das erklärt einiges«, brummte Tschüge.

»Bloß hat es nichts geholfen. Alles, was ich getan habe, hat meinen Eltern missfallen. Studieren fanden sie reine Zeitverschwendung.«

»Ha! Den Satz kenn ich«, sagte ich.

»Leider hab ich es nicht hingekriegt, sie eines Besseren zu belehren. Ich war zu ungeduldig, mochte mir nicht sagen lassen, was ich zu lernen hatte. Als ich das Studium endgültig hinschmiss, hielten mich meine Eltern für den größten Verlierer.«

Ich klopfte Spiro auf die Schultern.

Spiro fiel in ein langes Schweigen. Tschüge reichte die Flasche rüber. Sie war schon fast ausgetrunken.

»Dass ich auch noch schwul bin, wird ihnen den Rest geben«, sagte Spiro in die Stille.

Tschüge begann zu kichern. Ich stieß ihm unauffällig mit den Ellenbogen in die Rippen. Was war bloß in ihn gefahren? Doch statt aufzuhören, kicherte er noch lauter.

»Ich … hihi … tut mir leid, dass ich so lachen muss«, prustete er los. »Es ist, ich weiß nicht, es ist so traurig, was du erzählst … aber … hihi … es ist so lustig!«

Spiro lächelte. »Kein Problem, Bruder. Du spürst das THC. Und Lachen ist befreiend.«

Ich drehte mich zu Tschüge um. Da saß er im Mondlicht, ein drolliger, eingepackter Riese mit rotem Kopf und kicherte vor sich hin. Erst versuchte er, es zu unterdrücken, und presste die Hände auf seinen Mund, doch dann brach es aus ihm heraus, und er lachte, dass es über die Ebene schallte. Es war, als bebte die Erde, und langsam, Vibration für Vibration, kroch es auch in mich. Ich spürte es aus der Bauchgegend, eine Saite, die immer stärker zu schwingen begann und ein herrliches Kitzeln auslöste. Ich sah Spiro an. Auch er, der vorher noch todtraurig war, hatte ein Schmunzeln im Gesicht, und als sich unsere Blicke trafen, lachten auch wir beide laut los. Das Lachen überkam uns, und wir hielten uns die Bäuche, bis wir nach Luft schnappten. Die Flasche kursierte, bis kein Tropfen mehr drin war, und als wir uns wieder gefangen hatten, baute ich einen weiteren Joint, den wir im Stehen rauchten.

»Wisst ihr was?«, fragte Spiro nach einer Weile. »Ihr habt recht. Ich werde mutig sein und zu mir stehen. Fertig mit dem Versteckspiel. Ich habe ein Recht auf mein eigenes Leben. Ich lebe jetzt einfach so, wie ich will. Sollen sie's doch rausfinden. Und wenn sie mich dann zum Teufel schicken, können sie mir eh gestohlen bleiben.«

Tschüge klatschte in die Hände. Er kam auf uns zu und umarmte uns mit seinen riesigen Armen. Dann zog er seine Jacke aus. »Ist euch auch so heiß?«

Spiro musste lachen. »Das ist wieder das Gras, Bruder.«

»Apropos Gras«, sagte Tschüge grinsend und ließ mit einem Handgriff seine Hose fallen. »Seht ihr den kleinen Weiher da vorne?«

»Tschüge, du willst doch nicht …«, rief ich, doch da war er schon losgerannt.

»Der Letzte hat verloren!«, rief er und warf seine Unterhose in die Luft, die geräuschlos zu Boden segelte.

Spiro und ich sahen uns an. Tschüge war schon mitten im Minenfeld und entfernte sich mit jedem Schritt. Sein korpulenter Körper schwebte über dem gefährlichen Grund, unbeschwert und leicht, fast schien er zu fliegen, und vor dem inneren Auge sah ich den jungen Tschüge, wie er mit mir über die Blumenwiese rannte, die Arme ausstreckte und Flugzeuggeräusche machte.

»Wir sind wie Mauersegler«, rief ich Spiro zu. »Wir schweben über allem. Immer in Bewegung. Leichter als der Tod.«

Spiro lächelte und rief: »Willkommen im Klub.«

Binnen Sekunden streiften wir unsere Kleider ab und sprinteten los. Die Luft war kühler als erwartet, und das Gras kitzelte unter den Füßen, und bei jedem Schritt hatte ich kurz das Gefühl, auf eine Mine getreten zu sein, aber wir liefen einfach weiter, und mit jedem weiteren Schritt wurde die Angst kleiner, bis sie verschwand und ein herrliches Summen an ihre Stelle trat. Der Weiher glitzerte im weißen Licht, irgendwo huschte ein Hase in Deckung. Und so rannten wir. Vollkommen nackt. Bleiche Hintern in gleißendem Mondschein. Das Adrenalin sprühte durch unsere Körper wie Feuerwerk in eine kalte, klare Nacht.

VIER

1

Nachdem ich das Gymnasium abgeschlossen und mit ein paar Kumpels und einem Kasten Smirnoff Ice meinen Achtzehnten gefeiert hatte, zog ich in die Stadt. Zuvor hatte es Papà bei meinem Versuch, ihm zu erklären, dass ich für ein Filmstudium an die Kunsthochschule ginge, für eine volle Minute die Sprache verschlagen. Dann hatte er mir sein gesammeltes Nichtwissen darüber mitgeteilt, wie brotlos die Kunst war und dass er mich *dafür* nicht großgezogen hätte. Er hatte es mir mit allen Mitteln auszureden versucht, doch ich hatte ihm bloß ins Gesicht gegrinst und es als Sieg nach Punkten verbucht.

Die Stadt schluckte mich, und bald fühlte sich der Gedanke an das Kaff im Berner Oberland so fremd an, als hätte ich nie da gewohnt. Die Einzigen, mit denen ich Kontakt hielt, waren Mammà und Nonno, die ich regelmäßig anrief und auch manchmal in der Stadt traf. Von Nonno erfuhr ich ein paar Jahre später auch, dass Tschüges Mutter an Krebs erkrankt war.

»Tschüges Mutter? Echt? Die ist so alt wie Mammà«, stammelte ich am Telefon.

Nonno räusperte sich. »Ja, das stimmt. Ist wohl viel für die Familie. Jedenfalls ist die Metzgerei seit Wochen geschlossen.«

»Und wie geht es Tschüge?«

»Das solltest du eigentlich besser wissen als ich«, sagte Nonno. »Ich habe ihn kürzlich im Volg gesehen. Er sah ziemlich mitgenommen aus.«

»Hm«, machte ich und spürte ein Stechen in meiner Brust. Trotz allem, was passiert war, war mir Tschüge nie egal geworden.

»Du solltest dich bei ihm melden«, sagte Nonno.

»Vielleicht sollte ich das«, murmelte ich.

Und tat es dann doch nicht.

Ein paar Monate später, es war ein früher Abend, und die Straßen waren voller Menschen, die noch letzte Dinge erledigen mussten, bevor sie sich in den Feierabend flüchten konnten, kam ich gerade vom Billig-Asiaten und scrollte auf meinem Handy durch die Nachrichten, als ich meinen Namen hörte.

»Hey, Belmondo!«

Ich erschrak, als ich Tschüge erblickte. Seine Wangen waren eingefallen, die Haut um seine Augen fahl.

»Tschüge«, sagte ich und versuchte, mir meinen Schrecken nicht anmerken zu lassen. »Was machst denn du hier?«

Tschüge suchte nach Worten. »Ich ... äh ... musste ein paar Bestellungen machen. Dinge in die Wege leiten. Solche Sachen.«

Ich nickte, ohne zu verstehen, was er meinte. »Ja, also, wie gehts denn so?«

Tschüge sah zu Boden. »Gut«, sagte er. »Ganz okay, ja.«

»Du wohnst noch zu Hause?«

»Ja, das ist am praktischsten, mit der Metzgerei und so.«

»Arbeitest du jetzt auch da?«

»Weißt du es nicht?« Tschüge sah mich erstaunt an.

»Was weiß ich nicht?«

»Ich bin jetzt Geschäftsführer und Metzgermeister.«

»Ich, ja ... äh ... das wusste ich nicht. Was ist mit deinem Vater? Ist er ...« Ich traute mich nicht, den Satz zu beenden.

Er schüttelte den Kopf. »Frühpension. Offiziell.«

»Und inoffiziell?«

»Lange Geschichte.«

»Verstehe.«

»Willst du sie hören?« Tschüge kratzte sich am Kopf. »Mein Zug geht erst in einer Stunde.«

Ich sah auf die Uhr. In einer Viertelstunde begann die kanadische Komödie, die ich mir im Kino anschauen wollte. Andererseits hatte ich Tschüge lange nicht gesehen, und ich spürte, dass es mich nicht unberührt ließ, was immer mit seiner Familie geschehen war.

»Du hast wohl keine Zeit«, sagte er mit leiser Stimme und kaute auf seiner Unterlippe. »Wie immer.«

»Nein, also doch, hab ich. Klar. Komm, ich kenne da eine Bar um die Ecke.«

Wir setzten uns an einen Tisch am Fenster. Die Bedienung war schlecht gelaunt und die Beleuchtung unvorteilhaft, und irgendwie passte das ganz gut zur Situation.

Tschüge rutschte auf dem Stuhl herum. »Ganz schön klein hier.«

»Ist halt nicht das Rössli, gell.« Ich zwinkerte ihm zu.

»Das Rössli hat schon lange dichtgemacht.«

»Oh.«

Seine Augenbrauen hoben sich tadelnd. »Du solltest mal wieder nach Hause kommen.«

»Hier ist mein Zuhause.«

»Du weißt, was ich meine.«

Ich zuckte mit den Schultern. »Was ist jetzt mit deinem Pa? Hatte er doch mal genug von seinen geliebten Würsten?«

Tschüge schüttelte den Kopf. »Nein. Er …« Plötzlich schien ihm etwas einzufallen. »Aber das mit meiner Mutter weißt du?«

»Ich weiß, dass sie krank wurde …«

Tschüge nickte. »Krebs.«

»Aber ist sie noch …«

»Sie lebt. Aber wie …«

Tschüge zuckte und rieb sich die Augen. »Es war nicht einfach für meinen Vater.«

Ich nickte.

»Kam nicht mehr aus dem Bett. Vergaß Dinge.«

Ich nickte.

Tschüge zuckte mit den Schultern. »Dann habe ich übernommen. Damit nicht alles vor die Hunde geht. Das hätte er nicht verkraftet.«

Ich nickte und nahm einen Schluck Bier. Was konnte ich sagen? Ich hatte davon nichts gewusst. Oder hatte nicht mehr wissen wollen.

Tschüge sah auf seine Hände, drehte sie hin und her, als würde er nach Beweisen für die harte Arbeit suchen.

»Verschenkst du auch noch Mortadellaröllchen an Kinder?«, fragte ich in dem Versuch, das Gespräch aufzulockern.

Tschüge huschte ein Lächeln durchs Gesicht. Er nickte.

Ich lächelte ebenfalls. »Und Wursten …?

»Wursten tun wir auch. Wie früher. Wir haben jetzt eine Belmondo-Wurst«, sagte er und lächelte stolz.

»Eine was?«

»Eine Belmondo-Wurst. Mit getrockneten Tomaten und Chiliflocken.«

Ich war verwirrt. »Äh, aha. Und warum heißt die so?«

Tschüge zuckte mit den Schultern. »Keine Ahnung. Leila ist gut darin, neue Wurstrezepte zu kreieren, und da sind wir einfach auf den Namen gekommen. Dachten, das passt irgendwie.«

»Ein bisschen merkwürdig«, sagte ich schnell. »Ich meine, ihr habt ja auch keine Tschüge-Wurst, oder?«

Er schüttelte mit dem Kopf. »Aber eine Alain-Sutter-Wurst. Mit Koriander.«

»Ich dachte, du magst Alain Sutter nicht.«

»Ich mag auch keinen Koriander.«

Ich nahm einen großen Schluck. »Bist jetzt also der neue Metzger im Dorf?«

»Sieht ganz so aus.«

»Na dann ... Gratuliere«, sagte ich und meinte es nur halb so spöttisch, wie ich es sagte.

Tschüge sah mich prüfend an. »Was hätte ich sonst tun sollen?«

Ich zuckte mit den Schultern. »Na ja, ist ja nicht so, dass es *unbedingt* einen Metzger braucht. Schließlich gibt es den Volg.«

Tschüge verdrehte die Augen. »Mit dem abgepackten Geflügel aus Brasilien? Den gefrorenen Billig-Cordon-bleus im Maxi-Pack? Ich kotze gleich.«

Ich zuckte mit den Schultern. »Ich meine ja nur. Man hat immer eine Wahl im Leben.«

Tschüge seufzte. »Nein, nicht immer. Und nicht alle.«

Ich inspizierte die Uhr an meinem Handgelenk. Für den Film war es definitiv zu spät.

In einem schnellen Zug trank Tschüge seine Stange leer. »So, ich muss. Hab noch was vor heute.« Sein Gesicht war regungslos, seine Augen woanders. »Auf ein andermal.«

»Okay«, sagte ich schnell und zeigte auf die Gläser. »Geht auf mich.«

Tschüge schüttelte den Kopf und legte ein Fünf-Franken-Stück neben das Glas. Dann sah er mich kurz an, nickte und stand auf.

Als er aus der Tür ging und am Fenster vorbeischritt, sah ich, wie sich seine Lippen bewegten, als würde er sich selbst zureden.

Es sollten Jahre vergehen, ehe wir uns nachts vor der alten Mühle wiedersahen.

2

Wir fuhren wie die Gejagten. Ich saß am Steuer, die Fenster des Cinquecentos heruntergekurbelt. Neben mir Tschüge, der im Sitz lag und sein haariges rechtes Bein aus dem Fenster hängen ließ. Spiro kniete auf der Rückbank und streckte den Kopf durch die Dachluke, seine schwarzen Haare flatterten über sein Gesicht. Dabei sang er lauthals zum Balkanpop eines lokalen Senders, der aus dem Reiseradio schepperte. Wenn wir an Menschen vorbeifuhren, winkte Tschüge ihnen fröhlich zu – schwitzende Schüler auf dem Fahrrad, Wassermelonenverkäufer im Schatten einer Pinie auf einem Plastikhocker schaukelnd, ein an den Straßenrand pinkelnder Lastwagenfahrer. Von außen mussten wir aussehen wie ein Partymobil unter Einfluss illegaler Substanzen.

So zumindest fühlte es sich für uns an. Wie ein Drogentrip oder ein surrealer Traum. Die letzte Nacht hatte einen Knoten gelöst, der in uns allen irgendwo gesessen hatte. Seither sprühten wir vor Euphorie, wie Hydranten, deren Ventile vom Überdruck weggesprengt worden waren. Wir waren auf dem Weg zu der Hochzeit unseres Freundes, um die Liebe zu feiern. Auf dem Weg würden wir hoffentlich auf Jovana treffen – und Spiro konnte endlich offen zu seiner Liebe für Männer stehen. Die Zweifel und Ängste waren wie weggeblasen, und an ihre Stelle war ein kindlicher Übermut getreten, der uns durchkitzelte. Es war der fünfte Tag unserer Reise.

Was für eine wundersame Wärme dieser Morgen hatte. Das meerhafte Blau des Himmels. Der Geruch nach gemähtem Heu und frischer Farbe. Die Leichtigkeit von Spiros Lachen und Tschüges überdrehter Schalk. Wir waren drei sorglose Jungs auf Strolchenfahrt, und nichts und niemand konnte uns aufhalten. Auch ich fühlte mich, als wäre ich von einer Farbenblindheit geheilt worden. Mit Jovana war ein Leuchten in mein Leben getreten, das alles süßer, klarer und schöner machte. Ich musste wohl ein Dauergrinsen im Gesicht getragen haben, denn alle Menschen lachten mich plötzlich an, und das machte mich nur noch glücklicher.

Wie merkwürdig es doch ist. Während das Glück anhält, macht man keine Anstalten, es irgendwie zu speichern. Zumindest zu versuchen, es mit beiden Händen festzuhalten und in ein Einmachglas zu zwängen und für immer zu konservieren. Als hätte man vergessen, dass es vergänglich ist. Später wird man sich an die Stirn schlagen und wäre schon froh, nur ein klitzekleines Stückchen von diesem Glück wieder fühlen zu dürfen. Aufzutauen aus dem Tiefkühlfach des Kopfs, um es an besonders finsteren Tagen auf der Zunge zergehen zu lassen. Glück müsste man einfrieren können wie den besten Kuchen der Welt.

Ich dachte daran, wie wir alle in unserem Glück so ähnlich waren, aber so verschieden in unserem Unglück, und dann kam mir der Abend auf dem Grimselpass in den Sinn und wie sich Tschüge um seine Hochzeitsrede gesorgt hatte.

»Wie stehts eigentlich mit deiner Rede?«, fragte ich.

Tschüge verzog sein Gesicht, als hätte er auf etwas Saures gebissen.

»Halt die Klappe.« Sein Ton veränderte sich urplötzlich.

Ich zwinkerte ihm zu. »Bist du verkatert?«

»Ich will nicht daran denken.«

»Die Hochzeit?«

»Die Rede!«

Spiro hatte den Wetterumschwung noch nicht bemerkt. *»Love is in the air …«*, trällerte er.

»Ist nicht so einfach, die richtigen Worte zu finden«, sagte Tschüge. »Aber ist ja klar, dass dich das nicht kümmert. Lass mich nur im Stich. Wie immer. Für dich ist das ja eh alles ein Hoax der Liebesindustrie.«

»Hör doch auf damit«, sagte ich. »Das war Quatsch, was ich da auf dem Grimselpass erzählt habe. Wahrscheinlich war es die Höhenluft –«

Plötzlich rumste es, und Tschüge schlug mit seinem Kopf gegen das Dach. »Scheißschlaglöcher«, schimpfte er und fuhr sich übers Haar.

Nicht nur die Stimmung im Auto hatte sich verändert, seit wir die Küste verlassen hatten, auch draußen zeigte sich uns ein neues Bild. Die Straße wurde brüchiger und die Schlaglöcher größer. Die Abstände zwischen den Dörfern nahmen zu. Dafür taten sich dazwischen blühende Landschaften auf. Felder mit rotem Mohn, wolkenweiße Schafherden auf knallgrünen Wiesen. Es war ganz anders als in Zentraleuropa. Keine parzellierten Monokulturen voller Zuckerrüben oder Raps, die sich wie ausgemalte Vierecke aneinanderreihten. Hier schien es, als würde ein Großteil dieser Wiesen niemandem gehören. Immer wieder kamen wir an Bruchbuden vorbei, überwucherten Ruinen, an Häusern, die halb abgebrannt waren und nicht mehr aufgebaut wurden, und an solchen, deren Bau man irgendwann gestoppt hatte und deren Gerippe jetzt wie die Skelette riesiger, eckiger Dinosaurier in der Landschaft verrotteten.

»Sind das die Spuren vom Krieg?«, fragte Tschüge, nachdem wir eine ganze Geistersiedlung passiert hatten, ohne ein Anzeichen von Leben zu entdecken.

»Der Krieg hinterlässt überall Spuren, Bruder. Man braucht Geld, um sie wegzuwischen, aber hier gibt es kein Geld, nirgends. Wer will hier schon wohnen?«, sagte Spiro.

»Man kann überall wohnen«, sagte Tschüge und zuckte mit den Schultern. »Ist doch schön hier. Ich würde hier leben können.«

»Wovon?« Spiro klang verärgert. »Niemand fährt hier durch. Und deine Schafe zerplatzen auf Tretminen wie überreife Tomaten. Würdest du wollen, dass deine Kinder hier im Gras spielen?«

Tschüge schüttelte den Kopf.

Der Cinquecento kroch die kurvige Straße hoch auf einen Hügel. Auf dem Gipfel hielt ich am Straßenrand. Vor uns entfaltete sich ein grünes Tal mit einem majestätisch glitzernden Fluss. Das ganze Tal war übersät mit weiß getünchten Häusern, deren orangerote Dächer wie kleine Fliegenpilze in der Sonne leuchteten.

»*Bonjour*, Mostar«, seufzte Spiro, »du widerspenstige Schönheit.«

»Wie grün dieser Fluss ist!«, sagte ich. Die Farbe erinnerte mich an Jovanas Augen. Ich biss mir auf die Lippen.

»Es gab Zeiten, da war der Fluss rot gefärbt«, sagte Spiro. »Mostar ist ein gutes Beispiel dafür, wie irr dieser Krieg war. Als ich klein war, haben hier Kroaten, Bosnier und Serben zusammengelebt. Mit meinem Opa bin ich manchmal auf den Markt gegangen, und ich weiß noch, wie alle unterschiedliche Sprachen gesprochen haben. Aber dann wurde der Frieden vergiftet. Als die Serben Sarajevo angriffen, taten sich hier die Kroaten mit den Bosniern zusammen und vertrieben die Serben. Danach ging es erst richtig los. Die Kroaten wollten mit den Bosniern ein neues Land gründen. Die Bosnier wollten nicht, worauf die Kroaten Mostar umzingelten, um alle Bosnier auszulöschen. Ein Jahr lang wurde die Stadt zerbombt und zermörsert. Mehr als zweitausend Menschen starben.«

Die Straße führte ins Tal, und bald schon fuhren wir durch Mostar. Gebäuderuinen reihten sich an renovierte Häuser und alte Schuppen mit Einschusslöchern.

»Haben die Muslime gewonnen?«, fragte Tschüge und zeigte auf die runde Kuppel einer Moschee, neben der ein Minarett steckte wie ein überdimensionaler Bleistift.

»Niemand hat gewonnen. Die Stadt wurde aufgeteilt. Jetzt gibt es für Bosnier und Kroaten alles separat. Zwei Krankenhäuser, zwei Bussysteme, zwei Fußballteams. Die Hälfte der Stadt ist muslimisch, die andere katholisch. Ein bisschen wie im Kosovo. Halt hier an«, sagte Spiro. »Ich will euch was zeigen.«

Ich parkte in einer winzigen Parklücke neben einem Café. Wir liefen nur wenige Meter, da tat sich vor uns ein Postkartenpanorama auf. Der milchig-grüne Fluss war von Nahem noch schöner. Am sandigen Ufer tummelten sich junge Menschen, die badeten oder sich sonnten. Große Teile waren von grünen Büschen überwuchert. Hoch über dem Fluss wölbte sich in einem erhabenen Bogen eine zierliche Brücke.

»Das ist die Stari most«, sagte Spiro, »die berühmte ›Alte Brücke‹. Auch wenn sie noch gar nicht so alt ist. Gegen Ende des Kriegs haben sie die Brücke in die Luft gejagt. Das hier ist bloß nachgebaut.«

Als wir näher kamen, sahen wir eine Menschenmenge, die sich auf dem höchsten Punkt in der Mitte der Brücke versammelt hatte. Die Menschen schauten einem drahtigen jungen Mann in einer roten, hautengen Badehose zu, der Dehnübungen auf der Brüstung machte. Ein Junge lief mit einem Spendenkorb umher und sammelte bei den Zuschauern.

»Das, meine Freunde, sind die berühmten Springer von Mostar«, erklärte Spiro. »Früher sprangen sie nur, um Mädchen zu beeindrucken. Heute verdienen sie nebenher auch noch ein wenig Geld dabei.«

»Mir wirds schon vom Hochschauen schwindlig«, sagte Tschüge.

»Zwanzig Meter«, sagte Spiro. »Wenn du dich im Flug falsch drehst und schräg ins Wasser kommst, brichst du dir was. Wenn du da unten an der falschen Stelle eintauchst, prallst du auf einen der Felsen und bist tot.«

Als wir oben ankamen, animierte der junge Mann in den Speedos die Menge, von Zehn herunterzuzählen. Ich war elektrisiert. Von oben sah es noch höher aus. Zwanzig Meter! Das war das Dach eines fünfstöckigen Hauses. Zweimal das Zehnmeterbrett.

Der Junge spannte seinen Körper, ging leicht in die Knie und sprang. Er flog wie ein Sportgerät, federleicht und robust. Ich zählte die Sekunden. Einundzwanzig. Zweiundzwanzig. Dreiundzwanzig. Fast geräuschlos tauchte er ins Blau und hinterließ eine dünne Schneise aus weißem Schaum. Als er auftauchte, klatschte die Menge.

»Lebensmüde«, sagte Tschüge. »Ein Windstoß, und du klebst da an den Felsen. Ce-vap-ci-ci, Amigo.« Er wandte sich ab.

Spiro sah ihn an. »Keine Sorge, es passiert nichts.«

»Höhenangst«, erklärte ich.

»Hey!«, bellte uns eine Stimme von hinten an. Wir drehten uns um.

Vier junge Männer standen vor uns und füllten die gesamte Breite der Brücke aus. Alle vier waren ähnlich angezogen. Ausrasierte Nacken, Bürstenschnitt. Schwarze T-Shirts mit Markenlogos, unter denen sich aufgepumpte Bizeps abzeichneten. Trainerhosen, die in hohen Sportsocken steckten, und diese wiederum in Reeboks. Dazu zogen sie eine Schnute, die wohl auch hier als das universale »Was tut *ihr* denn hier?« zu interpretieren war.

»Was sind denn das für Muskeltonis?«, raunte Tschüge und musste grinsen.

Der Kleinste, wohl der Anführer, kam einen Schritt auf uns zu und sprach in gebrochenem Deutsch weiter. »Ist das euer Auto dahinten?« Er zeigte mit dem Daumen über seine Schulter.

»Der Cinquecento?«, fragte Tschüge.

Der Kleine nickte.

»Möglich«, sagte Tschüge.

»Großvater hatte so einen. Dann kamen Serben. Haben ihn zerbombt. Auto und Großvater. Euer Auto gehören jetzt mir«, sagte der Mann und entblößte eine Reihe von ungepflegten Zähnen. Oben rechts blitzte ein Goldzahn auf. Sein Gesicht war ungemein kantig, als hätte ein Bildhauer keine Zeit mehr gehabt, feinere Konturen einzuarbeiten.

»Ich glaube kaum«, sagte ich und ließ den Schlüsselbund vor seinem Gesicht tanzen.

Der Anführer ließ erneut seinen Goldzahn blitzen und machte eine abwinkende Handbewegung, die wohl bedeuten sollte, dass er auf so etwas wie Schlüssel nicht angewiesen war.

»Lass unser Auto in Ruhe«, zischte Tschüge. »Spiro, sag dem, dass er seine Pfoten davon lassen soll.«

Spiro sprach ein paar Sätze auf Bosnisch, worauf die anderen Männer in heiseres Gelächter verfielen, das mich an das Lachen von Hyänen erinnerte.

Der Kleine erwiderte etwas auf Bosnisch.

»Wie? Was hat der Muskelmann gesagt?«, fragte Tschüge.

Spiro verdrehte die Augen. »Egal.«

»Was? Nein, sag schon, Spiro!«

»Er … Ach … Er sagt nur beleidigende Dinge. Unwichtig.«

»Er beleidigt mich? Was hat er gesagt?«, drängte Tschüge.

Spiro schüttelte den Kopf. »Er beleidigt nicht dich.«

Der Anführer grinste. »Doch, doch. Beleidigt dich. Deine Mama. Riesiger Fisch. Walfisch.«

Tschüge rümpfte die Nase. »Das war wegen der Chemo! Aber deine Mama ist ein Flusspferd. Ein *serbisches* Flusspferd.«

Der Mann hob drohend den Finger und spuckte ein paar Sätze aus, worauf seine Kumpels schrill und laut lachten.

»Was sagt er?«, knurrte Tschüge Spiro an.

»Er sagt, die Familie sei hier in Bosnien heilig«, antwortete Spiro. »Er fordert dich zum Duell heraus.«

»Zum Duell?« Tschüge schien belustigt. »So mit Säbeln und Pistolen?«

»Lass mal lieber abzischen«, raunte uns Spiro zu. »Wenn die in ihrer Ehre verletzt sind, macht man besser keine Späße mit ihnen.«

»Hey, Schweinebacke!«, rief ich und trat einen Schritt auf den Anführer zu. Überrascht wandte er sich mir zu. »Ich nehme das Duell an«, sagte ich und hob die Fäuste. *Defense*, dachte ich. Endlich war mein Boxtraining für was gut.

Tschüge sah mich entgeistert an. »Spinnst du?«

»Jetzt siehst du, dass ich dich nicht im Stich lasse«, zischte ich ihm zwischen meinen Armen zu.

»Oh. Kleiner Klitschko!«, johlte der Anführer.

»Komm her«, rief ich. »Eins gegen eins. Du Feigling.«

Der Mann lächelte müde und winkte ab. »Nicht prügeln. Wir hier in Mostar.« Er zeigte mit dem Finger nach unten. Sein Goldzahn blitzte drohend in der Sonne.

Spiro machte große Augen. »Der will, dass du springst.«

»Das kannst du vergessen«, sagte Tschüge.

»Na?« Der Anführer sah mich an. »Du springen, du behalten Auto. Du springen nicht, Auto gehören uns.« Er lächelte verschmitzt.

Ich tippte mit dem Finger an die Schläfe. »In deinen Träumen.«

»Wer ist jetzt Feigling?« Die Hyänen johlten. Dann trat er wieder einen Schritt auf mich zu, flüsterte: »Ich kämpfen doch nicht mit Häschen«, und strich mir dabei mit seinem Finger über meine Narbe.

Etwas in mir explodierte. Unwillkürlich hob ich meine Arme und schwang einen rechten Haken. Er musste damit gerechnet haben, denn er tauchte blitzschnell weg und gab mir eine schallende Ohrfeige. Ich taumelte nach hinten.

Der Anführer grinste. »Aua!«, mimte er mit kindlicher Stimme. »Der Mann hat mir Aua gemacht. Mama!«

Es war, als hätte mir jemand heißes Öl in die Venen gespritzt. Mit einem Ruck zog ich mir T-Shirt und Hose aus. Inzwischen hatte sich um uns eine kleine Traube von Schaulustigen gebildet, und ein paar der Umstehenden klatschten.

»Lass dich nicht provozieren«, sagte Spiro beschwichtigend. »Das hast du nicht nötig.«

Ich schlüpfte aus den Schuhen, zog die Uhr aus und legte sie in die Schuhe. Mit einer schnellen Bewegung hievte ich mich auf die Brüstung des Geländers.

»Spinnst du?«, zischte Tschüge. »Komm da runter!«

»Lago Maggiore! Viel zu gefährlich, Belmondo«, versuchte es auch Spiro. »Das ist es nicht wert.« Ich nahm ihn längst nur noch durch eine Glasscheibe wahr. Dafür hörte ich meinen verzerrten Herzschlag, stark und schwer wie der Gong einer Kirchenuhr. Bum, bum, bum. Das Herz eines Manns.

»Doch Eier?«, rief der Anführer und zog ebenfalls sein T-Shirt aus. Sein Oberkörper war trainiert und von obskuren Tätowierungen übersät, doch genauer konnte ich ihn nicht betrachten, denn schon stand er neben mir auf der Brüstung. Ich sah hinunter und dann schnell wieder hoch. Schwindel erfasste mich. Das war verflucht hoch. Ich durfte nicht runterschauen.

»Kacka in Hose?«, sagte er höhnisch. »Los! Bist du Häschen, oder bist du Mann?«

Belmondo würde springen, dachte ich. Er würde keine Miene verziehen und elegant ins Wasser gleiten. Diesen Idioten würde ich es zeigen. Eigentlich musste ich ja nicht viel machen. Einen Schritt nach vorne. Der Rest würde die Schwerkraft für mich erledigen. Ich würde dahin springen, wo der Springer vorhin eingetaucht war, wo das Grün besonders dunkel war.

Ich sah zu Tschüge. Er schüttelte energisch den Kopf. In seinen Augen pulsierte Angst. Ich nahm einen langen Atemzug, spürte den kalten Stein der Brücke unter meinen Füßen. Etwas in mir zögerte. Warum stand ich noch mal hier? Reichte das nicht als Beweis für meine Loyalität? Spiro hatte recht: Diese aufgepumpten Typen konnten uns doch egal sein. Mir kam Jovana in den Sinn. Belmondo hatte nichts zu verlieren. Ich hingegen schon. Ein Schauer der Erleichterung fuhr über meinen Rücken. Ich musste nicht springen.

Aus den Augenwinkeln nahm ich eine Bewegung wahr. Ich sah einen Schatten auf Spiros Gesicht. Er rief etwas Unverständliches, doch ehe ich reagieren konnte, spürte ich eine Kraft, die mich ins Leere drückte.

Ich fiel. Die Brücke entfernte sich mit der Geschwindigkeit eines Schnellzugs. Mauer, Büsche, Böschung zogen vorbei. Ich drückte die Füße nach unten, hob die Ellbogen über meinen Kopf – *Defense*, hörte ich meinen Vater von Weitem rufen – und spannte meinen Körper an. Sei ein Mauersegler, dachte ich. Flug oder Fall. Ganz oder gar nicht. Dafür oder dagegen.

Dann wurde alles still.

»Hey, Belmondo! Hörst du mich?«

Ich schnappte nach Luft. Ein Strahl Wasser schoss aus meinem Mund. Mein ganzer Körper brannte. Ich öffnete die Augen. Tschüge zog sich sein Shirt aus und wrang einen Wasserfall raus. Eine Hand tätschelte meine Wangen.

»Ich glaub, er lebt«, sagte eine Stimme.

»Spiro?«, fragte ich.

»Er redet! Er lebt!«, rief Spiro. »Belmondo. Bist du da? Gehts dir gut? Sag schon was!«

»Was ist passiert?«

»Was passiert ist?« Spiro lachte ungläubig. »Du bist von der Brücke gesprungen. Das ist passiert!«

»Er wurde gestoßen«, knurrte Tschüge.

»Mir tut alles weh«, sagte ich.

»Kein Wunder. Das waren zwanzig Meter, Mann. Das Minenfeld war ein Spaziergang dagegen. Und der gute Tschüge ist runtergerannt und hat dich rausgefischt.«

»Der Mann mit den sieben Leben«, sagte Tschüge. »Oh Gott, ich bin so froh, dass es dir gut geht.« Er kniete sich zu mir hin und kniff mir in die Wange.

»Ja, ja, ist ja gut. Wo sind die Muskeltonis?«

Tschüge sah Spiro an. »Keine Ahnung. Haben sich wohl aus dem Staub gemacht, als du nicht mehr aufgetaucht bist.«

Sie halfen mir auf und trockneten mich ab. Zwar tat mir alles weh, aber ansonsten schien ich unversehrt. Ich stieg in meine Hose und zog mir mein Shirt über. Die ersten Schritte waren schmerzhaft, und ich dachte, alle Knochen fallen in sich zusammen. Doch der Schmerz brachte eine Energie, die den Körper antrieb.

Als wir beim Parkplatz ankamen, war der Cinquecento nirgends zu finden.

»Diese Gauner. Nicht mal an ihre Versprechen halten sie sich«, sagte Spiro.

»Das darf nicht sein«, sagte ich. »Mein Auto. Nonnos Cinquecento.«

»Und mein Gras«, sagte Spiro.

Mir floss es kalt über den Rücken. »Und die Ringe.«

Tschüge sah mich an. »Welche Ringe?«

»Na, deine Ringe. Die Eheringe.«

»Du hast meine Eheringe?«

»Hatte, ja! Leila hat sie mir anvertraut. Als Trauzeuge ist es Tradition.«

Tschüge riss die Augen auf. »Du hast meine Ringe verloren?«

»Die haben uns das Auto geklaut. Mein Auto. Mit deinen Ringen!«

»Diese Pajasse!« Tschüge spuckte auf den Boden. »Ich drehe ihnen eigenhändig den Hals um.«

Spiro stöhnte.

Tschüge schnaubte und sah zu Spiro. »Wir müssen diese Ringe finden. Sonst bin ich geliefert.«

»Und wir auch. Denn da sind auch unsere Pässe und unser Geld drin.«

Aus dem Café nebenan war lautes Gelächter zu hören. Tschüge sah uns an. »Die da drin müssen doch was gesehen haben. Frag sie, Spiro!«

»Zu Befehl, Käpt'n«, sagte Spiro und ging auf das Café zu. Ein Junge mit Baseballcap und übergroßem Fußballtrikot kam raus. Spiro sprach ihn an.

Spiro sah zu uns. »Er hat sie gesehen. Es waren die Typen.«

»Frag ihn, wohin sie sind«, rief Tschüge.

Der Junge schüttelte den Kopf. Auch bei weiteren Fragen von Spiro schüttelte er den Kopf.

Tschüge seufzte. »Dann gehen wir jetzt zur Polizei.«

»Spinnst du?«, rief Spiro aus. »Mit dem Gras? Vielleicht wird der Wagen über Interpol gesucht! Aber ich glaube, ich weiß, wer uns hier in der Gegend helfen könnte, um ihn wiederzufinden.«

Spiro sagte etwas zum Jungen. Der Junge nickte und sagte ein Wort, das mir bekannt vorkam, das ich aber trotzdem erst beim zweiten Mal verstand: Senstampilo.

Merk dir ein Wort, hatte Jovana mir in jener Nacht in Triest gesagt, kurz bevor sie mich rausgeschmissen hatten.

»Wir müssen nach Sarajevo«, sagte Spiro. »Und ohne Geld gibt es da nur einen Weg. Setzt schon mal euer harmlosestes Tramperlächeln auf.«

3

Es gab angenehmere Sitznachbarn als ausgewachsene Hausschweine, aber es blieb uns keine Wahl. Der blaue Pick-up, auf dessen Ladefläche zwei rosa Säue fläzten, war der einzige, der uns drei bleiche Touristen in kurzen Hosen mitnehmen wollte. Der Fahrer lachte nur und zeigte auf die Ladefläche. Direkt hinter der Fahrerkabine waren zwei Sitzplätze. Davor streckten sich die zwei Schweine in der Nachmittagshitze aus und verströmten einen stechenden Geruch. Wenn der Transporter über ein Schlagloch fuhr, quiekten sie kurz und schliefen dann weiter.

»Riecht gesund«, nickte Tschüge mit Kennermine. »Dem Geruch nach zu urteilen, essen die auch ordentlich. Die werden sicher zum Metzger gefahren.«

Spiro lächelte bloß und versuchte, es sich zwischen einem Kanister und einem riesigen Sack Stroh bequem zu machen. Ich setzte mich ganz vorne auf die eine Sitzbank, streckte meine Beine aus, die noch immer höllisch schmerzten, und schloss die Augen.

Während der Fahrt mischten sich zwei Gefühle aus sehr unterschiedlichen Ecken meines Körpers, wie zwei Flüsse, die aus verschiedenen Tälern zusammenflossen. Da war die Aufregung, Jovana wiederzusehen. Ein springendes Gefühl, klar und scharf und intensiv. Und dann war da die Angst, etwas für immer verloren zu haben, ein dunkles Wabern in der Bauchregion, dickflüssig und diffus. Ich machte mir sonst wenig aus materiellen Dingen, aber der Cinquecento bedeutete die Welt für mich. Unzählige Stunden, die ich mit Nonno darin verbracht hatte; sein Vertrauen, ihn mir zu vermachen. Nichts erinnerte mich mehr an ihn als dieses Auto.

»Wohin fahren wir jetzt mit dem Schweineexpress?«, rief Tschüge zu Spiro.

»Senstampilo ist eine Legende. Es werden zahlreiche Räubergeschichten über sie erzählt, nicht alles positiv, aber im Grunde sind sie die Robin Hoods des Balkans«, rief Spiro. »Wenn uns jemand helfen kann, dann die.«

Nach drei Stunden Fahrt, die wir größtenteils schweigend verbrachten, tauchte am Straßenrand das Ortsschild von Sarajevo auf. Der zahnlose Mann ließ uns an einer Seitenstraße in der Nähe des Flusses raus.

»Senstampilo«, rief er bloß und zeigte auf ein Haus. Als wir ausgestiegen waren, holperte er gemächlich davon. Die Schweine grunzten zum Abschied.

Das Haus war mehr ein Betonquader. Ungestrichen, mit rostigen Stahlpfeilern, die an verschiedenen Stellen rausragten. Es gab keine Klingel, bloß eine Metalltür. Tschüge klopfte. Es klang hohl.

Es dauerte einen Moment, bis sich die Tür öffnete und das glatte Gesicht einer jungen Frau mit raspelkurzen Haaren erschien. Sie trug ein schmutziges weißes Trägerhemd und weite Pluderhosen, unter denen zierliche nackte Füße herausragten. Sie musterte uns und fragte dann auf Englisch: »Zu wem wollt ihr?«

»Jovana«, sagte ich.

Sie sah mich an. »Wie lautet dein Name?«

»Belmondo.«

Minuten später öffnete sich das Garagentor des Betonquaders, ein schwarzer Geländewagen rollte heraus und hielt vor uns. Die Frau mit dem Trägershirt winkte uns hinein. Ohne ein Wort zu verlieren, steuerte sie den Jeep wieder aus der Stadt heraus, und wir fuhren auf einen der vielen Hügel, die die Stadt umgaben. Nach zwanzig Minuten bogen wir auf eine Nebenstraße ab, und der Weg wurde immer schmaler und holpriger. Die Landschaft war üppig und unbewirtschaftet. Wir passierten die Ruinen eines Hauses, das wohl mal ein Bauernhaus gewesen war und auf dem jetzt eine orange Graffitikatze prangerte.

»Die Grinsekatze aus *Alice im Wunderland*«, sagte ich.

»Als ob es hier was zu lachen gäbe«, sagte Spiro.

»Hoffentlich tauchen nicht bald noch singende Hasen auf«, sagte Tschüge. »Mich würde nichts mehr überraschen.«

Plötzlich verließ der Jeep den Feldweg und steuerte über eine Wiese in einen kleinen Wald. Nach wenigen Metern blieben wir abrupt stehen. Die Fahrerin kurbelte das Fenster herunter und rief etwas. Spiro zuckte neben mir zusammen und zeigte nach oben. Etwa drei Meter über dem Boden saß ein bärtiger Mann auf einem Ast, in Tarnkleidung und mit einem langläufigen Gewehr bewaffnet. Er sprach kurz in sein Funkgerät, dann zeigte er mit dem Daumen nach oben, und wir fuhren weiter.

»Wo sind wir hier?«, flüsterte Tschüge. »Ist das die verdammte Befreiungsarmee, oder was?«

»So was in der Art«, sagte Spiro. Auch er schien beeindruckt.

Der Wald lichtete sich, und vor uns tat sich eine wunderschöne Lichtung auf. Auf einer kleinen Anhöhe stand ein riesiges Haus, daneben mehrere Scheunen, weiter unten sah ich Gärten mit Treibhäusern und Bewässerungsanlagen. Ein Traktor passierte unseren Weg und hupte zum Gruß.

Wir fuhren die Anhöhe hoch und hielten bei einer Scheune, vor der bereits andere Geländewagen parkten. Als wir ausstiegen, kam uns schon Jovana entgegen. Sie trug ausgefranste Hotpants aus Jeansstoff, ein ausgewaschenes T-Shirt der Band Slipknot und eine übergroße Camouflage-Weste mit prallen Taschen. Sie lächelte uns zu. Es war, als würde mein Herz nochmals von der Stari most springen.

»Ihr habt mich gefunden«, sagte sie und umarmte mich.

»Du bist Senstampilo?«, fragte Tschüge.

Sie lächelte. »Nein, Giorgio. Nur ein kleiner Teil davon. Senstampilo sind viele.«

Tschüges Blick fiel durch das offen stehende Tor der Scheune. »Was sind das für merkwürdige Zeichen?«, fragte er und zeigte auf den unverständlichen Text, der im Innern der Scheune an den Wänden stand.

»Das ist unser Manifest. Das Manifest von Senstampilo. Erstes Gebot: Alle sind gleich und verdienen Respekt. Zweites Gebot: Nationalität und Grenzen sind ein Konstrukt. Drittes Gebot –«

»Klingt irgendwie religiös«, unterbrach sie Tschüge. »Seid ihr eine Sekte oder so was?«

Jovana warf ihm einen bösen Blick zu. »Religion bringt nur Schaden und Zerstörung. Wir sind Atheisten, auch wenn sich ein paar von uns als Agnostiker bezeichnen würden.«

»Wer ist denn eigentlich wir?«, fragte ich.

Sie sah mich prüfend an. »Euch wurde also euer altes Auto geklaut?«

»Woher weißt du das?«, fragte Tschüge, doch auch darauf gab Jovana keine Antwort.

»Es ist das Auto meines verstorbenen Großvaters«, präzisierte ich. »Und darin befanden sich Spiros Gras und Tschüges Eheringe.«

»Lass mich raten: aufgepumpte Typen mit Bürstenschnitt und martialischen Tätowierungen?«

Ich nickte. Diese Information war also auch bereits durchgesickert.

»Die Jungs sind uns seit Längerem ein Dorn im Auge. Die sind Teil einer neuen faschistischen Bewegung. Halb Hooligans, halb Neonazis. Sie terrorisieren alles, was irgendwie ausländisch ist. Uns hassen sie besonders.«

»Dann nichts wie los«, rief Tschüge. »Machen wir die Muskelnazis fertig!«

»Nur keine Eile. Wir haben schon einen Plan, aber um ihn auszuführen, brauchen wir noch etwas Zeit. Wann heiratest du, Giorgio?«

»Am Wochenende.«

»Das sind noch vier Tage. Das reicht lange. Und hier ist es perfekt, um sich eine Weile zu entspannen.« Jovana lächelte und breitete dann die Arme aus. »Willkommen zur bosnischen Basis von Senstampilo. Und denkt daran, unser oberstes Gebot: Zeigt Respekt.«

Als wir das Haus betraten, kam es uns vor, als tauchten wir in eine andere Dimension. Noch nie hatte ich ein Gebäude gesehen, das so vollkommen anderen Gesetzen als Funktionalität oder Ästhetik folgte. Die Zimmer waren verschachtelt und verwinkelt, überall gab es Türen und Treppen, von denen man nicht abschätzen konnte, wohin sie einen brachten. Schranktüren führten in Gänge und diese in andere Stockwerke. Es gab mehrere Innenhöfe und irgendwo einen kleinen Garten, in dem jemand Schlingpflanzen und Kräuter angepflanzt hatte. Manche der Räume waren mit barocken Möbeln ausgestattet. Auf Simsen und hölzernen Hockern standen Tassen mit kaltem Kaffee und überquollene Aschenbecher; vor den Fenstern hingen lange, schwere

Vorhänge mit Blumenmustern. Es roch nach Weihrauch und Limetten.

Wir betraten einen weiß getünchten Raum fast ohne Möbel, dafür mit einem riesigen Holztisch in der Mitte – lang wie eine kleine Bowlingbahn – und vielleicht zwanzig Stühlen darum. Es erinnerte mich an die kolonialistische Version des Kommandotischs in *Dr. Jekyll und Mr Hyde*. An der Wand hing eine riesige Karte von Südeuropa, die übersät war mit kleinen Zettelchen, verschiedenfarbigen Schnüren, Post-its, Stecknadeln.

»Setzt euch!«, sagte Jovana. »Jetzt könnt ihr mir eure Fragen stellen.«

»Dann fange ich mal an«, meldete sich Tschüge zu Wort. »Was bedeutet das, Senstampilo?«

»Es ist Esperanto und bedeutet ›Ohne Stempel‹«, sagte Jovana. Ein Junge steckte den Kopf ins Zimmer, und Jovana bat ihn, uns Kaffee zu bringen.

»Esperanto?«, fragte Tschüge.

»Eine Kunstsprache, mit slawischen, germanischen und lateinischen Einflüssen. Die europäischste Sprache, die es gibt.«

»Ihr habt eine eigene Sprache erfunden? Nicht schlecht«, sagte Tschüge.

Jovana lachte. »Esperanto gibt es schon lange. Wir nutzen es als Verschlüsselung in unserer Kommunikation – und als Symbol für unser Ziel. Wir wollen, dass Senstampilo eine international anerkannte Organisation wird.«

»Aber was will eure Organisation überhaupt?«, fragte ich.

»Die Grenzen überwinden. Niemand soll mehr einen Stempel brauchen, um in ein Land zu kommen.« Sie blickte in unsere ratlosen Gesichter. »Ich muss wohl weiter ausholen«, seufzte sie und winkte den Jungen mit dem Kaffee herein. Es war eine dunkle, starke Brühe, mit übertrieben viel Zucker. »In den letzten Jahren gab es viele Menschen aus Syrien, Afghanistan, Subsahara-Afrika oder dem Irak, die über den Landweg nach Westeuropa geflohen sind. Die Politiker nennen es die ›Balkanroute‹, aber das ist ein Euphemismus.« Jovana schnaubte verächtlich. »*Route.* Das klingt wie ein ausgeschilderter Weg für Touristen. Diese Route ist unmenschlich. Überall lauern Banditen, Polizisten, Menschenhändler. Frauen und Kinder verschwinden spurlos, werden erstochen und vergewaltigt oder zur Prostitution gezwungen. Europa verschließt die Augen. Wir nicht.« Jovana sprach in schnellen, klaren Sätzen und kontrollierter Stimme, doch ihre Nasenflügel flatterten vor Empörung.

»Und wie helft ihr diesen Menschen?«, fragte Spiro.

»Wir bieten ihnen eine Alternative. In den letzten Jahren haben wir ein Netzwerk aufgebaut, von Istanbul bis London, von Lampedusa bis Stockholm. Wir sind die Alternative zu den mafiösen Schleppern und den Todesbooten im Mittelmeer. Wer nachweisen kann, dass er selbst oder seine Familie gefährdet ist, dem helfen wir, wo wir können.«

»Am Ende des Tages schmuggelt ihr Menschen über die Grenzen«, bemerkte Tschüge trocken. »Und das ist illegal.«

»Na und?« Jovana fixierte Tschüge mit ihrem Blick. »Weil die Gesetze rassistisch und menschenverachtend sind, sehen wir sie als ungültig an. Wir verdienen nichts an den Migranten. Irgendwer muss den Job doch machen, wenn die UNO schläft.«

»Wie könnt ihr das alles bezahlen?«, fragte ich.

Jovana seufzte. »Über Spenden, private Geldgeber, kleinere Geschäfte«, erklärte sie ausweichend. »Aber wir machen das aus Überzeugung und Menschenliebe. Das kostet kein

Geld.« Jovana stand auf. »Kommt mit. Hier werden es mir allmählich zu viele Fragen.«

Sie führte uns durch das Haus und erzählte mehr von der Organisation. Die Gruppierung gab es erst rund zehn Jahre und setzte sich in jedem Land anders zusammen. In Bosnien war es eine Mischung aus linken Anarchisten, Aussteigern, jungen Studenten, Hackern und abgehalfterten Widerstandskämpfern, die in den Neunzigern gegen die Serben und Kroaten gekämpft hatten.

»Wozu die Waffen?«, fragte Tschüge, als wir an einem kleinen Raum vorbeiliefen, der vollgehängt war mit Gewehren und Pistolen.

»Es gibt keine Revolution ohne Waffen. Das wusste schon Che Guevara«, sagte Jovana ernst.

Spiro schaute mich an und wackelte aufgeregt mit den Augenbrauen.

Der nächste Raum sah aus wie eine Künstlerwerkstatt. Verschiedene Drucker und Maschinen standen herum. Pinsel, Farben, Japanmesser lagen auf einer Werkbank verteilt. Ein Mann mit einer Chirurgenbrille stand im Licht einer Lampe und hantierte mit Papier und einer Pinzette. Als er uns hörte, schaute er auf.

»Das ist Ari«, sagte Jovana. »Früher war er Kunstfälscher, ein sehr talentierter. Jetzt kann er jeden Pass der Welt nachmachen.«

Spiro schnalzte mit der Zunge.

Ari nickte. Er trug weiße Stoffhandschuhe und hatte lange, filzige Rastas, die von einem Kopftuch zusammengehalten wurden. »Wenn ich Zeit habe, kopiere ich immer noch ein wenig.« Ari zeigte auf eine Leinwand, die aufgebockt in der Ecke stand. »Ein noch unentdeckter Vermeer«, sagte er und zwinkerte uns zu.

»Fabulös«, staunte Spiro und trat näher ans Bild ran. »Das Licht! Das Setting! Das ist die perfekte Fälschung. Du bist ein Genie!«

Ari lief rot an. »Nicht doch.«

Jovana lachte und schüttelte den Kopf. »Lenk ihn bloß nicht ab. Der Junge ist wie ein Esel, der Gold scheißt. Er hat uns schon viel Geld eingebracht.«

»Okay, das ist ja mal hochgradig illegal«, sagte Tschüge.

Jovana drehte sich zu ihm um. »Hast du das Gefühl, irgendjemand kümmert es, ob der Vermeer echt ist oder nicht?«

Tschüge zuckte mit den Schultern. »Ich weiß nicht mal, was ein Vermeer ist.«

Wir kamen in ein kleines büroartiges Zimmer, in dem vier junge Frauen saßen und telefonierten. Jovana zeigte auf eine mit einem punkigen Haarschnitt. »Ilona ist für die Reisebüros zuständig.«

»Reisebüros?«, fragte Spiro.

»Wir versuchen in ganz Europa, Sympathisanten zu finden. Das kann alles sein: ein Friseur in Bologna. Ein Dönerladenbetreiber in Dortmund. Eine Kioskfrau irgendwo in einem Kaff entlang unserer Route. Diese Leute spüren wir auf und statten sie mit den wichtigsten Utensilien aus. Einweghandys, Kartenmaterial, Bargeld, Telefonnummern. Im Notfall können sich Reisende an so ein Reisebüro wenden. Natürlich haben wir auch anderes installiert. Kleine Safehouses oder Treffpunkte, wie Aldos Bar in Triest.«

Das war es also. Plötzlich wurde mir vieles aus dieser Nacht klar.

»Und wenn eines dieser Reisebüros auffliegt?«, fragte ich.

»Das passiert. Aber die Karten sind schwierig zu lesen und zeichnen immer nur einen kleinen Teil der Organisation ab.

Nur sehr wenige Leute wissen über alle Aktivitäten und Locations von Senstampilo Bescheid.«

Wir stiegen durch eine Luke nach draußen und fanden uns auf der anderen Seite des Hauses wieder. Hier erstreckte sich ein kleiner Garten, in dem mehrere Männer mit breitkrempigen Strohhüten standen und Geräte einsammelten, um sie vor einem nahenden Gewitter in Sicherheit zu bringen.

»So, die Führung ist beendet«, sagte Jovana. »Sanela zeigt euch jetzt eure Zimmer. Dann sehen wir uns später zum Essen.«

»Wo ist denn jetzt unser Auto?«, fragte Tschüge ungeduldig.

»Nur Geduld, Giorgio. Morgen erfahrt ihr mehr«, sagte Jovana.

Die Zimmer waren schlicht und funktional. Jeder hatte seinen eigenen kleinen Raum mit einem Einzelbett und einem Schrank, doch da unser Gepäck mit dem Cinquecento verschwunden war, gab es sowieso nichts auszupacken.

Ich legte mich auf das Bett und dachte nach. Wie Jovana die Rolle der Chefin annahm und mit ihrer natürlichen Autorität die Geschicke lenkte, machte sie für mich noch unwiderstehlicher. Doch was ich auch tat, um ihre Aufmerksamkeit auf mich zu lenken, es schien einfach an ihr abzuprallen. Sie beachtete mich einfach nicht. Vom anfänglichen Hoch, das ich bei der Ankunft verspürt hatte, glitt ich langsam in eine selbstzerstörerische Verzweiflung, und mein Gedankenkarussell begann wieder zu drehen, begleitet von den dissonanten Streichern und wummernden Pauken meines inneren Orchesters. Natürlich hatte sie keine Augen für mich. Sie hatte große Pläne – und ich war ein kleiner, unbedeutender Wicht. Was würde Belmondo tun? Nicht so viel zaudern, das war mir klar. Belmondo würde handeln. Nur wie?

4

Ari steuerte den alten Transporter in hohem Tempo über eine Landstraße, Spiro saß auf dem Beifahrersitz. Tschüge und ich hockten im fensterlosen Ladebereich auf wackeligen Sitzbänken und ließen uns von Jovana instruieren. Bereits am Vortag hatte jemand aus Senstampilos Netzwerk beim Haus des Anführers einen roten Cinquecento gesichtet. Es lag auf halbem Weg zwischen Sarajevo und Mostar an dem Fluss Neretva, auf einem Gelände, auf dem ein alter Bunker von Tito stand. Jovanas Plan war simpel: Wir würden die Nazis ablenken und den Cinquecento zurückholen. Und sie bei der Gelegenheit »noch entscheidend schwächen«, wie es Jovana formuliert hatte.

»Ari hat bereits das lokale Radio kontaktiert und ihnen gesteckt, dass das gestrige Unwetter die Geheimgänge unter Titos Bunker unter Wasser gesetzt hat und jetzt überall Goldmünzen und Schmuck hochgespült werden.«

»Ich versteh das nicht. Was hat das alles mit uns zu tun?« Tschüge kaute auf seiner Unterlippe.

»Tito war nicht nur der nette Partisane und gütige Herrscher Jugoslawiens, den heute alle vergöttern. Er war auch ein Diktator. Er ging hart gegen seine Gegner vor – und hat sich schamlos an der jugoslawischen Nationalbank bedient. Ein Teil der Schätze sind bis heute verschwunden.« Jovana blickte in unsere ratlosen Gesichter und lächelte. »Ihr werdet schon sehen. Wichtig ist, dass ihr euch an den Plan haltet.«

Sie zeigte auf eine Kiste, die in der Ecke des Transporters stand. Ich öffnete den Deckel. Darin lagen zwei große Stoffsäcke, gefüllt mit Goldmünzen. »Requisiten«, erklärte Jovana, noch bevor ich fragen konnte. »Von einem Freund vom Nationalen Theater in Sarajevo.«

Ari rief etwas aus der Fahrerkabine, und Jovana nickte. »Wir sind gleich da.«

Der Transporter bremste ab und hielt. Jovana sah mich an. »Wir beide steigen hier aus. Du hast den Schlüssel für den Cinquecento dabei?«

Ich nickte.

Jovana kniff Tschüge in die Wange. »Viel Erfolg! Und lasst euch nicht erwischen. Diese Typen verstehen keinen Spaß.«

Dann öffnete sich die Tür des Transporters, und Jovana und ich sprangen raus.

Wir standen an einer schwach befahrenen Straße und schauten auf die smaragdgrüne Neretva, die in einer Senke neben uns dahinfloss. Es war eine idyllische, von Tannen bewachsene Hügellandschaft, und es sah anders aus, als ich mir die Umgebung für einen ehemaligen Bunker des jugoslawischen Diktators vorstellte.

»Wo ist denn nun der Bunker?«

Jovana lächelte. »Folge mir.« Sie kletterte über eine kleine Mauer am Straßenrand und ließ sich langsam am Ast eines Baums in Richtung Flussufer hinunter. Ich kletterte ihr nach. Dann erst bemerkte ich die Stufen, die in die steile Wand eingeschlagen und von oben nicht sichtbar waren. Sie führten unter einem blühenden Busch vorbei zu einer Metalltür mitten in der Böschung, rund zwei Meter über dem Wasser. Jovana machte sich an einem Griff der rostigen Klappe zu schaffen und öffnete sie, begleitet vom Knarren eines ungeölten Scharniers.

Feuchte, abgestandene Kellerluft schlug uns entgegen. Jovana zog zwei Stirnlampen aus ihrem Rucksack und überreichte mir eine. Dann zwängten wir uns nacheinander durch die Luke.

Jovana sah mich an. »Alles okay? Wir müssen etwa dreißig Minuten laufen, dann sind wir beim Bunker.«

Ich nickte und folgte ihr. Unsere Schritte hallten dumpf in die Dunkelheit hinein. Im Licht der Lampe ergab sich langsam ein Bild.

Es war ein enger Gang, der sich nach oben hin in einem Bogen schloss. Die grüne Versiegelung des Bodens war stellenweise aufgeplatzt, und Feuchtigkeit drängte durch die Risse. Rohre krochen wie schwarze Schlangen die Wände entlang, und an der Decke waren Halterungen von Neonröhren erkennbar. Es war nicht dreckig, wie ich mir einen seit Jahrzehnten verlassenen Bunker vorstellte, sondern auf eine unwirtliche Art konserviert.

Immer wieder gabelte sich der Gang, doch Jovana navigierte zielsicher durch das Gewirr. Nach einer gefühlten Ewigkeit verlangsamte sie ihre Schritte und drehte sich zu mir um.

»Wir sind da. Die anderen werden inzwischen für genügend Chaos gesorgt haben. Wir gehen jetzt da hoch, versuchen möglichst, von niemandem gesehen zu werden, finden den Cinquecento und fahren davon. Halte die Schlüssel bereit«, sagte sie.

Ich nickte.

»Hast du Angst?« Sie hatte die Frage in einem zärtlichen Ton gestellt, und ich war wieder verblüfft, wie schnell sie zwischen Unnahbar und großer Vertrautheit wechseln konnte. Ich setzte mein bestes Belmondo-Gesicht auf und winkte schmunzelnd ab. Aber nein doch.

Jovana verdrehte die Augen und öffnete eine Tür. Wir standen in einem Schacht. In dem Licht, das von der Decke herunterfiel, erkannte ich eine eiserne Leiter, die mindestens zehn Meter nach oben führte. Jovana nahm die ersten Sprossen, und ich folgte ihr.

Durch eine Bodenluke kamen wir auf ein Gelände, das ein wenig aussah wie eine Schrotthalde. Links von uns befand sich eine große heruntergekommene Halle mit großen Schiebetüren. Davor standen Dutzende von abgewrackten Autos, ohne Reifen und Türen, mit offenen Motorhauben, aber auch vier in der Sonne glänzende Autos, tiefergelegt und mit getönten Heckscheiben, wie Dobermänner in Lauerstellung. Vor uns türmten sich Berge voller Schrott – ausrangierte Waschmaschinen, zerbrochene Spülbecken aus Keramik, Staubsaugerüberreste. Rechts von uns sah ich im Hintergrund das Grün der Neretva blitzen. Davor aber spielte sich eine eigentümliche Szene ab. Überall wuselten Menschen am Ufer herum, kletterten auf die Schrotttürme oder waren mit Pickeln oder Hacken dabei, den Boden aufzubrechen. Durch das Tor des ansonsten umzäunten Geländes drängte eine Karawane von Autos und Motorrädern auf das Gelände, sogar ein Traktor war darunter. Der Fahrer sprang herunter und rannte zu einer Traube von Menschen. Von Weitem konnte ich Tschüge, Spiro und Ari erkennen, die glänzende Münzen in die Luft hielten und anderen Menschen zuwarfen. Goldgräberstimmung lag in der Luft.

Jovana entfuhr ein Lachen. Es war genau das heillose Durcheinander, das sie sich erhofft hatte. In diesem Moment öffneten sich die Schiebetüren der Halle, und sechs tätowierte, bürstenschnittige Männer in Muskelshirts traten heraus. Verwundert betrachteten sie das Bild, das sich ihnen bot, und marschierten schließlich in immer schnellerem Tempo und immer dunkleren Mienen auf das Chaos zu.

Jovana gab mir ein Zeichen, und wir rannten die Mauer entlang in Richtung Schiebetüren. Im Inneren standen schwere Tische, Stühle und abgewetzte Ledersofas. Eine Art Wandschrank präsentierte eine Reihe von merkwürdigen Gegenständen: Helme, Abzeichen, Plaketten mit Hakenkreuzen, Porträts von älteren Männern in Uniformen, aber auch alte Waffen. Doch wir hatten keine Zeit, um dieser seltsamen Rekonstruktion mehr Aufmerksamkeit zu widmen, denn daneben stand, als wäre er selbst eine Devotionalie, der Cinquecento. Er war bereits geputzt und poliert worden und glitzerte im Neonlicht wie eine überreife Erdbeere. Auf dem Dach stand ein gerahmtes Foto mit einem roten Fiat, wenn auch ein anderes Modell, und daneben ein älterer Mann und ein Junge. Bestimmt der Anführer mit seinem Großvater. Ich nahm das Foto vom Dach, stellte es zur Seite und öffnete die Tür. Jovana dagegen öffnete den Kofferraum.

»Was machst du? Wir müssen weg!«, zischte ich.

»Wart kurz. Ich pack noch was ein«, sagte sie. »Du bist für das Auto gekommen und ich für diese Schätzchen hier.« Dann begann sie, einzelne kleine Holzkisten einzuladen, die in einer Ecke des Raums standen.

»Was ist da drin?«, rief ich.

Sie schüttelte den Kopf. »Bloß Dokumente.«

Nach zwei Minuten war sie fertig und stieg auf der anderen Seite ein. Ich zog am Choke und am Starthebel. Sofort umgab uns das warme Geräusch eines tuckernden Motors.

Als wir die Halle verließen, fühlte ich mich so stark wie lange nicht mehr. Hier saß ich am Steuer meines zurückeroberten Cinquecentos, neben mir eine wunderschöne, aufregende Frau, mitten in einem Abenteuer. So musste sich

Belmondo gefühlt haben, als er mit Jean Seberg durch Paris fuhr. Ich sah Jovana an. Sie lachte.

Noch immer war Chaos auf dem Gelände. Es waren noch mehr Menschen dazugekommen, die versuchten, einen Teil von Titos Schatz zu finden. Ich sah, wie die Nazis mit verschiedenen Leuten diskutierten und dabei verzweifelten. Es wäre einfach gewesen, in diesem Tumult zu verschwinden – aber es wäre nicht Belmondos Art gewesen. Belmondo verschwand nicht einfach still und heimlich, er ging mit einem Knall. Er hinterließ Eindruck. Nur so würde ich Jovanas ganze Aufmerksamkeit bekommen. Also riss ich das Steuer herum und steuerte auf die Menschentraube zu.

»Was tust du?«, sagte Jovana erschrocken.

»Wirst schon sehen«, sagte ich mit einem Lächeln. »Hast du Angst?«

Der Anführer stritt gerade wild gestikulierend mit einem Mann auf einer Fuhrkarre, vor den ein Esel gespannt war. Sein Gesicht verdunkelte sich weiter, als er mein Hupen hörte und den Cinquecento sah. Ich kurbelte das Fenster herunter und winkte fröhlich.

»Wer ist jetzt das Häschen?«

Er fuchtelte mit den Händen und schrie etwas in Richtung Ausgang.

Ich gab Gas und fuhr auf das Tor zu, als zwei Nazis eine ältere Frau, die gerade mit dem Fahrrad passieren wollte, packten und mit ihr den Durchgang versperrten.

»Kehr um«, rief Jovana. Sie war verärgert. »Warum hast du das getan?«

Ich drehte um und hielt in der Mitte des Hofs, unschlüssig, wo wir jetzt noch hinsollten. Der einzige Fluchtweg war versperrt. Eins der getunten Autos kam auf uns zugefahren, langsam, als wollten die Kerle ihren Triumph über uns auskosten. Doch dann hörte ich ein Brummen hinter uns. Der grüne Traktor schrammte an uns vorbei und direkt auf eine Stelle des Zauns neben dem Tor zu. Auf dem schaukelnden Ungetüm saß Tschüge, auf seinem Gesicht ein breites Grinsen, die Hand zum Traktorgruß erhoben, wie wir es als Kinder auf dem Bauernhof von Simu gelernt hatten. Hinter ihm saßen Ari und Spiro und hielten sich fest. Mit einem Scheppern drückte der Traktor den Zaun ein und fuhr darüber hinweg.

Ich gab Gas und folgte dem Traktor nach draußen, wo ich ihn hupend überholte und auf die Landstraße fuhr. Im Rückspiegel sah ich, wie die drei vom Traktor sprangen und auf den alten Transporter zuliefen, den sie dort abgestellt hatten. Wir hatten es geschafft.

Ich begann zu lachen. »Das war vielleicht verrückt.«

Jovana schüttelte den Kopf und grinste. »*Ihr* seid verrückt.«

5

Es war später Nachmittag, die Luft war warm, und überall blühten weiße Lilien und Berghyazinthen. Jovana und ich hatten die Fenster heruntergekurbelt, redeten und lachten. So unbeschwert hatte ich Jovana noch nie erlebt. Sie erzählte Dinge über sich, machte Witze über mich und meine Freunde und sang sogar zu einem Lied im Radio, auch wenn sie kaum die Töne traf. Wir fuhren durch ein hügeliges Gebiet und näherten uns langsam Sarajevo, als wir eine merkwürdige Zone erreichten. Immer wieder passierten wir riesige leere Parkplatzflächen mit verwaisten Gebäudekomplexen. Rostige Schilder wiesen auf Hotels oder Attraktionen in der Nähe hin. Ein richtiger Geisterort, der mich an Fotos von Tschernobyl erinnerte. Bei einem Parkplatz, größer als ein Fußballfeld, bat mich Jovana, anzuhalten. Ich sah sie fragend an.

»Ich will dir etwas zeigen.«

Wir parkten den Cinquecento hinter einem Gebüsch, stiegen aus und folgten einem Fußweg, der von allen Seiten fast vollständig zugewachsen war. Plötzlich öffnete sich der Weg, und vor uns tat sich eine surreale Ansammlung von Ruinen auf. Bröckelnde Betonquader mit rostigem Geländer, von Graffiti überzogen und diese wieder von Moos und Schlingpflanzen. Und mittendrin eine riesige Schlange aus Beton, die schwerfällig den Berg hochkroch.

»Wo sind wir hier gelandet?«, fragte ich.

»Willkommen zu den Olympischen Winterspielen von 1984.« Jovana streckte einladend die Arme aus. »Spaß und Spiele für die ganze Familie.« Sie lachte höhnisch und zeigte auf die Schlange. »Das hier war die Bobbahn.«

In ausladenden Kurven wand sie sich nach oben, die hohen Wände zugekleistert mit Graffiti wie die Arme eines tätowierten Riesen.

»Kann man da hoch?«

Jovana nickte. Dann nahm sie mich an der Hand und zog mich in Richtung Zieleinfahrt. GRO BOSNA SARAJEVO stand in großen Lettern auf einer Betonbrücke, die über die Bahn führte. Ich stellte mir vor, wie dort die Fans standen, Fahnen schwenkten und ihre Teams bejubelten. Laute Musik, ein Sprecher, der scheppernd Namen und Zeiten runterbetete. Jetzt hörte man nur das Zwitschern der Vögel.

Abgesehen von etwas Moos, dem Graffiti und kleineren Rissen im Beton hatte sich die Bahn in den dreißig Jahren gut gehalten. Ich kletterte die Wand hoch, um einen Blick über den Rand zu werfen. Neben der Bahn, die auf Betonstelzen durchs unebene Terrain führte, lag haufenweise Plastikabfall und Schrott.

»Ganz schön dreckig hier«, sagte ich.

Jovana zuckte mit den Schultern. »Niemand traut sich, hier aufzuräumen, wegen der Blindgänger.«

Ich blickte sie fragend an.

»Na, Blindgänger. Bomben, die nicht hochgegangen sind. Tretminen, Granaten, Munition.« In einer allumfassenden Geste streckte sie die Arme aus. »Ist hier alles voll davon.«

»Und in so einer Umgebung bist du aufgewachsen? Ganz schön gefährlich für ein Kind.«

»Es war halt so. Wir waren eingekesselt. Es gab Straßen, die waren tabu, weil man da von serbischen Scharfschützen erschossen wurde. Da sind wir dann als Mutprobe hin und haben sie provoziert, indem wir Kleidungsstücke an Stöcke hängten, damit es aussah, als würde ein Mensch um die Ecke schauen. Aus Langeweile!«

Ich dachte an unsere Kindheit. Tschüge und ich hatten uns schon beim Gedanken an den alten Z'Graggen mit seinem Gartenschlauch fast in die Hose gemacht.

»Diese Kisten, die ich vorhin eingepackt habe. Die sind voller Originaldokumente aus den Kriegsjahren. Da sind alle Namen drin, wer wann in welcher Einheit gekämpft hat und wo sie stationiert waren.«

»Und wofür ist das gut?«

Jovana sah mich prüfend an. »Man erfährt darin die Namen von Kriegsverbrechern, die nie verurteilt wurden. Es gab Einheiten, die haben systematische Massenvergewaltigungen durchgeführt. Die wenigsten wurden je zur Rechenschaft gezogen.«

»Und ihr wollt das ändern?«

»Wir wollen zumindest verhindern, dass die Nationalisten dieses Narrativ besetzen und aus den Verbrechern Helden machen – oder die Listen verschwinden lassen.«

Wir folgten dem Bahnverlauf nach oben. Nach etwa einer halben Stunde kamen wir an eine Abzweigung und kurz darauf an den Startpunkt: ein Betonturm, der über die Tannen ragte und von dem, steil wie eine Rampe, die Fahrbahn hinunterführte. Jovana nahm Anlauf und rannte die Anhöhe hinauf. Danach half sie mir, die letzten Meter zu überwinden.

Vor unseren Füßen breitete sich der Häuserteppich Sarajevos aus. Die Sonne stand bereits tief und überzog alles mit einer goldenen Glasur. Jovana nickte zufrieden, setzte sich auf die Startlinie und ließ die Beine über die Schanze baumeln.

»Da drüben, die Bauernhäuser gleich unterhalb des großen Friedhofs mit den weißen Kreuzen, siehst du die?« Sie zeigte auf den gegenüberliegenden Hang. »Da bin ich aufgewachsen.«

Zwischen den Häusern und an den Hängen am Rand der Stadt konnte man zahlreiche Friedhöfe mit weißen Kreuzen erkennen. Von Weitem sahen sie aus wie Schneefelder.

Jovana zog eine Zigarette hervor und steckte sie an. »Von hier oben haben die Serben uns belagert. Fast vier Jahre lang haben sie auf uns geschossen und uns ausgehungert. Vier Jahre meiner Kindheit haben sie gestohlen.«

Ich sah sie an und nickte. Langsam begann ich zu verstehen, wie man gleichzeitig so hilfsbereit und so reserviert sein konnte. Sie hatte es von klein auf gelernt.

Jovana schien zu merken, wie ich sie anstarrte, und sagte unvermittelt: »Glaubst du an die Liebe? Weil ich tue es nicht.«

Ich sah sie erstaunt an. »Gute Frage«, sagte ich. »Hättest du mich das vor einer Woche gefragt, hätte ich dasselbe gesagt.«

»Und jetzt?«

»Ich weiß es nicht.«

Sie sah mich prüfend an. »Ich liebe alle Menschen. Ich liebe die ganze Welt. Das ist die einzige Liebe, an die ich glaube. Alles andere sind Momente. Schön, aber flüchtig.«

Ich nickte. Was gab es da schon zu entgegnen? Aber ich war mir nicht mehr sicher, ob das stimmte. »Gibt es *die* Liebe überhaupt?«, fragte ich Jovana. »Meint nicht jeder etwas anderes damit? Für Tschüge ist die Liebe eher eine Konstante, die Sicherheit und Zuversicht verspricht. Für ihn ist es Leila, die jeden Abend mit gekühltem Bier und einer Nackenmassage auf ihn wartet, die einfach immer für ihn da ist. Für Spiro scheint sie mir was ganz anderes zu sein.

Eine Reibungsfläche, ein Fallschirm. Sich hineinstürzen ins Leben, sich immer wieder neu verlieben, sich aufgeben, verletzt werden, stürzen, wieder aufstehen.«

»Aber was ist sie für dich?«

Ich sah in die Ferne und überlegte. War die Skepsis falsch, die sich irgendwo in meinem Herzen festgesetzt hatte wie ein Herzschrittmacher, der mit Regelmäßigkeit kleine Funken Zweifel durch meinen Körper jagte, sobald ich eine Frau traf? Konnte ich den Gefühlen doch vertrauen? Müsste ich dafür Kontrolle aufgeben und Selbstbestimmung, wie es Mammà bei Papà getan hatte? Gab ich mich damit nicht selbst auf? Belmondo jedenfalls liebte nicht, das war mir klar. Er brauchte nicht zu lieben, war von niemandem abhängig. Jede Entscheidung seine eigene. Maximale Freiheit! War das nicht der Traum jedes Mannes?

Jovana raschelte in ihrer Tasche und zog eine zweite Zigarette hervor. Mit einer eleganten Bewegung steckte sie sie an und schob sie mir zwischen die Lippen. Ich sah ihr in die Augen. Sie erinnerte mich an Jean Seberg, und eine Ahnung durchfuhr mich. Da war etwas, das Belmondo nicht kannte. Er war frei, aber war ihm auch bewusst, was er dafür aufgab? Ich hatte Jahre gebraucht, um mein Leben so zu gestalten, dass ich es maximal selbst bestimmen konnte. Doch nun zweifelte ich an der selbst auferlegten Einsamkeit, und der Grund dafür war Jovana. Ihr kurzes Haar und der wilde Blick und das laute, raue Lachen, ihre Entschlossenheit und ihr dreckiger Humor. Ihre Augen, die schon so viel gesehen hatten, und trotzdem hoffnungsvoll nach vorne schauten. Wenn das nicht Liebe war – was dann?

»Um andere zu lieben, muss man erst sich selbst lieben«, sagte Jovana, als hätte sie meine Gedanken gelesen. »Tust du das?«

Ich zuckte mit den Schultern.

»Du musst lernen, ehrlich zu dir selbst zu sein. Das ist der erste Schritt.«

Ich stand auf und wollte irgendetwas tun, mich von ihr entfernen, aber es gab keinen Weg außer steil hinunter.

»Sei nicht beleidigt«, sagte Jovana. »Warum magst du dich nicht?«

Ich seufzte. »Ich weiß nicht. Ich bin einfach nicht so, wie ich sein möchte.«

»Na und? Niemand ist das. Ich bin auch nicht Beyoncé.«

»An der Stimme müsstest du noch arbeiten … Aber du bist so viel anderes …«

»Und du nicht?«

»Jetzt tu nicht so. Jeder sieht das. Meine Nase, die Narbe. Matschgesicht, so nannten mich die Kinder früher.«

Sie lehnte sich vor und fuhr mit den Augen meinen Gesichtszügen entlang, als würde sie prüfen, was ich gerade sagte.

Ich sah beschämt zu Boden. »Lass das.«

»Den Teufel werd ich tun«, flüsterte sie. »Hör mir zu: Meine Baka, meine Großmutter, hat viel getöpfert. Wir hatten nicht viel, und so hat sie viel selbst gemacht. Ich saß manchmal auf der Terrasse vor dem Haus und habe mitgeholfen, den Ton befeuchtet, die Glasur angemischt. Manchmal durfte ich eigene Muster einzeichnen. Wie gut das immer gerochen hat, nach Erde. Stundenlang saßen wir da und haben getöpfert. Es waren die schönsten Objekte, die ich je gesehen habe. Kleine, zierliche Tassen in Orange- und Rottönen, blaue ovale Teller, die angenehm rau unter den Fingern kitzelten.« Sie schaute in die Ferne. »Als der Krieg begann, wurden ihre Hände zu zittrig, und so hatte sie die Idee, stattdessen die Schusslöcher in den Häusern mit Lehm zu füllen. Wir färbten den Lehm in den knalligsten Farben, die wir finden konnten – Wiesengrün und Kanarienvogelgelb und Mohnblumenrot – und nachts, wenn die Scharfschützen schliefen, kletterten meine Brüder und ich an den Wänden hoch und füllten die Löcher. Je länger der Krieg dauerte, desto farbiger wurden unsere Fassaden – als würden die Kugeln nur die weiße Farbe absprengen und dem farbigen Grund darunter Platz machen. Baka hat gesagt: Mit jedem Schuss werden unsere Häuser einzigartiger. Sie tragen die Spuren des Lebens zur Schau.« Jovana sah mir jetzt direkt in die Augen. »Mit uns Menschen ist das nicht anders. Manchmal gehen in uns Dinge kaputt, und wir werden traurig. Dabei sollten wir glücklich sein: Weil wir gerade etwas erlebt haben, das uns größer und stärker und farbiger macht.« Jovana sah mich weiter an und kam mit ihrem Finger immer näher an mein Gesicht, bis ihre Fingerspitze meine Stirn berührte. Dann fuhr sie damit über meinen Nasenrücken, über die Spitze, über die Lippe. Ich spürte die Narbe darunter kribbeln. Noch nie hatte ich mich jemandem so nah gefühlt. Und gleichzeitig so ausgeliefert.

Ich spürte, wie mir Tränen über die Wange liefen, und wollte mit der Hand hochfahren, um sie wegzuwischen, aber Jovana blockierte meine Hand mit ihrem Ellbogen.

»Diese Tränen«, sagte sie, »das ist dein Körper, der mir zustimmt. Lass ihn sprechen. Schäm dich nicht. Die Tränen sind Teil von dir. Sie sind wie die Narbe. Sie machen dich schön.«

Ich entspannte die Hand und versuchte, mich auf ihre Augen zu konzentrieren. Sie schielte leicht. Wie ich ihren Blick liebte. Zwei große grüne Augen, die beide eigene Seelen hatten. Es schien, als wollte sie einen als Ganzes wahrnehmen, nicht nur einen selbst, sondern auch die Umgebung, was einen formte, sichtbar und unsichtbar. Ich staunte, wie sehr sie mich verstand. Sie verstand mich besser als ich mich selbst.

Ihre Lippen waren das weichste, das ich je gespürt hatte. Sie schmeckten herb, nach Staub und Nikotin, und jede Faser meines Körpers spannte sich vor Verlangen an. Langsam tastete ich mich unter ihr Leinenhemd, sah am Zucken ihrer Schläfen, wie sehr sie die Nähe genoss. Ich küsste ihren Hals, ihren Nacken, roch an den feinen Härchen überall. Das Orchester spielte ein elegisches Stück mit Streichern, mit einer Melodie, so hoch und schwebend, dass sie alles vibrieren ließ. Jovana setzte sich auf mich und öffnete den ersten Knopf ihrer Jeans. Sie drückte meinen Oberkörper nach hinten. Ich legte den Kopf ab und sah nach oben. Weit über uns kreiste ein Schwarm Mauersegler. Ihr *Sriii-Sriii* wie ein wohlwollender Gruß aus der Ferne.

6

Am nächsten Morgen wachte ich in ihrem Zimmer auf. In der Nacht hatten wir kein Licht gemacht, sodass ich mich erst jetzt richtig umsehen konnte. Das Zimmer war viel kleiner als die Gästezimmer. In einer Ecke lagen Kleider übereinandergestapelt, aus grobem, festem Stoff, dunkel und wasserabweisend. Außer dem Bett gab es keine Einrichtungsgegenstände oder sonstigen Krimskrams, bloß ein paar Bücher am Boden. Sunzi, Marc Aurel, Simone Weil, *L'Étranger* von Camus in einer zerfledderten französischen Taschenbuchausgabe. Das Einzige, was ein wenig häuslich anmutete, war ein ziervoll an die Wand gemaltes Zitat von Antonio Gramsci:

Die alte Welt liegt im Sterben,
die neue ist noch nicht geboren:
Es ist die Zeit der Monster.

»Bist du ein Monster?«, fragte ich sie.

Jovana sah wunderbar aus. Zerzaustes Haar, Schlaf in den Augen. »Sind wir das nicht alle?«, fragte sie gähnend.

»Bist du *mein* Monster?«, flüsterte ich triezend und berührte sie an den Schultern.

Jovana schnellte auf und warf mir einen harten Blick zu. »Ich bin gar nichts von dir. Was glaubst du, wer du bist.«

Ich schluckte leer.

»Weißt du noch, was ich gestern gesagt habe? Dass ich nur die Welt liebe? Das meinte ich auch.«

Panik stieg in mir auf. »Okay. Und was war das dann danach?«

»Eine stimmiger Moment. Eine schöne Nacht. Mehr nicht.«

Dann hob sie die Augenbrauen und machte eine Handbewegung, als wollte sie mich fortscheuchen.

Ich stand auf und zog mir was über. Ohne zurückzuschauen, verließ ich das Zimmer. In meiner Brust fuhren die Gefühle Autoscooter. Eine Stimme in meinem Kopf sagte in kaltem Ton, dass sie das ja schon immer gewusst hätte, dass das nun der Beweis sei, dass es keine echte Liebe gebe.

»Belmondo, wie siehst denn du aus?« Tschüge stand im Halbdunklen eines Türrahmens, in der Hand eine kleine Kaffeetasse.

Ich sah ihn an, suchte eine Ausrede. Nur nicht heulen, sagte ich zu mir. »Entschuldige«, murmelte ich und hielt die Hände vors Gesicht, »Es kommt einfach so …«

»Alles gut«, sagte Tschüge und tätschelte meinen Rücken. »Was ist passiert?«

Ich wollte etwas sagen, aber es kamen nur Schluchzer. Ich bekam kaum Luft, atmete schnell und flach. Es dauerte einen Moment, bis ich wieder ein paar Worte hervorpressen konnte: »Die Liebe ist einfach eine Scheißidee.«

Tschüge seufzte und schüttelte den Kopf. »Das glaube ich nicht.«

»Eine Scheißidee«, wiederholte ich. »Diese verfluchte scheiß fucking Liebe. Was soll ich nur tun?«

»Vergiss sie einfach«, sagte Tschüge.

»Du hast leicht reden«, sagte ich.

Tschüge nickte. »Es wird schon wieder aufwärtsgehen. Schau nur mich an. Weißt du noch, wie ich gelitten habe, da an Weihnachten, als ich das Resultat bekam?«

Ich war verwirrt. »Welches Resultat?«

»Na von diesem Test, bei dem deine Spermien untersucht werden. Das Spermiogramm. Ist bei mir katastrophal ausgefallen. Weißt du nicht mehr? Ich dachte, ich werde nie Kinder kriegen. Du hattest sogar über Adoption gesprochen.«

»Du hattest nur gesagt, es sei schwierig bei euch. Nichts von einem Test.«

»Es war ja auch schwierig. Aber dann ist das Wunder geschehen, und schau uns jetzt an! Glücklich wie Vater vor 'nem Rumpsteak. Dir wird es auch bald wieder prächtig gehen.«

Ich wusste nicht, was ich sagen sollte, und taumelte hilflos Tschüge hinterher, der gut gelaunt vor das Gebäude trat. Er ging vor die Tür und inspizierte den Cinquecento. Die Drogen fehlten, doch die Ringe und Pässe waren noch da.

Mir war alles egal. Ich wollte einfach weg von diesem Ort. »Wir sollten heute weiterfahren«, sagte ich.

»Schon heute?« Tschüge streckte sich und nippte an seinem Mokka. »Wir haben doch noch zwei Tage. Ich könnte hier gut meine Rede fertig schreiben. Die restliche Fahrt nach Prizren schaffen wir an einem Tag. Wenn wir morgen oder übermorgen fahren, reicht es völlig. Das Probeessen ist ja erst Freitagabend. Komm schon«, bettelte Tschüge, »mach es für mich.«

Ich zuckte mit den Schultern. Im Grunde war es egal – meinen Gedanken konnte ich sowieso nicht entfliehen.

Ich saß im Aufenthaltsraum neben der Küche auf einem Berg gestapelter marokkanischer Kissen, trank Mokka und dachte über den Stand der Dinge nach. Da waren Jovanas Worte. Mit so vielem hatte sie recht gehabt, und doch fühlte ich mich betrogen. Sie hatte mir gezeigt, was alles möglich war – nur um es mir wieder zu entreißen. Mein Herz randalierte in meiner Brust und verlangte nach mehr. Mein Kopf aber verstand. Wir passten nicht zueinander, hatten andere Leben und andere Träume. Sie musste sich um die Welt kümmern und ich mich um mich selbst. Und dann war da dieser Test von Tschüge. Was genau sollte das bedeuten? Dass Tschüge keine Kinder kriegen konnte?

Ich schrieb Leila:

Komme ich als Vater gar nicht infrage?

Oh hallo. Danke, mir gehts auch gut.

Sag mir einfach, ob es von mir ist.

Bin erst im Januar schwanger geworden.
Oder glaubst du mir nicht?
Aber wäre es so schlimm? ;-)

Was ist mit dem Spermiogramm?

Während Minuten zeigten drei Punkte, die auftauchten und wieder verschwanden, dass Leila an einer Antwort feilte.

Die Dinger sind ungenau.

Vielleicht sollten wir trotzdem
einen Vaterschaftstest machen?

Spinnst du? Dann müssten wir es ihm sagen.
Ich bin sicher, dass es von Tschüge ist.

Ich überlegte mir gerade, Leila anzurufen, als ich in der Küche Stimmen vernahm.

»Weißt du«, hörte ich Spiros gedämpfte Stimme sagen, »ich freu mich sehr, dass du mich gefragt hast.«

»Und, möchtest du?«, hörte ich Tschüge antworten. Etwas schepperte metallisch, und eine Gasflamme fauchte.

»Was gibt es da zu überlegen!«, sagte Spiro und klang fröhlich. »Natürlich möchte ich das! Obwohl ich gar nicht so recht weiß: Was müsste ich da eigentlich tun?«

»Du wärst ein besserer Onkel. Schenkst dem Kleinen was zum Geburtstag. Machst lustige Ausflüge. Wie ein Vater, nur ohne Erziehungskrams. Hattest du nie einen Götti?«

»Nein, aber das klingt spaßig. Und es ist ein gutes Alibi, wenn man den Kleinen mitnimmt, um Geflüchtete über die Grenze zu schmuggeln.«

»Spiro!«

»War nur ein Scherz, Tschügolino. Willst du Zucker?«

»Gerne. Aber hey – das freut mich wirklich, dass du das machst. Das bedeutet mir viel.«

»Mich freut es, Bruder«, sagte Spiro. Die Stimmen entfernten sich.

Ich saß da und musste mich erst sammeln. Hatte Tschüge gerade Spiro als Paten für sein ungeborenes Kind eingespannt? Das vielleicht *mein* ungeborenes Kind war? Es fühlte sich an, als wäre die sämige Mokkasüße in meinen Gedärmen urplötzlich ins Saure gekippt. Wie konnte er das tun, nach allem, was wir erlebt hatten? Wir waren ehrlich zueinander gewesen – ehrlicher als je zuvor. Tschüge war mir näher als irgendein anderer Mensch es je war. Und jetzt das. Warum hatte er nicht mich gefragt? Spürte er, dass da noch was war, was ich ihm verheimlichte? Oder war es jetzt so wie damals mit Leila: Ich wurde ersetzt, sobald jemand anderes daherkam? Je länger ich darüber nachdachte, desto größer wurde meine Enttäuschung. Und ausgerechnet Spiro, den ich verteidigt hatte, dem ich vielleicht das Leben gerettet hatte, dankte es mir, indem er sich hinter meinem Rücken meinen ältesten Freund krallte.

Bedrückt verzog ich mich ins dunkle Schlafzimmer. Den Rest des Tages ließ ich mich nicht mehr blicken und rief jedem, der anklopfte, durch die geschlossene Tür entgegen, dass ich krank sei. Innerhalb eines Tages hatte sich meine Welt so auf den Kopf gedreht, dass selbst mein inneres Orchester keine Töne mehr fand.

7

Es gab mehrere Momente in der Freundschaft zwischen Tschüge und mir, bei denen ich mir rückblickend wünschte, anders gehandelt zu haben. Aber keiner ist mir so präsent wie jener Nachmittag gegen Ende der Sommerferien. Wir waren vielleicht fünfzehn und hatten das Schuljahr in anderen Welten verbracht – er in der hiesigen Oberstufe, ich am Gymnasium ein paar Dörfer weiter –, und die Entfremdung zwischen uns war schon deutlich spürbar. Und doch trafen wir uns im Sommer noch ein paarmal, wohl auch, weil wir sonst nicht wussten, wohin mit der Zeit.

Eines sonnigen Nachmittags nahmen wir auf meinen Vorschlag hin das Postauto und ließen uns weiter in die unbewohnte Schroffheit der Berner Alpen hochkutschieren. In der Nähe einer kleinen Schlucht, die ich vor den Ferien auf einer Exkursion besucht hatte, stiegen wir aus.

»Da müssen wir hoch«, sagte ich und zeigte auf eine kleine Hängebrücke, die über uns über die Schlucht führte.

»Sieht viel zu weit aus«, grummelte Tschüge. Er hatte noch kaum ein Wort gesagt und wirkte etwas betrübt.

»Komm schon, Zückerchen«, stichelte ich, wohl wissend, dass ihn das anspornte. »Früher hast du auch nie Nein gesagt.«

Tschüge sah mich böse an und murmelte etwas vor sich hin.

»Was sagst du?«, fragte ich laut.

»Nichts.«

Ich lachte und schüttelte den Kopf. Ich fühlte mich ihm so überlegen wie nie zuvor. Immerhin war ich auf dem Gymnasium mit den Schlausten der Gegend. Er hingegen war in diesem popeligen Kaff hängen geblieben, mit den gleichen altbekannten Nasen. Gleichzeitig fühlte ich mich in dieser Zeit unsicher, haderte mit mir und meinem Aussehen und hatte keine engeren Freundschaften außerhalb der Schule. Ich war, auch wenn ich es damals nicht so sah, ziemlich einsam und genoss die warme Vertrautheit, die unsere alte Freundschaft bot.

Wir folgten einem schmalen Pfad, stiegen hohe, brüchige Stufen empor, hielten uns an herabhängenden Wurzeln und struppigen Sträuchern fest und orientierten uns an den ausgewaschenen Wandermarkierungen auf Steinen und Bäumen.

»Müssen wir wirklich da hoch? Du weißt doch, ich hab Höhenangst«, sagte Tschüge nach einer Weile. »Ich hab gehört, man hat hier irgendwo den Wolf gesichtet. Können wir nicht einfach umkehren und im Fluss einen Damm bauen, wie früher?«

»Warts ab«, sagte ich. »Ist eine Überraschung.«

»Ich mag keine Überraschungen«, sagte Tschüge. »Da geschieht immer was Dummes.«

»Dann kehr doch um, Feigling. Das nächste Postauto kommt in einer Stunde.«

Tschüge sah mich finster an und kraxelte weiter.

Als wir oben ankamen und uns auf die kleine Bank setzten, die irgendein Irrer dort aus einem gefällten Baum angefertigt hatte, staunte Tschüge nicht schlecht.

»Krass.«

Die Aussicht war atemberaubend. Vor uns öffnete sich die Schlucht, und die Baumwipfel bildeten eine Art zweite Ebene, über der sich Schwärme von verschiedenen Vogelarten tummelten. Dazwischen blitzte immer mal wieder der Fluss auf, der unaufhaltsam milchiggrünes Gletscherwasser ins Tal transportierte.

»Jetzt darf ich einfach nicht nach unten schauen.«

Wir ließen die Beine von der Bank baumeln und stachen unsere Capri-Sonnen ein.

»Die Hängebrücke ist ja gesperrt«, bemerkte Tschüge und zeigte auf die hölzerne Absperrung, die den Weg versperrte und mit rot-weißem Plastikband umwickelt worden war, damit auch jeder verstand, was Sache war.

Ich nickte zufrieden. »Einsturzgefahr.«

»Das wusstest du? Warum sind wir dann hochgekommen?«

Ich zuckte übertrieben mit den Schultern. »Wegen der Aussicht?«

Tschüge sah mich ungläubig an. »Okay …« Dann sah er in die Ferne und schwieg er vor sich hin.

»Und, seid ihr jetzt eigentlich zusammen, du und Leila?«, fragte ich. Seit Monaten hatte ich über diese Frage gegrübelt. Ich hatte noch immer nicht verstanden, warum sie ihn mir vorgezogen hatte.

Tschüge starrte auf seine Füße und antwortete nicht.

»Seid ihr ein Paar?«, bohrte ich weiter. »Mit Knutschen und so? Seid ihr doch, oder?« Ich ließ meine Zeigefinger einander küssen wie kleine Puppen und machte schmatzende Geräusche dazu.

»Lass das«, zischte Tschüge. »Das ist doch eklig.«

»Also nicht? Will sie nicht?«

Tschüge schnaufte laut durch die Nase und zuckte mit den Schultern. »Weiß nicht.«

»Hast du nicht gefragt? Du musst fragen, Dummkopf, das macht man so.« Ich tat so, als hätte ich viel Erfahrung, dabei war das vergangene Jahr in Sachen Liebe bei mir ebenfalls recht holprig verlaufen. Ich hatte mich in die schlaue Bea verknallt, doch bei jedem noch so zögerlichen Versuch einer Annäherung war sie knallrot angelaufen und wortlos davongestiefelt.

Tschüge schüttelte den Kopf. Dann sah er mich an. Sein Gesicht war verzerrt von Verzweiflung und Angst, wie ich es vorher noch nie gesehen hatte. »Wie tut man das?«, fragte er zögerlich. »Wie fragt man?«

»Man fragt halt. Willst du, und so weiter. Ist doch nix dabei.« Ich lächelte spöttisch und schob hinterher: »Die wollen eh immer.«

»A-a-aber …«, stotterte Tschüge und kaute auf seiner Unterlippe. »Was, wenn nicht?«

»Wenn sie nicht wollen?«

Tschüge nickte ängstlich.

»Na, dann weißt du's wenigstens«, sagte ich. Das war zumindest die Lehre, die ich aus der Sache mit der schlauen Bea gezogen hatte: dass es an mir liegen musste.

Tschüge schien nicht zufrieden mit dieser Antwort. »Warum müssen überhaupt immer die Jungs fragen? Das ist doch unfair.«

Ich zuckte mit den Schultern. »Also wenn du so viel überlegst, bist du vielleicht auch gar nicht so verknallt.«

Tschüge sah mich verlegen an.

»Aber verknallt bist du, oder?«, fragte ich.

Tschüge zuckte mit den Schultern. »Ich glaube schon. Zumindest bin ich sehr verwirrt. Ich kann nicht mehr richtig schlafen. Wenn ich mit ihr unterwegs bin, habe ich Schiss, etwas Falsches zu sagen, und sage dann lieber gar nichts mehr.« Er sah mich an, Tränen in den Augen. »Ich weiß nicht, was ich tun soll, wenn sie Nein sagt. Ich glaub, dann verschwinde ich. Ab in die Stadt. Oder grad ganz …« Er schluckte schwer.

Ein leiser Schauer überkam mich. So offen hatte schon lange nicht mehr jemand mit mir gesprochen. Tschüge hatte Gefühle, echte Gefühle, große Gefühle, und alles, was ich spürte, war Neid. Neid, dass er so richtig in Leila verknallt war. Ich hasste mich dafür, dass ich ihm das nicht gönnen konnte. Und ich hasste ihn dafür, dass ich mich hasste.

»Entweder oder«, sagte ich schnell.

Tschüges Pupillen weiteten sich. Wortlos schüttelte er den Kopf, als würde er schon wissen, was jetzt kommen würde. »Nein«, sagte er langsam. »Nicht noch einmal.«

»Entweder Leila oder ich«, fuhr ich fort.

»Oder was?«, sagte Tschüge.

»Oder du rennst über die Brücke.«

Tschüge sah mich mit seinen großen traurigen Hundeaugen an. Ich konnte nicht feststellen, was in ihm vorging.

»Warum tust du das?«, fragte er.

»Du hast es geschworen«, entfuhr es meinem Mund. »Dass wir immer ein Team sind. Immer zusammenhalten. Double Trouble. Weißt du nicht mehr?«

Tschüge nickte. »Ich weiß es noch.«

»Dann antworte!«, rief ich und packte ihn an den Schultern. »Sie oder ich? Sie oder ich? SIE. ODER. ICH.«

Ich weiß nicht, was ich erwartet hatte, wie Tschüge reagieren würde. Ich hatte nur an die Antwort gedacht, an die Klarheit und gnadenlose Endgültigkeit, die sie mit sich brachte. Und dass ihn seine Höhenangst in die richtige Richtung lenken würde. Zu mir.

Tschüge stand wortlos auf.

»Wohin gehst du?«, rief ich und verstummte dann.

Tschüge war zur Hängebrücke gerannt, hatte sich zwischen der Absperrung durchgequetscht und bewegte sich nun Fuß für Fuß vorwärts. Fast augenblicklich hörte ich das Knarzen der Seile, irgendwo klackerte loses Metall.

Ich sprang auf. »Tschüge!«

Er hob nur die Hand. »Halts Maul.«

»Dreh um. Das ist gefährlich.«

Er schritt weiter, konzentriert und vorsichtig wie ein Hochseiltänzer. »Du wolltest es doch so.«

Ich schüttelte den Kopf. »Ich wollte nur, dass du zugibst, dass dir Leila wichtiger ist.«

Tschüge machte einen weiteren Schritt. Die Seile ächzten laut. »Ist sie nicht«, rief er. »Ich will mich nicht entscheiden!« Er tat noch einen Schritt. »Ein Scheißspiel ist das! Das Leben ist k–«

Dann gab es einen Knall, und wie bei einem Zaubertrick war Tschüge verschwunden.

Es sollte Tage dauern, bis Tschüge seinen verstauchten Fuß wieder belasten konnte, und Wochen, bis seine letzten Kratzer an den Armen verschwunden waren. Unsere Freundschaft aber hatte einen schwereren Schlag erlitten. Es war das letzte Mal, dass wir zu zweit etwas unternahmen oder das Entweder-oder-Spiel spielten.

8

In der Nacht hatte ich nicht schlafen können. Ich hatte mich hin und her gewälzt, doch wohin ich auch schaute, da saß sie schon, die Eifersucht, und verströmte ihr betörendes Gift. Diese ganze Fahrt war von Anfang an zum Scheitern verurteilt gewesen. Leila war mit Tschüge und seinen Spermien unzufrieden gewesen und hatte in meinen Armen Trost gefunden – und vielleicht eine Lösung für ihren Kinderwunsch. Aber weil sie ihr Leben nicht aufgeben wollte, hatte sie ihm das Kind als seins verkauft und Tschüge und mich auf eine Reise geschickt, damit wir uns wieder versöhnten. Damit am Ende alles gut würde. War es aber nicht. Nichts war gut. Es gab nur noch Ruinen einer Freundschaft. Es gab keine Liebe. Es gab kein gemeinsames Kind. Diese Hochzeit war ein einziges Schauspiel, und ich hatte keine Lust auf meine Rolle als Statist.

Als die ersten Sonnenstrahlen durch die Läden fielen, schlich ich in Jovanas Zimmer und weckte sie.

Sie blinzelte mich an. »Was ist los? Geht ihr schon?«

Ich schüttelte den Kopf. »Lass uns einen Ausflug machen.«

Sie nickte, als bedürfte es keiner weiterer Fragen. Lautlos zog sie sich etwas über und folgte mir. Ich setzte mich im Cinquecento ans Steuer, startete den Motor und steuerte ziellos durch den Wald. Die kühle Luft vertrieb allmählich die Fahrigkeit aus meinem Kopf.

Jovana musterte mich von der Seite. »Was ist los mit dir?«, fragte sie.

»Was wäre, wenn ich bei euch bleiben würde?«, fragte ich und war selbst überrascht von diesem Gedanken.

Jovana stutzte. »Bei Senstampilo? Hier in Sarajevo?«

Ich nickte. »Das wäre doch schön, oder? Ich könnte euch bei den Missionen helfen. Vielleicht mein filmisches Können für das Gute einsetzen.«

Jovana schwieg. Vorsichtig sah ich zu ihr. Sie hatte die Augen nun fix auf den Seitenstreifen geheftet. »Und warum?«, fragte sie in neutralem Ton.

Ich zuckte mit den Schultern. »Weil es mir hier gefällt. Weil man etwas bewirken kann. Ich weiß, du willst mit niemandem zusammen sein. Das musst du auch nicht. Aber ich könnte einfach in deiner Nähe sein. Wir könnten schöne Momente erleben.«

»Ich weiß nicht«, sagte sie. »Was sollte das bringen?«

»Du hattest recht, weißt du«, sagte ich. »Die Liebe gibt es nicht. Und darum braucht es mich auch nicht bei dieser Scheißhochzeit.«

Jovana drehte wieder den Kopf zu mir. Ich spürte ihren unnachgiebigen Blick auf mir. »Was ist passiert?«, fragte sie. »Warum willst du plötzlich nicht mehr zu der Hochzeit?«

»Ich hab einfach keinen Bock auf diesen Liebeskram.«

»Ist es meinetwegen?«

Ich schüttelte den Kopf.

Ein Schatten huschte über Jovanas Gesicht. »Jetzt verstehe ich: Du bist eifersüchtig.«

Ich zuckte zusammen. Natürlich lag sie richtig, das wusste ich bereits. Aber nicht so, wie ich immer meinte. Ich war nicht eifersüchtig auf Tschüge, weil er mit Leila zusammen war. Ich war eifersüchtig auf die Liebe, die sie füreinander empfanden.

»Warum lässt du deine Freunde im Stich?«, setzte Jovana meine Gedanken laut fort. Ich bog links ab, und plötzlich standen wir wieder vor der Mauer mit der Grinsekatze. Ich war im Kreis gefahren. Und so fühlte ich mich auch.

»Du musst Tschüge dort hinbringen«, sagte Jovana. »Du hast es versprochen. Das ist das Mindeste, was du tun kannst. Und wenn du danach immer noch hierherkommen und bleiben willst, gibt es schon eine Lösung.«

Ich schüttelte den Kopf. »Belmondo würde etwas anderes tun. Er würde hart bleiben und zeigen, dass man so nicht mit ihm umgeht.«

Sie sah mich an. »Du bist nicht Belmondo. Warst du nie und wirst du nie sein. Du bist Nino, du bist besser. Du musst deinen Platz im Leben selbst finden. Wir können dir nicht dabei helfen und Belmondo auch nicht.«

Vor dem Haus stand bereits Tschüge mit gepackter Tasche und kratzte sich am Kopf. »Ich hatte schon befürchtet, dass du ohne mich gefahren bist.«

»Ohne Jovana wäre ich das vielleicht auch.«

Tschüge sah mich an und runzelte die Stirn, sagte aber nichts.

»Pack deine Sachen in den Kofferraum. Wir fahren.«

Tschüge nickte. Dann zeigte er auf eine kleine Umhängetasche am Hals. »Dieses Mal habe ich vorgesorgt und trage alles Wichtige bei mir.«

»Die Ringe auch?«

Tschüge nickte.

»Aber es wäre doch meine Aufgabe …«, holte ich aus, aber Tschüge winkte ab.

»Wenn sie wegkommen, ist es am Ende ja mein Problem. Sicher ist sicher.«

Ich wandte mich zu den anderen, die dazugekommen waren, um uns zu verabschieden. »Wo ist Spiro?«, fragte ich und schaute mich suchend um. Ich bemerkte, dass ich ihn in den letzten Tagen kaum noch gesehen hatte.

»Eccolino, mein Freund«, hörte ich seine Stimme und sah, wie er gemeinsam mit Ari aus dem Gebäude trat. Er kam zu uns und umarmte mich. »Gute Reise!«, sagte er fröhlich.

»Du kommst nicht mit uns?«, fragte ich.

»Nein. Wisst ihr, ich habe mich in den vergangenen Tagen viel mit Ari unterhalten. Ich werde zu meinen Eltern fahren und ihnen alles erzählen. Ari wird mitkommen. Er möchte mich unterstützen.«

»Ich bin froh, wenn ich endlich mal für etwas Wahres bürgen kann, nicht immer nur für Fälschungen«, sagte Ari und lächelte Spiro an.

»Das klingt nach einem guten Plan, mein Freund«, sagte Tschüge und umarmte ihn. »Wir bleiben ja in Kontakt.«

Ich bemerkte, wie mir diese Bemerkung einen kleinen Stich versetzte. Meine Enttäuschung darüber, dass Spiro und nicht ich der Pate des Kindes sein würde, meldete sich leise zurück.

Dann trat ich auf Jovana zu und umarmte sie. Sie roch noch besser, als ich es in Erinnerung hatte.

»Machs gut«, sagte ich. »Danke dir und deinen Leuten für alles. Rettet die Welt für uns, ja?«

Die Zahnlücke blitzte auf, als sie lächelte. »Ich gebe mein Bestes, Nino.«

Dann fuhren wir los.

»Jetzt sind wir also wieder zu zweit unterwegs«, sagte Tschüge. Er saß auf dem Beifahrersitz und kurbelte das Fenster herunter.

»So wie das eigentlich gedacht war«, gab ich zurück. Es klang vorwurfsvoller, als ich es gewollt hatte, doch sosehr ich es versuchte, ich konnte das Gespräch zwischen Tschüge und Spiro nicht ganz verdrängen.

»Soso. Herr Belmondo ist wieder grummelig. Damit ist dann wirklich alles wieder wie am Anfang. Komm schon, zwei Freunde auf der letzten Etappe ihrer Reise!«

Ich zuckte mit den Schultern. »Vielleicht ist Freundschaft so wenig real wie die Liebe.«

Tschüge verzog sein Gesicht. »Alles, was wir erlebt haben, hat dich nicht davon überzeugt, dass wir Freunde sind?«

»Unsere Freundschaft war schon immer eine Lüge. Wir haben uns gegenseitig gebraucht. Wir waren Fonsi und Zückerchen! Nicht weil wir es wollten. Weil uns die anderen dazu gemacht haben. Wir waren zwei Außenseiter, die zusammen ein bisschen weniger allein waren – mehr nicht. Und schau uns an. Wir sind es immer noch! Du hast keine besseren Freunde, deshalb musst du mich als Trauzeugen anfragen. Wie verzweifelt kann man sein!«

Tschüge kaute auf seiner Unterlippe. »Geht es um Leila? Bei alldem hier – geht es immer noch um Leila?«

»Nein.« Ich seufzte. »Ich weiß es nicht.«

»Warum magst du sie eigentlich nicht?«

Ich wollte gerade etwas entgegnen, wie falsch die Frage war, als hinter uns in hohem Tempo ein tiefergelegter Mazda auffuhr und zum Überholen ansetzte. Hinter dem Steuer saßen zwei junge Männer in Muskelshirts. Ich trat auf das Gas und steuerte nach links. Der Mazda bremste ab.

»Himmelherrgott«, sagte Tschüge, der meinem Blick gefolgt war. »Geben die denn nie auf?«

Der Mazda tat alles, um irgendwie vor uns zu kommen, und hatte, gerade am Berg, deutlich mehr Kraft dafür. Ohne Hilfe würden wir ihnen nicht entkommen.

»Ruf Jovana an«, sagte ich.

Tschüge wählte die Nummer und hielt mir das Telefon ans Ohr. Ich erklärte Jovana die Lage.

»Diese Mistkerle haben euch abgepasst.« Jovana klang besorgt. »Wo seid ihr?«

Wir fuhren an einem rostigen Schild vorbei, auf dem die olympischen Ringe zu sehen waren.

»Bei der Bobbahn!«, rief ich.

»Versteckt euch ganz oben, du weißt, wo. Wir kommen«, sagte Jovana und legte auf.

Ich bemerkte einen Wegweiser mit dem Piktogramm eines Viererbobs und folgte ihm mit schlitternden Reifen. Die Straße war nun breiter, und es gab vereinzelt Gegenverkehr. Der Mazda klebte an unserem Heckspoiler wie ein bissiger Hund. Gelegentlich scherte er aus, um zu überholen, aber ich zog immer sofort rüber, sodass sie sich zurückfallen lassen mussten, wenn sie nicht direkt in uns reinfahren wollten. Links und rechts von uns sauste der Nadelwald vorbei.

»Wieso hasst du Leila?«, rief mir Tschüge zu, in dem Versuch, den heulenden Motor zu übertönen.

»Ich hasse Leila nicht«, rief ich zurück. »Keine Ahnung, wie du darauf kommst.«

»Ich merke einfach, wie du sie meidest.«

Ich schnaubte. »Ich *war* mal sauer auf sie. Sie hat mir meinen besten Freund gestohlen.«

Der Mazda preschte nach links auf die Gegenfahrbahn, und ich riss das Lenkrad ebenfalls nach links.

»Gestohlen? Ich bin doch kein Auto.«

»Weißt du noch, wie wir uns versprochen haben, dass wir immer füreinander da sein würden?«

»Ja klar, nach Salvis Beerdigung, in eurem Garten. Ich war doch immer da. Achtung!«

Vor uns tauchte ein Lastwagen auf und raste hupend auf uns zu. Ich riss das Steuer wieder nach rechts.

»Leila. Du hast sie in unsere Welt gebracht. Plötzlich war sie da und ist nicht mehr weggegangen.«

»Ich dachte, wir wären einfach alle Freunde«, sagte Tschüge. »Ich dachte, du wolltest sie auch in deiner Nähe haben.«

»Ich habe mich ausgeschlossen gefühlt. Plötzlich stand sie mit dir bei deinem Vater in der Metzgerei und nicht mehr ich.«

»Da kannst du von Glück reden«, rief Tschüge. »Um ein Haar hätten uns die Hooligans erwischt.«

Vor uns kündigten Schilder die Bobbahn an. Ein Bild zeigte die Zieleinfahrt im Winter. Gleichzeitig weitete sich die Straße, und neben uns taten sich die verwaisten Parkplätze auf.

»Du checkst echt nichts. Das waren nicht die Hooligans. Das war ich.«

Der Mazda scherte auf die Parkplätze aus und gab Gas, um uns von rechts zu überholen. Ich bremste ab, riss das Steuer nach links und bog auf einen Fußweg ab, neben dem ein Pfeil zur Bahn zeigte. Die Muskeltonis schossen an uns vorbei und waren Sekunden später aus unserem Blickfeld verschwunden.

»Spinnst du!?«, schrie Tschüge, und ich wusste nicht, ob er die Sache mit dem Schaufenster meinte oder meine halsbrecherische Aktion. Die Straße war so uneben, dass mir schwindelig wurde. Der Cinquecento rüttelte wie bei einem

Erdbeben, und ein paar Mal rumste es, sodass ich schon Angst bekam, wir hätten den Auspuff verloren oder einen Hasen überfahren. Der Weg wurde enger, und an den Seiten brachen Zweige und Äste ab.

»Scheiße«, rief Tschüge und zeigte auf ein Schild, das uns bekannt vorkam. »Schon wieder ein Minenfeld.«

Ich zuckte mit den Schultern und staunte selbst über den Fatalismus, den die Situation in mir weckte. Plötzlich war alles egal. Wir bretterten über einen Fußweg inmitten eines ehemaligen Kriegsgebiets, ein paar irre Neonazis jagten hinter uns her, und zwischen meinem ehemals besten Kumpel und mir lagen die unausgesprochenen Wahrheiten wie Minen. Ich seufzte und sah Tschüge an. »Wenn wir so tolle Freunde sind: Wieso werde ich dann nicht der Pate deines Kindes?«, rief ich ihm zu.

Tschüge sah mich irritiert an. »Wie meinst du das jetzt?«

»Wenn du glaubst, dass ich kein guter Götti bin, solltest du deinen neuen besten Freund Spiro auch als Trauzeugen nehmen. Und vielleicht sollte er dich auch gleich fahren. Ich bin hier anscheinend nur der Chauffeur.«

Das Gelände wurde steiler, und ich musste in den ersten Gang wechseln, um überhaupt noch vorwärtszukommen. Hier würden die uns mit ihrem tiefergelegten Mazda sicher nicht mehr folgen können.

Tschüge schüttelte den Kopf. »Du verstehst echt gar nichts. Du bist mein Trauzeuge, der zweitwichtigste Mensch überhaupt. Ohne dich will ich nicht heiraten.«

Plötzlich war der Weg zu Ende, und wir standen mitten auf der Bobbahn. Links ragte der Startturm auf, auf dem Jovana und ich vorgestern noch einen »schönen Moment« gehabt hatten, wie sie das nannte. Rechts vor uns führte das brüchige, lückenhafte Betonskelett der Bahn auf zwei Meter hohen Pfeilern den Berg herunter. Rundherum ragten Tannen aus dem Boden.

»Und jetzt?«, sagte Tschüge alarmiert. »Hier geht es nicht weiter. Und da runter«, er zeigte auf die Bahn, »das wäre lebensmüde.«

Ich sah nach hinten und schaltete den Motor aus. »Ich glaube, wir sind sie los.«

Tschüge räusperte sich. »Hör mir mal zu. Spiro ist nett und alles. Aber ich will nicht ihn als Trauzeugen. Ich will dich. Du bist seit Anfang unserer Beziehung dabei. Einen besseren Zeugen kann ich mir nicht vorstellen. Und du redest ständig alles schlecht. Mich, dich, uns. Du kannst mich noch so verleugnen, du kannst mich ignorieren, mich anlügen, auf mich herabsehen – doch uns wird immer etwas verbinden. Du bist mein bester Freund. Warst es immer, trotz allem. Wirst es immer sein. Wir sind Tschüge und Belmondo. Wir sind Double Trouble. Wenn du glaubst, wir sind Fonsi und Zückerchen, dann haben die anderen gewonnen.« Tschüge öffnete die Beifahrertür und stieg aus. »Ich lauf mal ein Stück die Bahn runter und schaue nach, ob ich die Typen von dort sehe. Wartest du auf mich, oder muss ich damit rechnen, dass du wieder Steine schmeißt?«

Ich schüttelte den Kopf und drehte mich um. Keine Spur vom Mazda. Dann sah ich Tschüge zu, wie er vorsichtig den von Tannennadeln bedeckten Boden der Bobbahn hinunterschlitterte. Es sah aus, als würde er eine riesige Röhre betreten und jeden Moment abgesogen werden.

Tschüges Worte zogen mir den Stecker. Er hatte recht. Die anderen sollten nicht entscheiden, wer ich war. Ich musste das selbst tun. Mein ganzes Leben wollte ich jemand anders sein – ein starker, unabhängiger Mann; ein Fels in der Brandung, wie Papà, wie Belmondo. Ich fuhr über das weiche Leder des Sitzes, sog den Karamell-Tabak-Geruch ein und dachte an Nonno. Er hatte mir den Namen gegeben. Und ich wusste, dass er mir damit ein Schutzschild hatte geben wollen. Aber ich brauchte kein Schutzschild mehr. Ich war nicht Belmondo. Ich war Nino Malatesta, der verträumte Mann mit Narbe aus dem Berner Oberland. Ich war kein harter Fels, ich war das Wasser, war die Brandung selbst. Ständig aufgewühlt. Schäumend vor Mitleid, wenn Ungerechtigkeiten passierten. Schwappend vor Tränen der Zuneigung. Mit einem Orchester voller Gefühle. Und dieses Orchester spielte gerade vertraute Melodien, von Freundschaft, von Liebe, von Zärtlichkeit.

Tschüge kam gerade bei der ersten Kurve der Bahn an, als er zusammenzuckte, umkehrte und in meine Richtung rannte. Sekunden später stürzten zwei Muskeltonis um die Kurve, ringten Tschüge zu Boden und begannen, auf ihn einzudreschen. Einer verpasste ihm Tritte, der andere kniete auf Tschüges Brust und schlug mit der Faust zu.

Was sollte ich tun? Noch vor Minuten hätte ich Tschüge am liebsten selbst eine reingehauen, aber jetzt war er in Not – und die Kerle kannten kein Pardon. Vor meinem inneren Auge blitzte Tschüge auf, wie er auf dem Rad der alten Mühle stand und auf seiner Lippe kaute, statt zu fliehen. Wie er in den Fluss sprang, aus dem Wasser schnellte und mir mit erhobenen Fäusten zur Seite stand. Und ich spürte, was ich damals spürte: das süße, dickflüssige Gefühl, einen Freund zu haben. Und plötzlich wusste ich, was zu tun war. Ich musste tun, was Nino Malatesta tun musste.

Ich löste die Handbremse, zog den Choke, startete den Motor und steuerte direkt auf den Start zu.

»Schweiz eins am Start«, hörte ich mich sagen.

Dann ging es runter.

Dafür, dass der Cinquecento kein Bob war, hielt er sich verdammt gut in der Bobbahn. Er nahm schnell an Fahrt auf und schoss die Strecke hinunter und direkt auf die Typen zu, die auf Tschüge knieten und ungläubig ihre Köpfe hoben. Links und rechts von mir sah ich Funken sprühen, und das unglaublich hässliche Geräusch von Metall auf Beton sagte mir, dass der Cinquecento wohl einen Hauch zu breit war für die regelmäßige Teilnahme an den Bobweltmeisterschaften.

Die Männer sprangen auf und stürzten sich über die Mauer zwei Meter hinunter ins Gestrüpp. Nun lag nur noch Tschüge vor mir. Die Erleichterung in seinen Augen wich blankem Entsetzen, als er bemerkte, dass ich noch immer auf ihn zuraste. Ich zog die Handbremse und riss das Steuer nach links, um ihm auszuweichen. Der Wagen schlitterte knapp an Tschüge vorbei und die abgerundete Steilwand der ersten Kurve hoch, wurde immer langsamer, bis er fast stillstand, kippte dann wie in Zeitlupe nach hinten und krachte mit dem Dach voran zurück auf die Bahn, wo er wie ein betäubter Käfer liegen blieb. Das Geräusch des Aufpralls klang ein wenig so, wie wenn man eine leere Bierdose plättete.

Mein Herz raste. Ich löste den Gurt und fiel auf den Nacken. Um durch ein Fenster einen Blick auf Tschüge zu bekommen, drehte ich mich. Ich sah die Kurve – doch Tschüge war nirgends. Dann hörte ich, wie jemand die Tür aufriss.

»Belmondo, Mann, lebst du noch?«

Ich lächelte Tschüge zu. Er hatte ein geschwollenes Auge und eine Kratzwunde an der Stirn, an der eine schmale Blutspur runterlief.

»Ich denke schon. Und du?«

Er zuckte mit den Schultern. »Sind nur ein paar Kratzer.«

Dann zog er mich aus dem Cinquecento, stellte mich auf und umarmte mich. »Himmelherrgott, was bist du nur für ein Spinner.«

»Du hattest recht«, flüsterte ich. »Ich war ein Idiot.«

Von weiter unten hörten wir ein röhrendes Geräusch, und kurz darauf kamen uns auf der Bobbahn Jovana und Sanela auf Motorrädern entgegen.

»Was ist denn mit euch passiert?«, sagte Jovana.

»Belmondo wollte den olympischen Rekord brechen.« Tschüge versuchte ein Grinsen.

»Wohl eher seine Knochen.« Jovana begutachtete ungläubig das Auto.

»Nennt mich Nino«, sagte ich. »Belmondo ist da oben geblieben.«

»Okay.« Tschüge sah mich irritiert an. »Was ist mit den Muskeltonis?«

Jovana winkte ab. »Die haben das Weite gesucht, als sie uns gesehen haben. Und an eurem Auto haben sie nun wohl auch kein Interesse mehr, wenn ich es mir so anschaue.«

Gemeinsam mit Sanela und Tschüge drehten wir den Cinquecento wieder auf die Räder. Das Dach war ein wenig eingedrückt und die beiden Seiten abgeschliffen. Durch die Frontscheibe zog sich ein langer Riss, das Fenster auf der Beifahrerseite war zerborsten, und ein Seitenspiegel hing runter.

Tschüge seufzte. »Himmeltraurig sieht er aus.«

»Zum Glück muss Nonno das nicht mehr erleben.« Ich startete den Motor, doch nichts passierte.

»Scheiße«, fluchte Tschüge.

»Ich ruf mal unseren Kollegen aus dem Haus an. Der kann so ziemlich jeden Motor reparieren«, sagte Jovana und zückte ihr Handy.

Eine Stunde später tauchte der bärtige Typ auf, den wir schon in Tarnkleidung auf dem Baum gesehen hatten. Er hatte eine Werkzeugkiste dabei, mit der er sich am Motor an die Arbeit machte.

Es war bereits Mittag, als er den Schlüssel drehte – und das gewohnte Tuckern zu hören war.

Tschüge sah auf die Uhr und räusperte sich. In sieben Stunden war es so weit. In sieben Stunden würden sich Leila, ihre Mutter und Tschüges Eltern ungeschminkt zum Probedinner treffen und alle Abläufe durchgehen. Wenn wir dann nicht da waren, mussten wir gar nicht mehr auftauchen – das war so klar wie der Thunersee. Sieben Stunden also. Die Uhr tickte.

Kaum waren wir endlich losgefahren, klingelte auch schon Tschüges Handy. »Das ist Leila.« Tschüge ging ran. »Hallo, Schatzi! Ja, also, wir sind unterwegs. Noch in Bosnien, leider. Der Verkehr hier ist *furchtbar*, sag ich dir. Und wir hatten einen kleinen Un– Hm? Ja, also, für wann ist das Essen denn genau vorgesehen? Oh! So früh? Ich dachte, im Balkan isst man später ... Hast du mir das nicht immer ... Ja. Okay. Ja, also bis sieben schaffen wir es wohl nicht. Wird eher so Mitternacht. Ist noch etwas dazwischengekommen. Erzähl ich dir dann ... Verrückte Geschichte, sag ich dir ...«

Dann sagte er nichts mehr und hörte bloß zu. Auch wenn er das Handy ans Ohr hielt, konnte ich Leilas aufgebrachte Stimme hören.

»Ja, Schatz ... Ja, klar! Nee, klar. Sieben Uhr schaffen wir. Ich liebe dich auch. Ja, bis gleich!«, säuselte Tschüge. Dann senkte er den Arm.

»Sieben Uhr schaffen wir nie«, sagte ich.

»Ich weiß«, gab Tschüge zurück.

Wir fuhren, so schnell wir konnten. Der Wind pfiff uns um die Gesichter, unsere Augen tränten, und es war so laut, dass wir uns nicht unterhalten konnten. Aber es war auch alles gesagt. Oder nicht? Schließlich stand immer noch ein Geheimnis zwischen uns.

Meine Erkenntnis, dass ich Tschüges Freund sein wollte, hatte etwas Erleichterndes. Gleichzeitig war mir klar, dass das Verhältnis zwischen uns gestört war, solange Leila und ich ihm nicht die ganze Wahrheit sagten. Ich dachte an Salvi und Papà und die Geheimniskrämerei zwischen ihnen – und wie alles endete.

Ich sah zu Tschüge. Mit Schrammen im Gesicht, das eine Auge blau unterlaufen, saß er am Steuer und blickte starr auf die Straße vor sich. Konnte ich ihn vor der Wahrheit beschützen und trotzdem für ihn da sein?

»Hm? Was?« Ich erschrak, als Tschüge mich weckte. Anscheinend war ich irgendwann eingedöst, und Tschüge war auf einen Parkplatz gefahren, um eine kurze Pause zu machen. Es wurde bereits dunkel draußen.

»Hör mal, ich muss dir noch etwas sagen, bevor wir in Prizren ankommen«, sagte er und schaute mich mit betretener Miene an. Anscheinend war er nicht der Einzige hier im Auto mit einem Geheimnis. »Ich weiß, du bist nicht gerade gut auf deinen Vater zu sprechen. Er und ich hatten in den letzten Jahren ziemlich viel miteinander zu tun, und deshalb habe ich ihn auch zur Hochzeit eingeladen.«

»Papà wird auch da sein?«

Tschüge nickte. »Ist das okay für dich?«

Ich zuckte mit den Schultern. »Ich denke schon. Ich wusste nur nicht, dass ihr so eng seid.«

»Über den Fußball halt. Und … ich helfe ihm manchmal.«

»Wobei?«

Tschüge räusperte sich. »Hast du eigentlich jemals erfahren, warum sich Salvi damals das Leben genommen hat?«

Weil er krank im Kopf ist, schallten mir Papàs Worte durch den Kopf. »Weil Italien verloren hatte, haben wir immer angenommen. Aber das fand ich nie wirklich überzeugend.«

Tschüge schnaubte. »Ja, das war sicher nicht die ganze Wahrheit. Salvi war pleite. Er hatte massive Spielschulden.«

»Was? Das wusste ich nicht. Hat er gewettet?«

Tschüge nickte. »Um sehr viel Geld.«

»Woher weißt du das?«

Tschüge räusperte sich. »Salvi hatte meinem Vater Geld geschuldet. Vielen im Dorf. Aber uns besonders viel.«

Ich sah ihn schockiert an. »Ich hatte keine Ahnung.«

»Ich auch nicht. Alle haben geschwiegen. Ich habe es erst erfahren, als ich die Buchhaltung in der Metzgerei übernommen und da Merkwürdiges entdeckt habe.«

»Dein Vater hat nie was gesagt?«

Tschüge schüttelte den Kopf. »Aber das ist nicht alles.«

»Was meinst du?«

»Es gibt da noch jemanden mit erheblichen Schulden.«

Ich holte tief Luft. »Papà?«, fragte ich. »Papà hat Schulden bei euch?«

Tschüge kaute nervös auf seiner Unterlippe und starrte auf die Straße. »Bei mir.«

»Du hast ihm Geld gegeben? Zum Wetten? Was zur Hölle hast du dir dabei gedacht?«, rief ich.

Tschüge schaute mich unwirsch an, seine Stimme blieb aber ruhig. »Als ich die Metzgerei übernommen habe, stand er schon tief in der Kreide bei uns. Hätte ich da einfach sagen sollen: Schluss, fertig, Guido, jetzt zahlst du alles zurück, sonst zeige ich dich an?«

»Wie viel?«, fragte ich.

»Puh. Zu viel«, sagte Tschüge.

»Sei ehrlich!«, forderte ich. »Was schuldet er euch?«

»Vierzigtausend«, flüsterte Tschüge.

Mir verschlug es die Sprache. Mein Vater hatte vierzigtausend Franken verspielt. Geld, das nicht einmal ihm gehört hatte. Ob Mammà davon wusste? Ich war unglaublich sauer auf ihn und hatte gleichzeitig ein schlechtes Gewissen. War das der Grund für Papàs schlechte Laune gewesen? Warum er plötzlich nach Italien auswandern wollte?

»Ich werde mit ihm sprechen«, sagte ich. »Er muss die Verantwortung dafür übernehmen. Ihr kriegt euer Geld wieder, versprochen.«

Tschüge seufzte. »Deshalb hab ich es dir nicht gesagt. Er wird es schon irgendwie schaffen.«

»Warum hast du es mir dann gesagt?«, fragte ich ein wenig zu aggressiv. Die ganze Situation machte mich wütend. Gerade erst hatte ich meinen besten Freund zurück, da warf mir Papà einen neuen Stein in den Weg.

»Weil ich nicht wollte, dass zwischen uns noch Geheimnisse stehen.«

»Ich fasse es einfach nicht«, sagte ich aufgebracht. »Wo ein Wille, da ein Weg. Ein Mann muss tun, was ein Mann tun muss. Fressen oder gefressen werden. Man darf nie jemandem auf der Tasche liegen. Kommen dir diese Sätze bekannt vor?«

Tschüge nickte.

»Papà hat sie mir eingebläut. Meine ganze Kindheit lang hab ich versucht, so zu sein, wie er es wollte. Und jetzt sagst du mir, dass er sich selbst nie daran gehalten hat?«

»Vielleicht wollte er dich vor seinen eigenen Fehlern schützen«, sagte Tschüge.

Ich blickte ihn an.

»Er wollte immer nur das Beste für dich«, fuhr er fort. »Sprach immer nur in höchsten Tönen von dir. Der zweite Fellini würdest du werden, oder Pasolini? Irgendein Lini auf jeden Fall.«

»Wahrscheinlich meinte er Tortellini.«

»Jetzt tust du dir unrecht. Er war stolz auf dich. Vielleicht war das seine Art, ein guter Vater zu sein.«

»Eine sehr beschränkte Art«, sagte ich, und doch war ich überrascht, welchen Anklang Tschüges Worte in mir fanden. Ich hatte immer nur meine Defizite durch die Augen meines Vaters gesehen, nie sein eigenes Verfehlen. Ich hatte während meiner ganzen Kindheit nie daran gedacht, dass mein Vater etwas nicht konnte, dass er Fehler hatte, vielleicht litt. Natürlich tat er das. Allein der Tod seines besten Freundes musste ihn wahnsinnig einsam gemacht haben. Wie hatte er das all die Jahre kompensiert? Der Gedanke an meinen Vater und seine Einsamkeit übermannte mich mit Mitgefühl und Traurigkeit. Mit Salvi war nicht nur sein Freund, sondern auch seine Freundschaft gestorben. Aus irgendeinem Grund haben sie sich gegenseitig immer weiter in die Tiefe gezogen, statt aus dem Schlamassel hinaus. Plötzlich verstand ich auch seine Wut am Abend von Salvis Begräbnis besser. Papà hatte sich schuldig gefühlt.

Ich sah Tschüge an. »Danke, dass du es mir gesagt hast.«

Ein Straßenschild kündigte Prizren in wenigen Kilometern an. Vom Kosovo hatten wir bislang kaum etwas mitbekommen, außer, dass die Straßenbeleuchtung miserabel war und um diese Zeit kaum Autos unterwegs waren. Nach unserer Pause hatten wir getauscht, und nun hing Tschüge auf dem Beifahrersitz. Wir hatten uns die ganze Zeit vorgestellt, wie wir bei bestem Tageslicht mit Fahnen und Trompeten im Schritttempo in die Stadt einfahren würden, wie gefeierte Seefahrer, die nach der Entdeckung neuer Erdteile in den heimatlichen Hafen zurückkehrten. Doch nun schlichen wir uns durch den Hintereingang rein wie Verlierer. Es war elf Uhr abends. Das Probeessen war längst vorüber, und unsere Familien befanden sich bei einem Empfang bei Leilas Onkel, der hier wohnte. Erst hatte Leila noch im Zehnminutentakt angerufen, aber irgendwann war auch ihr klar geworden: Wir würden es nicht rechtzeitig schaffen.

Als wir die Einfahrt des Anwesens von Leilas Onkel hinauffuhren, überkam mich ein fast wehmütiges Gefühl. Wie schnell alles plötzlich gegangen war. Und jetzt sollte es vorbei sein?

Ich seufzte. »Wir sind da.«

Tschüge lächelte. »Ja. Schade, irgendwie.«

»Und, wirst du was zu erzählen haben, auch wenn wir es nicht ins *Guinness-Buch* geschafft haben?«

Tschüge grinste. »Ich werde gar nicht alles erzählen können. Das waren die besten Tage meines Lebens.« Er packte mich an der Schulter und drückte mich fest. »Danke für alles.«

Ich winkte ab. »Ich war doch nur der Chauffeur.«

Tschüge lachte. »Du willst dich wohl aus der Verantwortung stehlen.«

Wir hatten den Cinquecento gerade vor dem Gebäude geparkt, da huschte schon jemand aus der Haustür. Tschüge sprang aus dem Wagen und öffnete die Arme. Ein kleiner Schatten warf sich mit Geschrei auf ihn. Tschüge strahlte über beide Ohren. Endlich hielt er seine Leila wieder in den Armen.

Ich sah zur Tür. Im gedämpften Licht des Eingangs stand Papà. Er rauchte und nickte mir zu. Ich ging zu ihm und umarmte ihn. Ich freute mich, ihn zu sehen, ein Gefühl, das ich bei ihm schon lange nicht mehr empfunden hatte.

»Ihr seid zu spät«, beschwerte sich Papà, offensichtlich überfordert von meiner Umarmung. »Und was zum Teufel habt ihr mit dem Cinquecento gemacht?«

»Eine lange Geschichte«, sagte ich.

Tschüge trug Leila auf dem Arm ins Haus. Und wie sie so vorbeischwebte, zwinkerte sie mir zu und hauchte mir ein Hallo entgegen. Ihre Haut hatte einen seidenen Glanz, und ihre Nägel überzog ein preiselbeerrotes Leuchten. Man sah ihr an, dass sie die letzten Tage im Schönheitssalon verbracht hatte. Von der Kraft, die mich noch vor Monaten magnetisch zu ihr hingezogen hatte, spürte ich allerdings nichts mehr. Ich winkte ihr zu.

Im Haus war der Empfang zu einer Party ausgeartet. Ich hatte erwartet, dass vielleicht noch ein paar weitere Verwandte Leilas auftauchen würden, aber tatsächlich waren es Dutzende von Tanten, Onkeln und Cousinen, die sich um die riesige Tafel im imposanten Speisesaal scharten. Sogar Leilas Bruder irrte in den Gängen umher. In der einen Ecke erkannte ich Leilas Mutter, tadellos herausgeputzt, und daneben, wie zwei Pandas im Affenhaus, Metzgermeister Helmiger und seine Frau. Sie waren sichtlich erfreut, mich zu sehen. Ich begrüßte sie, nahm die Schuld für die Verspätung auf mich und schob sie gleichzeitig auf die schlechten Straßenverhältnisse und den Cinquecento.

Sie nahmen es gelassen. »War ja nur die Probe«, dröhnte die tiefe Stimme von Tschüges Vater. »Solange morgen alles flutscht.«

»Dafür sorge ich höchstpersönlich«, sagte ich.

Als ich alle in der Runde begrüßt hatte, nahm mich Leila zur Seite. Sie gab mir zur Begrüßung einen Schmatzer auf die Wange. »Und, wie wars?« Ihre Knopfaugen schauten erwartungsvoll.

Ich zuckte mit den Schultern. »Schön wars.«

Leila verdrehte die Augen. »Geht es auch in mehr als zwei Silben?«

»Wir haben viel erlebt«, ergänzte ich. »Aber das muss dir Tschüge erzählen. Ich bin sicher, er kann es kaum erwarten.«

»Da bin ich froh«, sagte Leila. »Und, hast du ihm etwas gesagt?«

Ich schüttelte den Kopf.

Leila atmete erleichtert aus. »Gut.« Dann zog sie ihr Handy hervor und streckte es mir hin. Darauf waren die schwarzweißen Kleckse eines Ultraschallbilds.

»Von der letzten Untersuchung. Ich habe gefragt, ob es eine Lippenspalte hat.« Sie zeigte auf ihre Lippe, meinte aber meine.

»Und?«

Sie schüttelte den Kopf. »Alles normal.«

Jetzt war ich es, der erleichtert ausatmete. »Gut. Auch wenn es Schlimmeres gibt, weißt du. Narben sind wie Verzierungen – sie machen einen einzigartig.«

Sie lächelte und drückte mich. »Was ist denn mit dir passiert?«

»Wir müssen es ihm trotzdem sagen«, meinte ich. »Er ist unser Freund.«

Leila sah mich mit großen Augen an. »Tu es nicht. Oder

warte wenigstens noch ein paar Jahre. Bitte! Tu es für das Kind.«

Ich sah sie an. »Willst du nicht auch wissen, wer der Vater ist?«

Sie zuckte mit den Schultern. »Welchen Unterschied würde es machen?«

Das stimmte wohl. Für Leila war es unerheblich, weil sie nun hatte, was sie wollte. Einen Ehemann und ein Baby. Aber für mich war die Frage nach wie vor wichtig. Ein Seitensprung war ein Seitensprung. Den konnte man vergessen. Aber ein Kuckuckskind würde immer zwischen Tschüge und mir stehen. Unser Schweigen jetzt würde später alles noch schwieriger machen.

FÜNF

1

Der Morgenhimmel über Prizren trug ein wässriges Hellblau, die Amseln pfiffen von den roten Dächern, und Tschüge kaute mal wieder auf seiner Unterlippe. Er war bereits beim Friseur gewesen und band sich nun vor dem Spiegel ungelenk seine Krawatte. Immer wieder fuhr er unsicher mit der Hand über die merkwürdige Kombination aus Undercut und Bürstenschnitt. »Ich sehe aus wie ein Muskeltoni, oder? Sei ehrlich.«

Ich grinste. »Überhaupt nicht. Hast du die je in einem so schicken Anzug gesehen?«

Tatsächlich stand Tschüge der Anzug. Ein schillernder dunkelblauer Stoff, ergänzt durch eine traditionell bestickte Krawatte und ein besticktes Kavalierstuch. Leila hatte bei der Vorbereitung ganze Arbeit geleistet.

»Haben sie dich ...?« Ich zeigte auf sein Auge, das gestern noch blau umrandet war.

»Geschminkt.« Tschüge nickte. »Ich fühle mich wie ein Schauspieler. In diesem Anzug, mit der Maskerade – als würde ein besser aussehendes Double mich an meiner eigenen Hochzeit spielen.«

Ich räusperte mich. »Eigentlich wäre jetzt eine Fahrt mit dem lokalen Limousinen-Service geplant gewesen. Aber ich habe mir erlaubt, die einzig passende Limousine zu organisieren. Allerdings ungeschminkt.« Ich zeigte aus dem Fenster, auf den Cinquecento, der trotz seiner Schrammen und

Beulen einen so zufriedenen Eindruck machte wie ein Straßenköter.

Tschüge klatschte in die Hände. »Sehr gut!«

Als ich Tschüge im Cinquecento durch die Stadt steuerte, drehten sich alle Köpfe nach uns um.

»Bist du nervös?«, fragte ich.

Tschüge zuckte mit den Schultern. »Es kann ja eigentlich nichts schiefgehen. Oder hast du dir doch noch einen Weg überlegt, um die Hochzeit zu sabotieren?«

»Keine Sorge«, lachte ich. »Ich bin ganz Team Helmiger.«

Er klopfte mir auf die Schultern. »Weißt du, ich bin so froh, dass wir das alles geklärt haben. Es lebt sich irgendwie leichter, jetzt, wo alles ausgesprochen ist.«

Ich atmete tief ein. Wenn nicht jetzt, wann dann. »Weißt du …«

Tschüge sah mich mit großen Augen an. »Ja?«

Ich schluckte. »Nein, ich … Nicht so wichtig.«

Die Kirche war voll, als wir vorfuhren. Es war eine hübsche Kirche, nicht zu groß und nicht so überladen. An den Säulen hingen Blumenbouquets, und ein unsichtbarer Organist spielte gurgelnde Melodien. Tschüge sah gut aus. So gut wie noch nie. Der dörfliche Schlendrian war aus ihm entwichen, aufrecht schritt er durch den Mittelgang. Er sah aus wie ein richtiger Bräutigam, und er strahlte über beide Ohren.

Dann setzte die Orgel zum großen Marsch ein, und herein trat Leila in einem weißen Kleid mit langer Schleppe, die an den Enden von zwei in winzige weiße Anzüge gezwängte Jungen getragen wurde. Ein Raunen ging durch das Publikum, das sich von den Plätzen erhoben hatte. Leila schwebte über den Gang, ihren Bruder untergehakt, und vibrierte vor Stolz und Zuversicht.

Die Reden waren kurz und berührend. Leila nannte Tschüge ihren »Knuddelbären« und seine Arme den einzigen Ort, wo sie sich wirklich zu Hause fühle. Tschüge hatte einen Text vorbereitet, den er Satz für Satz über seine App laut übersetzen ließ, was den Pfarrer ein wenig irritierte, aber beim Publikum ganz gut ankam. Er nannte Leila seine »Honigmelone« und listete auf, was er nicht gut konnte (Serbisch, Gemüse kochen, fernzusehen, ohne dabei einzuschlafen) und was er konnte (Wursten, Buchhaltung, seinen Freunden ein guter Freund sein), um sich dann bei allen zu bedanken, die ihn unterstützt hätten. Vielleicht verdrückte ich eine Träne. Dann wurden sie getraut, und ich durfte die Ringe übergeben.

Wir verließen die Kirche und liefen das Flussufer entlang. Dort überquerten wir eine kleine Steinbrücke und kamen zu einem wunderschönen Anwesen mit Park, in dem auf einer Bühne eine Band ihre Instrumente stimmte. Kellner mit Fliegen trugen langstielige Gläser und Schälchen mit kleinen Häppchen umher. Dann begann die Band mit dem ersten Lied, und die Leute fingen zu tanzen an. Die nächsten Stunden prickelten angenehm vor sich hin. Nur gelegentlich spürte ich ein Zupfen in der Bauchgegend, etwa, wenn ich von Weitem Papà sah, wie er mit jemandem scherzte, oder beim Gedanken an Tschüge und was noch nicht ausgesprochen war.

Nach dem Abendessen kam Leila auf mich zu und zeigte in eine Ecke des Anwesens. »Ich glaube, du solltest dich um deinen Vater kümmern.«

Ich fand Papà hinter einer Hecke. Er saß zusammengesunken an einer Mauer. Das Jackett hatte er ausgezogen und die Krawatte gelockert. Neben ihm lag eine leere Weinflasche.

Er sah mich mit verklärtem Blick an. »Da ist er ja, mein Sohnemann.«

»Ciao, Papà. Gehts dir nicht gut?«

Er grinste leer. »Gut. Schlecht. Was heißt das schon?«

Ich setzte mich neben ihn. Die Mauer war noch warm von der Sonne, und es roch nach Flieder. Über uns färbte sich der Himmel allmählich in ein dunkles Violett. Ganz weit oben konnte ich einen Schwarm Mauersegler erkennen, die sich in der Dämmerung zu Sturzflügen trafen.

»Hast du gewusst, dass Mauersegler immer in der Luft sind?« Ich zeigte auf den Himmel. »Die essen da oben, schlafen da oben. Sind ohne Pause am Fliegen. Schön, oder?«

Papà nickte.

»Das weiß ich von einem Freund.«

»Reich sind nur die, die wahre Freunde haben«, sagte Papà wie im Affekt.

Ich musste grinsen. »Da hast du ausnahmsweise mal recht«, sagte ich und musterte meinen Vater. Wann, wenn nicht jetzt, dachte ich mir. »Vermisst du eigentlich Salvi?«

Papà spuckte neben die Mauer und schwieg. Fast schon hätte ich das Thema gewechselt, da sagte er: »Jeden Tag. Ich vermisse den Scheißkerl jeden Tag.«

»Was vermisst du?«

Papà schaute mich an, als wollte er prüfen, ob er mir die Wahrheit sagen könne. »Alles«, antwortete er. »Seine Sprüche. Seine beschissene gute Laune, die er immer hatte. Er war mein bester Freund.«

»Gibt es deshalb keine Fotos mehr von ihm zu Hause?«

Papà nickte. »Ich habe es nicht mehr ausgehalten, ihn anzusehen. Ich wollte ihn vergessen, den *stronzo*. Dass er uns alleingelassen hat, das verzeihe ich ihm nie.«

»Wusstest du, dass er Geldprobleme hatte?«, fragte ich.

Papà wich meinem Blick aus und nickte. »Alle wussten es«, sagte er leise. »Aber es war ja nicht schlimm. Wir hätten ihm helfen können.«

»Habt ihr darüber gesprochen?«

Er schüttelte den Kopf. »Darin waren wir nicht gut. Vielleicht hätten wir das tun sollen.«

»Das glaube ich auch«, sagte ich. »Und du: Warum hast du mir nicht gesagt, dass du Schulden hast?«

Papà stutzte. »Woher weißt du das?«

»Ein anderer Freund.«

»Wieso hast du auf einmal so viele Freunde?«, meinte Papà, und nach einer kurzen Pause: »Weiß es Mammà?«

»Ich glaube nicht.«

»Das Wetten erinnert mich an ihn«, seufzte er. »Wir haben zusammen Tausende von Franken gewonnen. Er war so ein Glückspilz. Meistens. Jetzt versuche ich, mit ihm zu sprechen, seine Zeichen zu lesen.« Dann packte er mich an den Schultern. »Du darfst es ihr nicht sagen«, sagte er. »Auf keinen Fall.«

»Sie muss es wissen«, sagte ich. »Wir sind eine Familie. Wir müssen es alle wissen. Damit nicht passiert, was bei Salvi passiert ist. Wir lassen dich nicht allein, Papà. Wir halten zusammen. Wir finden schon eine Lösung.«

Papà nickte, versuchte ein Lächeln. Er sah auf seine Hände, die zitterten, auch wenn er sie zu Fäusten ballte. Für einen Moment war absolute Stille. Dann fuhr ein Ruck durch seinen Körper, und aus seinem Mund drangen wimmernde Geräusche.

Papà weinte.

Sein Gesicht hatte jede Fassung verloren. Die Tränen liefen ihm über die Wange. Ich legte den Arm um ihn und versorgte ihn mit Taschentüchern.

Nach einer Weile sagte er: »Ich war ein miserabler Freund, weißt du. Und als Vater habe ich auch versagt. Ich habe versucht, dich auf diese Welt vorzubereiten. Aber irgendwie haben wir uns dabei verloren. Mit deinem Nonno war es ähnlich. Ich habe bis zu seinem Tod keinen Frieden mit ihm geschlossen.« Papà hielt sich seine Brust. »Ich hätte dem alten Mann sagen wollen, dass ich ihn liebe.«

»Ich bin sicher, er wusste das immer«, sagte ich.

Papà sah mich unsicher an. »Meinst du?«

Ich nickte. Dann kam mir plötzlich eine Idee. »Hast du in der nächsten Woche etwas vor?«

»Arbeiten, was sollte ich sonst vorhaben?«

»Wir könnten mit dem Cinquecento bis nach Istanbul fahren. So wie es sich Nonno immer erträumt hat. Nach einem kleinen Abstecher bei einem Mechaniker, natürlich, damit es nicht so zieht. Was denkst du?«

Papà lächelte. »Das klingt schön. Nur wir zwei?«

»Nur wir zwei.«

Ich half Papà auf, und Arm in Arm liefen wir zurück zum Tisch, wo ich ihn absetzte. Dann ging ich zurück und suchte sein Jackett.

Papàs Einsicht und seine Einsamkeit berührten mich. Es war eine Veranlagung, die ich auch in mir spürte, die vielleicht viele Männer spürten: sich abzukapseln, um nicht im sozialen Netz der Verbindlichkeiten hängen zu bleiben. Ob es Belmondo wohl auch so ergangen war? Ich hatte gelesen, er habe immer wieder geheiratet, aber sein Glück nie gefunden. Eine Szene aus *Außer Atem* kam mir in den Sinn. Die Figur von Jean Seberg fragte: »Was ist Ihr Lebensziel?« Und Belmondo antwortete: »Unsterblich werden. Und dann sterben.«

Ich wollte nicht so werden. Wollte nicht wie Papà bereuen, die Menschen, die mir wichtig waren, verschmäht zu haben. Ich wollte nicht wie Jovana sein, die für die ganze Welt da war, aber sich selbst zur Insel machte. Ich wollte lieben und vertrauen, wollte das Orchester in mir umarmen und ihm eine Bühne geben. Ich wollte ein Leben ohne Reue führen. Und das hieß: Ich musste es Tschüge sagen.

Doch wo war er nur?

Ich holte zwei Bier an der Bar und machte mich auf die Suche. Ich schaute überall auf dem Gelände, doch vergebens. Bis ich in die Nähe des Flusses kam und dort ein vertrautes Geräusch zu mir drang.

Flumptsch.

Die Abendsonne beschien gerade noch die Spitze eines Minaretts und das angrenzende Gebirge. Ein Teil des Flussbetts lag brach und enthüllte Inseln von kleineren und größeren Steinen. Auf einer dieser Inseln stand Tschüge, barfuß, die Schuhe am Ufer abgestreift, die Beine der blau schimmernden Anzughose hochgekrempelt, und warf Steine ins Wasser.

Ich kletterte die Steinmauer hinab ins Flussbett, streifte Schuhe und Socken ab und ging auf Tschüge zu.

»Bier?«, fragte ich.

Er zuckte zusammen und drehte sich um. »Du kannst Gedanken lesen.«

Ich klaubte einen Stein vom Boden auf und sah ihn mir an. Das Wasser hatte ihn glatt gespült und mit hellen Maserungen überzogen. Ich warf ihn in hohem Bogen in den Fluss.

Flumptsch.

»Du hast recht. Man fühlt sich danach leichter.«

Tschüge nickte und holte aus.

Flumptsch.

»Musst du mal wieder ein paar dunkle Gedanken versenken?«, fragte ich ihn.

»Ich habe nur ein wenig Ruhe gebraucht. So viele Leute, die etwas von einem wollen.«

»Das ist verständlich.«

Tschüge zeigte nach oben. Ein riesiger Schwarm von Vögeln formierte sich ein paar hundert Meter über uns zu einem schwirrenden Knäuel und umhüllte uns mit einem Chor aus Zwitschern. »Seit ich Spiro kenne, sind diese Viecher plötzlich überall.«

»Die waren schon immer da. Wir haben sie bloß nie gesehen.«

Tschüge seufzte. »All diese Dinge, die es gibt – von denen man nicht mal weiß, dass es sie gibt. Das macht mir irgendwie Angst.«

»Du prügelst dich mit Nazis, aber vor Mauerseglern hast du Angst?«

Tschüge verzog den Mund. »Vor denen doch nicht. Einfach vor dem, was kommt. Das Verheiratetsein. Das Baby. Ich weiß nicht mal, wie man so ein kleines Ding hält.«

Ich lächelte. »Du wirst das schon schaukeln. Ich kenne niemanden, der so gutmütig und sanft ist wie du.«

»Danke«, brummte Tschüge. »Du, heute im Cinquecento. Was wolltest du mir da eigentlich sagen?«

Ich musterte ihn. Sein Blick war in die Ferne gerichtet, seine Hand umklammerte die Flasche. Es war, als wüsste er, was jetzt kommen musste. Als würde er mir nur die Tür dafür öffnen.

Ich räusperte mich. »Du hast gestern gesagt, du wolltest nicht, dass zwischen uns noch Geheimnisse stehen. Es gibt da auch etwas, was ich dir sagen will.«

Tschüge sah mich erwartungsvoll an.

Ich begann zu erzählen. Von meiner Eifersucht, von meiner Verwirrung in dieser Weihnachtsnacht, wie es zum Kuss kam und was auf dem Metzgertresen geschah. Wie ich das alles gar nicht gewollt hatte, dass es mir unglaublich leidtun würde, dass wir beide unendlich betrunken gewesen waren und es ein einziger Unfall gewesen war und ich zwar früher mal Gefühle für Leila gehabt hätte, aber jetzt nicht mehr.

Tschüge sah mich ausdruckslos an und hörte zu, ohne etwas zu sagen. Also sprach ich immer weiter. Sagte, dass ich es verstehen würde, wenn er mich jetzt eigenhändig umbringen würde. Dass er mich hier mit einem Stein erschlagen könne und versenken wie einen dunklen Gedanken.

Er schüttelte den Kopf und machte eine Bewegung, die mich zum Schweigen brachte. Seine Stimme war gefasst, fast zärtlich. »Ich weiß, Nino. Ich weiß.«

Ich sah ihn erstaunt an.

»Ich habe es mitbekommen damals, oder besser: gehört. Mir war so schlecht an diesem Abend, dass ich aufs Klo bin, und als ich an der Treppe vorbeigekommen bin, habe ich alles gehört.«

»Ich kann gar nicht sagen, wie leid mir das tut.«

Tschüge lächelte traurig. »Das weiß ich doch. Du nimmst dir solche Dinge immer sehr zu Herzen. Aber es ist okay. Ein Unfall. Passiert. Ich habe mich schon lange damit abgefunden. Und weißt du … Ich bin froh, dass du ehrlich zu mir bist. Dass du mir die Wahrheit zutraust. Das bedeutet mir viel.«

Ich nickte verwirrt. Ich weiß nicht, welche Reaktion ich erwartet hatte, aber diese nicht. Plötzlich fühlte ich mich um eine Tonne leichter.

»Und Leila?«

»Ich warte, bis sie es mir auch sagen kann. Dann schauen wir weiter.«

»Was, wenn das nie passiert?«

Er sah mich an. »Es wird passieren.«

»Und das Baby?«, fragte ich.

Er zuckte mit den Schultern. »Was soll mit dem Baby sein? Es ist unser Baby, und ich werde es mit allem lieben, was ich habe.«

Ich nickte erleichtert.

»Weißt du, Nino, ich wollte eigentlich dich als Pate anfragen«, sagte Tschüge. »Aber irgendwie hat sich das falsch angefühlt. Mein Götti war kaum je für mich da, hat nur pünktlich zum Geburtstag und Weihnachten ein Geschenk geschickt. Und deiner … Na ja, das weißt du ja. Ich will, dass du mehr bist. Dass du Teil der Familie wirst. Wie ein Onkel. Du bist ja auch der Bruder, den ich nie hatte.«

Inzwischen war es fast dunkel geworden. Das Licht von den Festgirlanden schien durch die Zweige der Bäume, Musik schwappte zu uns rüber. Ich nahm noch einen Stein vom Boden auf. Er fühlte sich geschmeidig an und kühl. Ich suchte nach einem dunklen Gedanken in meinem Kopf und fand keinen. Also warf ich ihn mit einem Wunsch, wie bei einer Sternschnuppe. Sofort wurde er von der Dunkelheit geschluckt.

Flumptsch.

»Weißt du eigentlich, welche Rekorde man mit Kindern alle brechen kann?«, sagte ich. »Der höchste Turm aus Lego. Der am längsten gekaute Kaugummi. Der jüngste Bobfahrer. Der beste Onkel aller Zeiten. Wer weiß: Vielleicht nehme ich den Knirps auf Spritzfahrten im Cinquecento mit. Vielleicht ziehe ich sogar in Nonnos Zimmer neben der Garage und schreibe mein Drehbuch fertig. Dann sehen wir uns jeden Tag.«

»Glaubst du, du kannst das noch mit uns Dörflern?«

»Das Dorf holt mich eh ein, egal wo ich bin. Dann kann ich geradeso gut da sein, wo meine Lieblingsmenschen sind.«

Hinter uns klackten Steine aufeinander.

»Hier seid ihr also!«, rief eine Stimme vom Ufer her. Leila hatte ihre High Heels ausgezogen und hüpfte barfuß von Insel zu Insel in unsere Richtung. Ihr weißes Kleid hatte sie nach der Kirche ausgezogen und durch ein marineblaues, kürzeres ersetzt. Die Locken sprangen wie immer ungebändigt in alle Richtungen. »Ihr verpasst ja den ganzen Spaß.«

»Wir kommen gleich«, sagte ich. »Tschüge hat noch Steine gefunden, die wir dringend versenken müssen.«

»Wir könnten hier im Kosovo schon noch eine Grande Dixence gebrauchen«, sagte Leila und zwinkerte Tschüge zu. »Oder vielleicht auch erst mal ein kleines Ferienhäuschen. Lass mich auch mal.«

Leila stand zwischen mir und Tschüge und ließ sich von ihm zeigen, welche Steine sich besonders eigneten und in welchem Bogen sie sie zu werfen hatte. Für eine Weile standen wir da, Seite an Seite an Seite, ein ungleiches Trio, und sahen in die Dunkelheit und hörten nur das Lachen des Fests, das Gluckern des Wassers und unsere Steine, *flumptsch, flumptsch, flumptsch,* wie der Herzschlag eines Flusses, der immer vorwärts floss, der alles mitnahm und nie zurückschaute, der keine Zeit kannte, nur das Hier und Jetzt, und ich wäre nirgends lieber gewesen als an diesem Ort zu dieser Zeit mit diesen Menschen.

»Schatzi, weißt du was?«, sagte Tschüge irgendwann. »Nino zieht wieder zu uns aufs Dorf.«

»Was?« Leila sah mich erfreut an und umarmte mich. »Das sind ja tolle Nachrichten!«

Ich lächelte und erwiderte ihre Umarmung.

Tschüge warf einen Stein und jauchzte. »Himmelherrgott, das wird ein Abenteuer.«

Dank

Mein größter Dank geht an meine Familie. Paula, deine ermutigenden Worte und uferlose Zuversicht ließen mich an mich glauben, als ich es selbst schon nicht mehr tat. Unser Leben ist ein einziges Abenteuer. Alles wäre nichts ohne dich. Grazie.

Pia und Titus, euer Blick aufs Universum erschließt mir neue Welten. Nie war Mannsein schöner als als euer Vater. Ihr erweitert mein Leben, jeden Tag.

Mama, was ich weiß, weiß ich von dir. Ich hätte das Buch allein deshalb fertig geschrieben, um den Stolz in deinen Augen sehen zu können.

Pa, für dein Urvertrauen, die Großzügigkeit, den Sanftmut und den moralischen Kompass.

Leonie und Annkathrin, für eure Komplizenschaft, all das Gelächter und das unsichtbare Band, das nur Geschwister verbinden kann.

Thomy, Carl und Renate, danke für die Rückendeckung und die zahllosen Stunden, in denen ich »ein Zimmer für mich allein« haben konnte.

Ein riesiges Dankeschön geht an meine Erstleser:innen. Christian, Pia, Manuel, Claas, Matteo. Eure Inputs und Gedanken haben alles besser gemacht, auch wenn ich mich manchmal erst dagegen sträubte.

Eine Umarmung geht an meine Freunde: Matteo, Adi A., Adi S., Mäsi, Marco, Koni, Felix. Ihr macht mich zu einem besseren Mann.

Grüße gehen raus an meine Freund:innen des geheimen Pfannkuchenklubs. Ihr wisst, wer ihr seid.

Merci an Simone, für ein paar entscheidende Ideen.

Grüße an Tim, Micha und Familie, für ein paar zeitlose Wochen im Chasa Parli.

To the sleepless bunch at The Writers Room in New York City: Keep on typing.

Danke an Theo, Fede und Sämi, für eine buchstäblich unvergessliche Reise.

Mein Dank gilt Peter Haag und Sara Schindler sowie allen Menschen beim Verlag Kein & Aber, für euer Vertrauen und eure Geduld.